Die verlorenen Pferde
der grünen Insel

Astrid Frank, 1966 in Düsseldorf geboren, studierte Germanistik, Biologie und Pädagogik. Sie war als Lektorin und Übersetzerin in mehreren und für mehrere deutsche Verlage tätig und machte außerdem eine Ausbildung zur »Zoobegleiterin des Kölner Zoos«. Nach dem Studium arbeitete sie für ein halbes Jahr in einer Buchhandlung und beleuchtete das Medium Buch damit von einer weiteren Seite. Seit 1998 schreibt sie Geschichten (für Kinder und Jugendliche). Mehrere ihrer Bücher wurden mit Preisen ausgezeichnet und in andere Sprachen übersetzt. Astrid Frank lebt mit Mann, zwei Söhnen und Hund Aimee in Köln.

Mehr über unsere Bücher, Autoren und Illustratoren auf:
www.thienemann.de

Frank, Astrid:
Die verlorenen Pferde der grünen Insel
ISBN 978 3 522 20258 9

Einbandgestaltung: Formlabor unter Verwendung von Fotos von shutterstock.com (© LaMiaFotografia [431693263] / © Roman Mikhailiuk [1229216491] / © ANNA_KOVA [383612677])
Innentypografie: Kadja Gericke
Reproduktion: DIGIZWO GbR, Stuttgart
Druck und Bindung: GGP Media GmbH, Pößneck

FSC
www.fsc.org
MIX
Papier aus verantwortungsvollen Quellen
FSC® C014496

3. Auflage 2020

ASTRID FRANK

DIE VERLORENEN PFERDE DER GRÜNEN INSEL

Thienemann

Wir müssen bereit sein Abschied zu nehmen
von einem Leben, das wir geplant haben,
um das Leben führen zu können,
das tatsächlich vor uns liegt.
Die alte Haut muss abgestreift werden,
bevor eine neue wachsen kann.

– Joseph Campbell

1

Möge der neue Tag sich im Einklang mit dir treffen

Irischer Segenswunsch

Wolken.

Weiß, weich, wattig.

Als Kind hatte sie sich immer vorgestellt, die Wolken bestünden aus Zuckerwatte und sie könne sich aus dem Fenster des Flugzeugs mitten hineinfallen lassen. Ihr Körper würde sanft abgefedert und sie läge wie in einem weichen Bett und bräuchte nur den Mund zu öffnen, um den süßen Schmelz auf ihrer Zunge zu schmecken. Irgendwie war ihr damals alles leicht und weich und gut vorgekommen.

Wie sehr man sich irren konnte.

Heute wusste sie, dass nichts ihren Fall bremsen, geschweige denn sacht abfedern würde, wenn sie sich aus dem Flugzeugfenster fallen ließe. Davon abgesehen, dass sie da gar nicht durchpasste (und wenn doch bei etwa minus fünfzig Grad natürlich sofort schockgefrostet wäre).

Wie schön müsste es sein, noch einmal so unbeschwert und positiv gestimmt all die Dinge um sich herum wahrnehmen zu können, wie sie es damals mit sechs oder sieben Jahren gekonnt hatte. Oder vor einem Dreivierteljahr, als ihre Mutter neben ihr im Flieger gesessen hatte: gut gelaunt und lachend. Wie immer perfekt gestylt, das blonde lange Haar glänzend, die jugendliche Figur in einer schmalen Jeans, sonnengebräunte Haut, die von dem ärmellosen weißen Top besonders betont wurde. Klackernde Armbänder um das zierliche Handgelenk und ein frischer Duft, der sie unaufdringlich umwehte. Für Lea war dieser Duft gleichzusetzen mit dem Geruch ihrer Mutter – obwohl sie wusste, dass er von dem Parfüm herrührte, das Mum benutzte, seit Lea denken konnte. Denken und vor allem riechen. Damals waren sie erholt vom zweiwöchigen Urlaub zurück nach Hause geflogen. Leas Eltern Händchen haltend wie Frischverliebte.

Zumindest war es Lea so vorgekommen. Den gesamten Urlaub hatte sie in guter Erinnerung. Sonne, Strand und das schicke Hotel. Abends mit Mum und Dad auf dem Balkon, beide ein Glas Wein in der Hand und glücklich miteinander lachend, während sie alle drei aufs offene Meer hinausblickten und den fast schon kitschigen Sonnenuntergang beobachteten.

Hätte sie nicht damals schon etwas merken müssen?

Und wenn ja – hätte das etwas geändert?

Hätte sie, Lea, etwas ändern können?

Lea schüttelte den Kopf.

Nein.

Nichts. Gar nichts konnte sie ändern. Weder damals noch heute. Sie hatte genau null Komma null Einfluss auf das, was geschah. So einfach war das.

Punkt.

Ein warmes Gefühl durchströmte Lea, während sie an ihre Mutter dachte. An ihr Bild vorhin am Flughafen, als sie Lea hinterhergewinkt hatte. Tapfer lächelnd, aber mit dunklen Ringen unter den müden, ungeschminkten Augen. Die Haare strähnig, ungewaschen und ohne jeden Glanz. Vollkommen schmucklos. Ohne jegliches Geklimper. Aber immer noch mit ihrem Duft.

Lea schluckte schwer. Sie wandte den Kopf und blickte aus dem Fenster.

Die Wolken kamen näher. Das Flugzeug setzte bereits zur Landung an. Lea spürte den zunehmenden Druck auf ihren Ohren und das unsanfte Rütteln des Flugzeugs, während es durch die Wolkendecke sackte.

Was ihr damals wie eine süße Verlockung erschienen war, entpuppte sich bei genauerem Hinsehen als mikroskopisch kleine Wassertropfen. Besser bekannt als Regen oder Schnee. Oder im schlimmsten Fall als zerstörerischer Hagel.

Von wegen watteweich.

Lea folgte einfach der Menschentraube. Menschen waren auch nichts anderes als Schafe, die alle hintereinander hertrotteten und das taten, was alle anderen taten. Aber die Schwarmintelligenz führte sie immerhin wie erwartet zur Gepäckausgabe. Auf der Suche nach der Busstation konnte ihr die allerdings nicht weiterhelfen. Da war sie ganz auf sich allein gestellt. Das leichte Herzklopfen, das sie an der Passkontrolle bekommen hatte, ebbte allmählich wieder ab, während sie ihre Dokumente sorgsam zurück in die Tasche steckte. Es war das erste Mal, dass sie ohne ihre Eltern im Ausland unterwegs war. Und was hätte sie tun sollen, wenn der Zollbeamte, der ihren Ausweis kontrollierte, sich nicht mit der Einverständniserklärung ihrer Mutter, dass Lea alleine reisen durfte, zufriedengegeben hätte?

Jetzt blickte Lea sich suchend um. Flughäfen sahen irgendwie überall gleich aus. Und nachdem sie die Busstation gefunden hatte, wusste sie, dass auch diese sich nicht wesentlich von anderen unterschied, die sie zuvor gesehen hatte. Nur dass hier mehr Doppeldecker unterwegs waren.

Der 761 stand bereits abfahrbereit an der Haltestelle.

Grün. Alles hier war grün. Hellgrün, dunkelgrün, gelbgrün, braungrün, türkisgrün. Grün in allen Schattierungen. Zumindest, seit sie aus Dublin heraus war. Wäre es ihr nicht schon vorher klar gewesen, spätestens jetzt hätte Lea begriffen, warum Irland auch »die grüne Insel« genannt wurde.

Kleine Ortschaften. Und noch kleinere.

Kühe auf einer Weide.

Grasende Pferde.

Streunende Hunde am Wegesrand.

Verfallene Steinhäuser, die von der Natur Stück für Stück zurückerobert wurden.

Regentropfen prasselten gegen die Scheiben des Busses und ließen Leas Blick verschwimmen. Der graue Himmel wollte nicht recht zum Datum passen. Schließlich sollte es Mitte Juli die meisten Sonnenstunden und den geringsten Niederschlag geben. Aber in Irland galt diese Regel wohl nicht.

Dafür passte das Wetter ganz hervorragend zu ihrer Stimmung.

Lea seufzte und lehnte die Stirn an das kühle Glas. Das würden die schlimmsten Sommerferien ihres Lebens werden. Ganz bestimmt. Eigentlich sollte sie ihrer Mutter eine Nachricht senden, dass sie gut gelandet war und bereits im Bus saß. Aber irgendwie hatte sie keine Lust dazu. Noch nicht. Sie würde ihr Bescheid geben, wenn sie wirklich angekommen war.

Lea zuckte zusammen und schnappte nach Luft. Jetzt war sie tatsächlich eingeschlafen und hatte geträumt. Im Urlaub war sie gemeinsam mit ihren Eltern schnorcheln gewesen. Sie erinnerte sich gut an diese beeindruckende Unterwasserwelt, die vielen und zum Teil bunten Fische, die fantastischen Meerespflanzen, die sich in der Bewegung des Wassers sanft hin und her wiegten. Soweit hatte ihr Traum der Realität entsprochen. Doch dann wurde sie plötzlich von einer Riesenmuräne unter Wasser gezogen und um Luft ringend war sie aufgewacht.

In letzter Zeit hatte sie häufiger solche Träume. Immer war da etwas, das ihr die Luft zum Atmen nahm.

Lea blickte sich unauffällig um, ob einer ihrer Mitreisenden etwas bemerkt hatte. Aber alle starrten entweder aus dem Fenster oder auf ihr Smartphone. Oder sie hatten die Augen geschlossen.

Lea tastete nach ihrem Handy. Noch eine knappe halbe Stunde Fahrt lag vor ihr. Zwei Stunden Flugzeit für 1000 Kilometer. Und nun drei Stunden mit dem Bus für 200 Kilometer. In Galway würde Schorsch sie abholen.

Was er wohl für ein Typ war?

Er war groß. *Sehr* groß. Und dünn. *Sehr* dünn. Und er verzog das Gesicht zu einem breiten Grinsen, als er sie sah.

»Du siehst genauso aus wie deine Mutter, als sie so alt war wie du, nur deine Haare …«, er fasste sich an seinen eigenen langen Schopf, den er zu einem Pferdeschwanz zusammengebunden hatte, »… sind ein bisschen kürzer.«

Lea grinste verlegen und strich sich ebenfalls über ihre raspelkurzen Haare. Sollte sie Schorsch erzählen, dass ihre Haare vor zwei Wochen noch bis zur Taille gereicht hatten?

Bevor sie eine Entscheidung treffen konnte, war der Moment schon wieder vorbei. Schorsch griff nach ihrem Trolley und deutete voraus auf einen alten rostigen Pick-up, der am Straßenrand stand. Der Lack des Wagens (natürlich grün, was sonst) sah aus, als hätte Schorsch ihn selbst angepinselt. Und zwar mit Wandfarbe: Er war matt und an manchen Stellen dicker als an anderen.

Die schwere Autotür quietschte, als Lea sie zu sich heranzog, und Lea hätte sich nicht gewundert, wenn sie einfach abgefallen wäre. Aber der Motor startete mit einem satten zufriedenen Brummen.

»Du musst müde sein«, stellte Schorsch fest, den Blick auf die Straße gerichtet. »Seit wann bist du jetzt unterwegs?«

Lea überlegte. Ihre Mutter hatte sie um sieben Uhr geweckt. Um halb neun hatten sie sich auf den Weg zum Flughafen gemacht. Und jetzt war es kurz nach siebzehn Uhr. »Achteinhalb Stunden ungefähr«, antwortete sie schließlich.

»Dann bist du bestimmt froh, wenn wir endlich da sind«, entgegnete Schorsch. »Ohne Zwischenfälle dauert die Fahrt nicht länger als eine gute halbe Stunde, also lass uns hoffen …«

Ohne Zwischenfälle? Was denn für Zwischenfälle? Lea schluckte. Mindestens eine weitere halbe Stunde Fahrt lag also noch vor ihr. Damit hatte sie nicht gerechnet. »Ich dachte, du wohnst hier?«

»In Galway meinst du?«, fragte Schorsch und setzte den Blinker. »Nein. Galway ist die nächstgrößere Stadt, aber ich wohne etwas außerhalb.«

Etwas?

Außerhalb?

Lea schwieg und blickte aus dem Fenster. Wie weit außerhalb ging es denn noch? Sie kam sich jetzt schon vor, als wäre sie am Ende der Welt gelandet.

Das Ende der Welt.

Worauf hatte sie sich hier nur eingelassen? Als Mum ihr den Vorschlag unterbreitet hatte, die Sommerferien in Irland zu verbringen, war Lea die Idee gar nicht so schlecht vorgekommen. Oder zumindest war ihr keine Alternative eingefallen. Alles erschien ihr besser, als zu Hause zu sein.

Mum gab sich die größte Mühe, damit Lea nicht merkte, wie dreckig es ihr ging. Aber sie war ja nicht blind und taub. Sie konnte *sehen*, wie blass und übermüdet ihre Mutter war. Und sie konnte *hören*, wie sie nachts in ihr Kissen weinte.

Vor nicht allzu langer Zeit hätte sich Lea vor der miesen Stimmung daheim zu Emmy gerettet. Oder zu Mattis.

Der Gedanke an die beiden trieb Lea beinahe die Tränen in die Augen. Nichts in ihrem Leben war mehr so, wie es einmal gewesen war. Kein Stein war auf dem anderen geblieben. Alles lag in einem unübersichtlich wilden Haufen durcheinander und Lea fand den Ausweg aus diesem Labyrinth nicht. Sie hatte geglaubt, in Irland, weit weg von allem, würden die Träume aufhören, in denen sie um Luft rang, würden die

Steine ihres zusammengebrochenen Lebens sich auf einmal wieder neu zusammensetzen zu etwas halbwegs Solidem. Aber im Augenblick hatte sie das Gefühl, das war ein weiterer verdammt großer Irrtum gewesen.

Verstohlen musterte sie Schorsch, der konzentriert auf die Straße blickte. Ein komischer Kauz, dieser Freund aus Kindheitstagen ihrer Mutter. Er sah aus wie ein Hippie, ein Fossil aus den 60er-Jahren des vergangenen Jahrhunderts. Und vermutlich war er das auch. Aber Lea rechnete es ihm hoch an, dass er sie nicht zwanghaft in ein Gespräch verwickelte. Er schien zu spüren, dass sie gerade Zeit für sich brauchte. Und das war ja auch der Grund, warum sie hier war: Damit sie Zeit für sich hatte, um über alles nachzudenken.

Jetzt schaute Schorsch zu ihr hinüber. Offenbar hatte er gemerkt, dass Lea ihn beobachtete. Er lächelte. »Deine Mutter hat mir erzählt, dass du Tierärztin werden willst?«

Lea gab ein undefinierbares Geräusch von sich, das sowohl Ja als auch Nein bedeuten konnte. Ihre Berufswünsche hatte sie zusammen mit ihren Haaren abgeschnitten. Sie gehörten zu einem anderen, einem früheren Leben. So wie vieles andere auch.

»Wenn du Tiere gerne um dich hast, wird es dir hoffentlich bei mir gefallen«, fuhr Schorsch fort, Leas zurückhaltende Antwort ignorierend.

Schafe.

Keine zehn Minuten später hatte Lea mehr Tiere um sich, als ihr lieb sein konnte. Vor dem Auto Schafe. Neben dem Auto Schafe. Hinter dem Auto Schafe.

War das jetzt einer dieser »Zwischenfälle«, die Schorsch vorhin erwähnt hatte?

Schorsch öffnete das Fenster – noch mit einer Handkurbel (was eine ungefähre Schätzung über das Alter des Wagens gestattete) –, ließ den Arm herausbaumeln und trommelte mit den Fingerspitzen von außen gegen die Autokarosserie. Dabei pfiff er gut gelaunt und entspannt vor sich hin, während er darauf wartete, dass die Schafherde die Straße wieder freigab, damit er weiterfahren konnte.

Lea dachte an ihren Vater, der sogar im Urlaub einen Tobsuchtsanfall bekommen hatte, weil ihm zwei Kühe auf der Straße den Weg versperrten, als sie sich mit einem Leihwagen die Insel anschauten.

Und jetzt fiel Lea auch wieder ein, wie sehr sich ihre Eltern in dieser Situation angekeift hatten:

Mum, die Dad vorwarf, ein unerträglicher Choleriker zu sein.

Dad, der Mum beschimpfte, sie würde sich nie um etwas kümmern und die ganze Verantwortung immer ihm überlassen.

Mum, die mit zusammengekniffenen Augen nachfragte, wann er jemals die Verantwortung für die Erziehung seiner Tochter, für die Reinigung des Hauses, für die pünktliche Bezahlung aller Rechnungen, für den Lebensmitteleinkauf oder das Essen auf dem Tisch übernommen habe.

Dad, der hämisch lachte und wissen wollte, ob selbst das jetzt zu viel für sie sei, wo er doch das ganze Geld für alle und alles heranschleppte.

Mum, die jetzt schrie, sie würde auch arbeiten gehen, falls er das noch nicht bemerkt habe.

Dad, inzwischen mit rotem Gesicht, der von oben herab nachfragte, ob sie jetzt allen Ernstes behaupten wolle, es sei *Arbeit*, den halben Tag mit irgendwelchen reichen *Tussis* darüber zu *labern*, ob die Nobeldesignerjeans, die sie in Mums Boutique vor dem Spiegel anprobierten, ihren faltigen *Arsch* auch genügend zur Geltung brachte …

Sie hatten sich so lange angeschrien, dass sie es gar nicht

merkten, als die Straße längst wieder frei war und die armen Kühe das Weite gesucht hatten – vermutlich schwer traumatisiert von den brüllenden Menschen in dem Cabrio.

Komisch, dass ihr das jetzt wieder einfiel. Oder vielleicht auch nicht. Vielleicht war es eher komisch, dass sie das vorher vollkommen vergessen gehabt hatte.

Die Schafe waren inzwischen weitergezogen und Schorsch setzte die Fahrt fort, als sei nichts geschehen.

Das letzte Stück des Weges war unbefestigt und der breite Wagen passte kaum zwischen den Sträuchern und Büschen links und rechts hindurch.

»Was machen wir, wenn uns jetzt jemand entgegenkommt?«, wollte Lea wissen.

Schorsch lachte. »Hier kommt keiner«, antwortete er. »Hier geht es nur zu meinem kleinen Häuschen.«

Etwas.

Außerhalb.

Die Straße endete vor einem hübschen alten Steincottage mit niedrigem Dach und blau gestrichenen Türen und Fensterläden. Blau – nicht grün.

Das Ende der Welt.

Bevor Lea die Autotür öffnen konnte, schossen zwei große schwarze Hunde heran und umrundeten aufgeregt schwanzwedelnd das Fahrzeug.

Leas Herz machte einen freudigen Satz. Unwillkürlich fiel ihr Emmy ein, ihre beste Freundin, die immer Angst vor großen Hunden hatte und sich hinter Lea versteckte, sobald ihnen ein mehr als zwanzig Zentimeter großes Exemplar entgegenkam – also bei allem, was größer war als ein Chihuahua. Und diese beiden hier waren um einiges größer!

Schorsch lachte schon wieder. »Hast du Angst? Soll ich sie wegschicken?«

»O nein!«, bat Lea. »Ich liebe Hunde!«

Sobald sie die Autotür einen Spaltbreit geöffnet hatte, drängte sich die erste Hundeschnauze neugierig hinein und schnupperte freundlich an ihr, sodass sie kaum aussteigen konnte.

Lea musste lachen. »Na, das ist ja eine herzliche Begrüßung!«, wandte sie sich an den Hund, dessen ganzes Hinterteil in Bewegung war. »Ja, ja, ich freue mich auch sehr, dich kennenzulernen«, sagte sie und streichelte den Kopf des Tieres, der sich praktischerweise ungefähr in Höhe ihrer Hüfte befand.

»Das ist Balou«, erklärte Schorsch. Der Hund schaute sein Herrchen kurz an, als er seinen Namen hörte, wandte seine Aufmerksamkeit dann aber direkt wieder Lea zu. »Und seine etwas schüchternere Freundin heißt Raksha.« Auch Rakshas Schwanzwedeln wurde kurzzeitig intensiver, als sie ihren Namen hörte. Sie stand unmittelbar hinter Balou und schien darauf zu warten, dass sie ebenfalls an die Reihe kam, »die Neue« zu begrüßen.

»Balou und Raksha?«, fragte Lea. »Gibt es auch Mowgli?«

»Nein, aber Kaa und Bagheera.«

Lea konnte nicht anders. Sie lächelte. Und sie hätte nicht zu sagen gewusst, seit wie langer Zeit dies ihr erstes richtiges Lächeln war.

❤

Der Goldene stand mit hängendem Kopf am Rand des kleinen Wäldchens. Die schweren Regentropfen prasselten auf ihn herab und die Baumkronen boten nicht genügend Schutz vor der alles durchdringenden Nässe. Dort, an der Stelle, die schmerzte, so unendlich schmerzte, war das kühle Nass eine Wohltat. Der Rest seines hageren Körpers aber schüttelte sich.

Er schaute zu seiner Freundin hinüber. Sie stand einige Meter von ihm entfernt auf der Wiese und ihr schien der Regen nicht das Geringste auszumachen. Vielleicht war der Regen für sie aber auch nur das kleinere Übel, weil jeder Schritt für sie eine Qual bedeutete. Aber darüber machte sich der Goldene keine Gedanken.

Früher hatten sie ihn den Goldenen gerufen. Früher. Und hätte er jetzt noch einmal den Klang der Stimme vernommen, die ihn einst gerufen hatte, dann hätte er sie wohl erkannt. Doch Früher war bedeutungslos. Der Goldene kannte nur das Jetzt. Und das Jetzt war kalt. Es war trostlos. Es war einsam. Verängstigend. Und vor allem war es schmerzhaft. Der Goldene kannte keine Vergangenheit. Und er kannte keine Zukunft. Erst recht keine, in der die Schmerzen nachlassen und die Einsamkeit verblassen würde.

Der Goldene. So würde ihn jetzt niemand mehr nennen. Nicht nur, weil die schimmernde Farbe seines Fells unter einer braunen Dreckkruste verborgen lag und sein Haar in zotteligen verknoteten Mocken an ihm herunterhing. Sondern auch weil er nichts von dem Glanz ausstrahlte, den er früher einmal ausgestrahlt hatte. Jetzt strahlte er Hoffnungslosigkeit aus.

Hoffnungslosigkeit und Schmerz.

2

Man kann das Heute nicht erkennen,
wenn man das Gestern nicht sehen will

Irisches Sprichwort

Raksha hatte geduldig gewartet, bis sie Lea begrüßen durfte. Jetzt lehnte sie sich gegen ihr Bein und schloss genießerisch die Augen, während Lea, darum bemüht, angesichts des Gewichtes, das gegen ihr Bein drückte, nicht das Gleichgewicht zu verlieren, sie streichelte.

»Na, den beiden scheinst du aber ausgesprochen gut zu gefallen«, stellte Schorsch fest und zog Leas Koffer von der Rücksitzbank. »So aufdringlich sind die zwei sonst nicht.«

Lea lächelte still. Sie hatte schon häufiger erlebt, dass Hunde sie ganz besonders mochten. Woran das lag, wusste sie nicht. Vielleicht spürten die Tiere einfach, dass sie es gut mit ihnen meinte? Das zumindest hatte der Tierarzt gesagt, bei dem sie ihr Praktikum im letzten Schuljahr absolviert hatte.

»So, dann zeige ich dir mal dein Reich für die nächsten Wochen«, fuhr Schorsch fort und ging auf die Haustür zu. Der Türsturz war so niedrig (oder Schorsch so groß), dass er den Kopf ein wenig einziehen musste, um hindurchzupassen.

Lea befreite sich vorsichtig von Raksha und folgte Schorsch mit klopfendem Herzen. Die beiden Hunde sahen ihr mit schief gelegten Köpfen wehmütig hinterher.

Holz.

Alles in dem Raum war aus Holz. Ein niedriges, aber großes Zimmer, in dem man unmittelbar stand, nachdem man das

Haus betreten hatte. Esstisch, Geschirrschrank, Regale, ein offener Kamin, zwei Sessel und eine L-förmige Küchenzeile. Drei nicht allzu große Fenster, zwei nach vorne, eins nach hinten raus. Weiß gekalkte Wände, nur am Kamin war ein Stück des alten unverputzten Mauerwerks zu sehen. Auf dem Tisch lagen zwei Platzdeckchen. Blau. Und eine Katze. Nicht blau, sondern grau. Aber nicht weniger dekorativ. Sie blinzelte müde, machte aber sonst keine Anstalten, Lea zu begrüßen. An den Fenstern hingen ebenfalls blaue Gardinen. Und auch die Sessel waren blau. Alles andere war weiß oder braun. Hinter dem Esstisch führte eine Stiege (Treppe konnte man das schmale steile Ding jedenfalls nicht nennen, es erinnerte eher an eine Leiter) ins Dachgeschoss. Natürlich aus Holz. Und unter der Stiege, halb versteckt, stand eine Tür offen, die augenscheinlich ins Badezimmer führte. Jedenfalls konnte Lea weiße Fliesen und einen Waschtisch erkennen. Auf der rechten Seite befand sich eine weitere Tür, die allerdings geschlossen war.

Schorsch sah Lea erwartungsvoll an. Er schien in ihrem Gesicht lesen zu wollen, was sie von seinem Zuhause hielt.

»Hübsch«, sagte Lea. »Schön hast du es hier. Sehr gemütlich.«

Schorsch wirkte erleichtert. »Freut mich, dass es dir gefällt. Ich habe für dich auf dem Dachboden ein Zimmer hergerichtet. Viel Platz habe ich ja nicht.« Er deutete einladend auf die Stiege. »Ich trage deine Sachen hoch, ja? Pass auf, die Stufen sind steil.«

Lea folgte Schorsch langsam und versuchte, sich keine Vorstellung von dem Zimmer zu machen, das sie die nächsten Wochen bewohnen sollte, denn jede Vorstellung konnte nur enttäuscht werden.

Als sie oben war, fiel ihr Blick als Erstes auf das niedrige Bett, das mit einer weißen Tagesdecke überzogen war. Ein rundes hellrotes und mehrere eckige dunkelrote Kissen lagen dekorativ darauf verstreut. Offenbar hatte Schorsch die Matratze direkt auf den Lattenrost gelegt. Und das war wohl auch gut so, denn der Dachboden lief spitz zu und war so niedrig, dass der große Mann selbst in der Mitte den Kopf einziehen musste. Neben dem Bett stand eine altertümliche Leselampe mit rotem Lampenschirm auf dem Holzboden. Honigfarbene glänzende Dielen. Und durch das kleine quadratische Fenster hinter dem Bett fiel mattes Tageslicht herein, denn die rote Gardine war mit einer Schleife zusammengebunden. Gegenüber des Bettes stand eine niedrige weiß lackierte Kommode mit drei Schubladen. Darauf lehnte ein kleiner Spiegel. Das war's. Kein Bücherregal, kein Schreibtisch, kein nichts. Für etwas anderes als das Bett, die Lampe und die Kommode mit dem Spiegel war auch schlicht und ergreifend kein Platz.

In Leas Kopf und in ihrem Herzen herrschte ein Chaos, das in einem deutlichen Gegensatz zu dem klar geordneten Zimmer stand. Sie wusste nicht, was sie erwartet hatte. Letzen Endes hatte sie versucht, gar nichts zu erwarten. Aber das war ihr offensichtlich nicht gelungen. Sonst wäre sie jetzt nicht so überrascht gewesen.

»Es ist etwas spartanisch, ich weiß, aber deine Mutter meinte, du hättest keine hohen Ansprüche. Ich hoffe, sie kennt dich gut genug?« Schorsch wirkte fast ein wenig nervös.

»Es ist wunderbar«, antwortete Lea und merkte erst, als sie es aussprach, dass es die Wahrheit war.

»Viel Platz für deine Sachen hast du leider nicht«, meinte Schorsch. »Aber was nicht in die Kommode passt, kann ich gerne unten verstauen.«

»Ich komme schon zurecht, danke.«

»Tja«, machte Schorsch. »Ich nehme an, du hast Hunger? Soll ich uns was zu essen machen?«

»Das wäre prima«, sagte Lea, »aber nach der langen Reise würde ich vorher gerne noch schnell duschen.«

»Duschen?« Schorsch wirkte plötzlich ein wenig erschreckt.

»Äh, ja, klar, kein Problem. Ich heize den Boiler an, dann ist das Wasser nach dem Essen warm.«

Lea runzelte die Stirn. »Boiler? Ich verstehe nicht …«

Schorsch grinste und sah auf einmal aus wie ein 12-jähriger Schuljunge. »Hier gibt es kein fließend warmes Wasser«, erklärte er. »Ich erhitze Wasser, wenn ich es brauche. Und zwar mit Feuerholz in einem Boiler. Das dauert etwa eine Stunde, bis es halbwegs warm genug ist.«

»Das ist ein Scherz, oder?«

Schorsch schüttelte stumm den Kopf.

»O…kay«, sagte Lea gedehnt.

Etwas.

Außerhalb.

Am Ende der Welt.

»Ich bin dann mal unten«, sagte Schorsch und quetschte sich an Lea vorbei. »Ach, und wenn Kaa dich nervt, dann schmeiß sie einfach runter. Aber besser nicht wortwörtlich«, setzte er nach einer Pause hinzu.

»Kaa?«

»Die Katze.« Schorsch deutete auf das runde hellrote Kissen, das auf dem Bett lag und sich in diesem Moment bewegte. Aus dem Fellkissen kamen plötzlich vier Beine hervor. Die rot getigerte Katze streckte sich genüsslich und gähnte ausgiebig.

»Nein, sie stört mich nicht«, antwortete Lea und musste schon wieder lächeln – trotz der Aussicht auf eine kalte Dusche. »Wenn das Kaa ist«, fuhr sie fort, während Schorsch bereits die steile Treppe hinabstieg, »ist das auf dem Esstisch unten dann Bagheera?«

Schorsch blieb stehen und drehte sich zu ihr um. »Liegt Bagheera schon wieder auf dem Tisch?«

»Zumindest lag da vorhin eine graue Katze auf einem der Platzdeckchen«, erklärte Lea.

»Bagheera!«, rief Schorsch streng und es dauerte keine zwei

Sekunden, bis man ein leises *Plumps* hörte, als die Katze vom Tisch sprang. Aber nicht ohne eine laut gemaunzte Beschwerde von sich zu geben.

Lea lachte.

Nachdem Schorsch gegangen war, lehnte Lea ihren Rucksack gegen die Bettkante und legte sich vorsichtig prüfend auf die Matratze. Sie war weich und gemütlich, genau richtig. Kaa ließ augenblicklich alle katzenhafte Zurückhaltung fahren, stapfte auf Lea zu und stieß sie mit ihrem Köpfchen an.

»Hallo, Kaa!«

Die Katze warf sich dicht an ihren Oberschenkel gedrängt auf die Seite und forderte Lea laut schnurrend auf, sie zu streicheln.

Leas Finger glitten durch das warme samtene Fell und das Schnurren wurde noch lauter. Die Pfötchen der Katze drückten rhythmisch gegen ihr Bein.

Lea blickte sich in ihrem neuen Reich um. Die Sonnenstrahlen, die plötzlich durchs Fenster hereinfielen, als wären sie nie hinter dunklen Regenwolken verschwunden gewesen, ließen die Holzdielen glänzen. Das helle Licht der Sonne, die warmen Rottöne, die schlichte, aber gemütliche Einrichtung und vor allem das Schnurren der Katze ließen Lea tief durchatmen. Seit Wochen, seit das alles passiert war, lastete ein Druck auf Leas Brust. Sie hatte stets das Gefühl, sie müsse sich ungeheuer anstrengen, um überhaupt den nötigen Sauerstoff in die Lungen zu bekommen, der ihren Körper am Leben erhielt. Doch in diesem Augenblick fiel ihr das Atmen zum ersten Mal wieder etwas leichter.

Jetzt.

Jetzt konnte sie ihre Mutter anrufen und ihr Bescheid sagen, dass sie gut angekommen war.

Kaa hörte auf zu schnurren und öffnete die Augen, als Lea ihre Hand zurückzog, um das Handy aus ihrem Rucksack zu angeln. Ihr Schwanz zuckte ein-, zweimal unwillig, doch dann arrangierte sie sich mit ihrem Schicksal und startete ein intensives Körperpflegeprogramm.

Lea zog das Telefon aus dem Handyfach ihrer Tasche und aktivierte das Display. Das Foto auf dem kleinen Bildschirm zeigte sie und Emmy. Arm in Arm am sonnenheißen Strand. Strahlend. Glücklich. Leas Mundwinkel verzogen sich unwillkürlich nach unten. Sie hatte das Foto erst vergangene Woche ausgetauscht und alles, was mit Mattis zu tun hatte, von ihrem Handy gelöscht. (Das stimmte nicht ganz, ein Foto von ihm hatte sie behalten, aber daran wollte sie jetzt nicht denken.) Ihr Blick fiel auf den oberen linken Rand.

Kein Netz.

Kein Netz?

Lea verdrehte die Augen.

Etwas.

Außerhalb.

Am Ende der Welt.

Na ja, sie würde Schorsch halt ums WLAN-Passwort bitten. Das hatte sie ohnehin vorgehabt.

»Was meinst du damit, du hast kein WLAN?«

Lea saß am prall gefüllten Esstisch. Vor sich das blaue Platzdeckchen. Brot, Butter, Käse, Tomaten, Obst, grüner Salat, Eier, selbst gemachte Marmelade und Honig … Alles sah so köstlich und frisch aus! Doch Schorschs Antwort auf ihre Bitte, ihr das WLAN-Passwort zu nennen, damit sie sich einloggen konnte, hatte ihr den Appetit schlagartig genommen.

»Ich habe kein WLAN«, wiederholte Schorsch. »Kein WLAN, kein Internet, keinen Fernseher.« Er biss in sein Brot. »Aber ich habe ein altes Radio«, setzte er stolz hinzu, als fiele es ihm gerade wieder ein. »Und natürlich ein Telefon! Wenn du also deine Mutter oder irgendjemand anderen anrufen möchtest, kannst du das gerne tun.«

Leas Hand mit dem Brot verharrte in der Luft auf dem Weg zu ihrem Mund. Der stand offen. Aber nicht um hineinzubeißen.

Hallo, Ende der Welt, hier bin ich.

»Ganz gut.«

Lea saß am Kopfende ihres Bettes und blickte durch das kleine Fenster auf den hinteren Teil des Gartens, der am Ende durch eine alte Steinmauer und durch etwas, das aussah wie ein kleiner Schuppen oder ein Stall begrenzt wurde. Etwa ein Dutzend Hühner verteilten sich auf der saftig grünen Wiese und pickten nach diesem und jenem. Vermutlich nach fetten Regenwürmern.

»Nett.«

Sie drückte das Telefon fest an ihr Ohr. Ein schnurloser Apparat, vermutlich das Modernste, was Schorsch in diesem Haus aufzubieten hatte. Doch die Stimme ihrer Mutter war verstummt.

»Mum?«

»Ich bin noch da, Liebes«, antwortete ihre Mutter. »Aber ich habe den Eindruck, du bist nicht so wahnsinnig gesprächig und ich weiß nicht, was ich noch sagen soll, wenn du mir nichts erzählen möchtest.«

Lea seufzte. »Warst du schon mal hier bei Schorsch?«

»Ja, aber das ist eine ganze Weile her. Das war, kurz nachdem er nach Irland ausgewandert ist, so vor etwa zehn Jahren. Warum?«

»Wusstest du, dass er hier wie so ein Einsiedler lebt? Ohne Internet, ohne Fernseher, ohne fließend warmes Wasser?«

Ihre Mutter lachte. »In dieser Reihenfolge? Ja, das wusste ich. Schorsch hatte seine Bedenken, dass du es bei ihm nicht aushalten würdest, aber ich habe ihm gesagt, dass das genau das ist, was du jetzt brauchst.«

»Aha.«

»Habe ich mich geirrt?«

Lea schwieg.

»Schätzchen?«

»Ich weiß nicht«, antwortete Lea. »Es ist schön hier, aber …«

»Aber?«

»Ach … Ich weiß nicht.«

»Du kannst jederzeit zurückkommen. Das haben wir ja so abgemacht.«

Lea nickte, ohne darüber nachzudenken, dass ihre Mutter sie nicht sehen konnte.

»Gib der Sache erst einmal eine Chance, okay?«

»Okay.«

Balou – oder war es Raksha? – lief mitten durch die Hühner, als gehöre er dazu. Die Hühner scherten sich nicht um den großen schwarzen Hund. Und er sich nicht um die Hühner.

Burgfriede, dachte Lea. Tiere, die normalerweise Feinde oder Räuber und Beute waren, lebten unter einem Dach zusammen, ohne sich etwas zu tun.

»Ich glaube, mein Duschwasser ist jetzt heiß«, sagte Lea und hörte ihre Mutter erneut lachen.

»Na, dann will ich dich nicht länger aufhalten. Ruf einfach wieder an, wenn dir danach ist.« Eine kurze Pause. »Ich hab dich lieb.«

»Ich dich auch.« Lea beendete das Gespräch, bevor ihr die Tränen in die Augen schießen konnten.

Das Badezimmer war – wenn man davon absah, dass das Wasser in einem gigantischen weiß emaillierten Boiler mithilfe von Holz erhitzt werden musste – richtig schön und modern. So eine Kombination aus Badewanne und Regendusche hatte Lea noch nie gesehen. Sie hatte nicht einmal gewusst, dass es so etwas gibt.

Im Raum verteilt standen mehrere Kerzen, die Schorsch für sie angezündet hatte. Es war ein Gefühl wie in der Wellnessoase, die Lea einmal mit ihrer Mutter zusammen besucht hatte.

Sie ließ sich in das warme Wasser gleiten, genoss den Duft des Badeschaums und schloss die Augen.

Hier war sie nun.

Am Ende der Welt.

Allein.

Lea horchte in sich hinein. Sie wusste nicht, wie sie sich fühlte und was sie empfand. Aber in diesem Augenblick zumindest war sie so ruhig und entspannt wie schon lange nicht mehr.

Als ihre Mutter ihr den Vorschlag unterbreitet hatte, die Sommerferien bei ihrem alten Freund Georg in Irland zu verbringen, war Lea die Idee zunächst absurd vorgekommen. Sie hatte diesen Georg, der von allen nur Schorsch genannt wurde, zuletzt als Kleinkind einige Male gesehen und konnte sich gar nicht an ihn erinnern. Nachdem er dann nach Irland ausgewandert war, hatte der Kontakt zu dem alten Schulfreund nur noch aus Telefonaten und Briefen bestanden, von denen Lea nichts mitbekommen hatte. Alles, was sie über ihn wusste, hatte ihre Mutter ihr vor ihrer Abreise erzählt: Schorsch und sie waren zusammen zur Schule gegangen. Sie waren beste Freunde gewesen. So wie Emmy und Lea.

»Wart ihr ein Paar?«, hatte Lea gefragt und ihre Mutter hatte gelacht.

»Nein! Ich bin nicht sein Typ. Genaugenommen ist keine Frau sein Typ.«

Schorsch war Geschäftsführer in einem großen weltweit agierenden Unternehmen gewesen. Er hatte nie weniger als zwölf bis vierzehn Stunden am Tag gearbeitet. Auch am Wochenende. Bis er mit 35 einen Herzinfarkt gehabt hatte, der ihn beinahe das Leben gekostet hätte. Danach hatte er alles hingeschmissen. Auf einer seiner Reisen hatte er dann ein altes verfallenes Steincottage in Irland gefunden und es kurzerhand gekauft, alle Brücken in Deutschland hinter sich abgebrochen und war ausgewandert.

Hierher.

Ans Ende der Welt.

Alle Brücken hinter sich abreißen und in einem fremden Land noch einmal ganz von vorne anfangen. Alles hinschmeißen und alles anders machen. Vom Top-Manager zum Selbstversorger.

Ohne Internet.

Ohne Fernsehen.

Ohne fließend warmes Wasser.

Eine bewusste Entscheidung für ein Leben ohne jeglichen Luxus.

Na ja, *fast* ohne jeglichen Luxus, dachte Lea, während sie sich in dem Badezimmer umsah.

Eine befremdliche Vorstellung und gleichzeitig reizvoll: Alles hinter sich zu lassen, was einen belastete. War das möglich?

Er hatte alles hinter sich gelassen. Allerdings nicht aus freien Stücken. Nein, es war nicht seine Entscheidung gewesen. Nichts von alldem, was geschehen war, war seine Entscheidung gewesen.

Und er hatte auch nichts dadurch gewonnen. Er hatte Schmerzen gegen Schmerzen getauscht. Die Angst war geblieben. Die Angst und das permanente Gefühl von Bedrohung.

Jetzt stand der ehemals Goldene wie eine leere Hülle verloren auf der grünen Wiese, was für einen außenstehenden Betrachter vielleicht ein Bild der Idylle abgegeben hätte. Man musste genauer hinschauen, um zu sehen, dass dieses Pferd innerlich tot war. Seine leeren Augen nichts von dem wahrnahmen, was außen geschah. Das fuchsfarbene Pferd hatte sich in seine eigene Welt geflüchtet, um nicht fühlen zu müssen. In eine Welt ohne Menschen, ohne Liebe, ohne Vertrauen.

Nur der kleine Schecke, der nicht weit entfernt stand, schien ab und zu die Aufmerksamkeit des größeren Fuchs zu wecken. Wenn er schwankend auf seinen kurzen Beinen stand, wenn er versuchte, sich einige Schritte auf seinen viel zu langen Hufen fortzubewegen, dann konnte man so etwas wie ein Erwachen in den Augen seines Freundes erkennen, das aber kurz darauf wieder erlosch.

3

Nimm dir Zeit, um zu träumen,
das ist der Weg zu den Sternen
Irisches Sprichwort

Lea hätte noch Stunden in der Badewanne liegen und träumen können. Aber das Wasser kühlte merklich ab und es kam kein heißes mehr aus der Armatur.

Schorsch saß vor dem Haus auf einer Bank und blickte in die untergehende Abendsonne, als Lea sich, eingehüllt in ihre dicke Fleecejacke, neben ihn setzte. Vor ihm stand ein Spinnrad und neben ihm lagen mehrere Spulen ungefärbter Schafswolle. Balou und Raksha hatten sich zu Schorschs Füßen zusammengerollt und klopften müde mit ihren Ruten auf den Boden, als sie Lea bemerkten.

Lea betrachtete die Wollknäuel. »Was ist das?«

»Schafswolle.«

»Machst du das selbst?«

Schorsch nickte.

»Also hältst du Schafe?«

Schorsch nickte erneut. »Ja, aber nur zwei. Hast du sie noch nicht gesehen?«

Lea schüttelte stumm den Kopf.

»Hinter dem Haus befindet sich eine große Wiese. Einen Teil davon kannst du von deinem Fenster aus überblicken. Meistens sind sie da.«

»Ja, die Wiese habe ich gesehen«, bestätigte Lea. »Da waren Hühner und am Ende des Rasens so eine Art Schuppen oder Stall und eine alte Steinmauer zur Begrenzung.«

»Genau. Dahinter liegt mein Bauerngarten. Dort baue ich Obst und Gemüse an. Was ich nicht selbst brauche, verkaufe ich auf dem Wochenmarkt: Beeren, Äpfel, Tomaten, Kräuter, Knoblauch und so weiter. Aber halt auch selbst gemachten Ziegenkäse und selbst gestrickte Strümpfe.«

»Du strickst Strümpfe?«

»Die Abende hier sind lang …«

»Das glaube ich dir sofort«, bestätigte Lea, »ohne Fernseher und so …«

Schorsch lachte. »Früher hätte ich mir das auch nicht vorstellen können. Ich dachte immer, ein cooles Haus, viele flippige Leute um mich herum, Geld und exotische Reisen würden mich glücklich machen.«

»Aber das haben sie nicht?«

Schorsch schüttelte den Kopf. »Nein, das haben sie nicht«, sagte er und wurde mit einem Mal ernst. »Auf den Partys in meinem Haus fühlte ich mich unter meinen Freunden zunehmend einsamer. Und je mehr ich besaß, desto weniger bedeutete mir etwas. Ich empfand alles als Last.« Er schüttelte sich, als wolle er irgendein Gewicht loswerden, das ihn beschwerte. »Die Reisen, ja, die waren manchmal ganz schön. Aber irgendwie kam ich nie da an, wo ich hinwollte. Stattdessen habe ich mehr und mehr gearbeitet, um mich immer luxuriöser von der vielen Arbeit erholen zu können.«

»Und dann hattest du den Herzinfarkt.«

Schorsch blickte zu Lea hinüber und nickte. »Ich wusste, wenn ich so weitermache, habe ich im besten Fall noch ein paar Jahre. Und ich war erst Mitte 30. Und dann fragt man sich schon mal, was eigentlich der Sinn des Lebens ist.«

»Der Sinn des Lebens«, wiederholte Lea und schüttelte energisch den Kopf. »Der Sinn des Lebens kann mich mal.«

Schorsch zog überrascht von Leas vehementer Stimme die Augenbrauen hoch, sagte aber nichts. Balou und Raksha lagen zu seinen Füßen und dösten vor sich hin. Jetzt aber schienen sie zu spüren, dass die Stimmung sich veränderte, denn beide hoben die Köpfe und blickten zu Schorsch und Lea auf.

»Und jetzt? Bist du jetzt glücklicher?«, wollte Lea wissen.

Schorsch nickte. »Ja, ich denke schon. Auf jeden Fall bin ich jetzt ich und nicht der, den andere in mir sehen wollen.«

»Wer wollte dich denn anders haben als du bist?«

Schorsch zuckte mit den Schultern. »Meine Eltern? Mein Partner? Meine Freunde?« Er sah Lea an und sein Mund verzog sich zu einem Lächeln. »Eigentlich alle außer deiner Mutter. Sie hat immer zu mir gesagt, das sei nicht ich. Sie hat mich an meine Träume erinnert, die ich hatte, als ich so alt war wie du.«

»Und was waren deine Träume, als du so alt warst wie ich?«

Schorsch lachte laut. »Auswandern wollte ich schon immer«, sagte er. »Allerdings nicht nach Irland, sondern nach Mallorca. Du weißt schon, viel Sonne und so … Dort wollte ich mir einen alten Bauernhof kaufen und in ein komfortables Hotel umwandeln.« Er deutete mit einer Handbewegung um sich. »Nicht ganz dasselbe hier, ich weiß, aber ich bin ja auch keine 18 mehr.«

Lea blickte sich um. Die Sonne verschwand langsam hinter der Hügelkette am Horizont und tauchte die Landschaft in ein warmes, fast schon violettes Licht. Der Vorplatz des Cottages war mit Kies ausgelegt. An der Hauswand wuchsen verschiedene Stauden mit hübschen kleinen roten, gelben und lilafarbenen Blüten. Lea hatte keine Ahnung, wie die Pflanzen hießen, aber sie sahen wunderschön aus. Alles hier sah wunderschön aus. Und es war ruhig. So unendlich ruhig.

Hier.

Am Ende der Welt.

»Und was sind deine Träume?«

Lea zuckte zusammen, als Schorsch so unvermittelt das Wort an sie richtete. »Träume? Ich habe keine Träume. Es nutzt ja eh nichts, irgendwelche Pläne zu machen. Dann passiert nur irgendwas Unvorhergesehenes, *Peng*«, sie schlug so laut die Handinnenflächen gegeneinander, dass die beiden Hunde kurz zusammenzuckten, »und dann hat es sich ohnehin ausgeträumt.«

»Aber Träume kann man doch gar nicht verhindern, oder? Antoine de Saint-Exupéry hat mal gesagt: ›Die Zukunft soll man nicht voraussehen wollen, sondern möglich machen.‹«

Lea dachte an Emilia, ihre beste Freundin, und Schorschs Worte kamen ihr vor wie Hohn. »Wie soll man seine Zukunft möglich machen, wenn das Schicksal sie zerstört?«

»Manchmal zeigt uns das Schicksal nur einen anderen Weg, einen, den wir bis dahin noch gar nicht gesehen haben.«

Lea schnaubte. »Und manche Wege sind Sackgassen«, beharrte sie.

Schorsch lächelte. »Auch aus Sackgassen gibt es immer einen Ausweg«, sagte er. »Man muss ihn nur finden. Und manchmal muss man dafür halt auch ein paar Schritte zurückgehen. Oder über eine Mauer klettern.« Er stand auf und griff nach den Wollspulen. Balou und Raksha waren mit einem Mal hellwach und sprangen ebenfalls auf. »Ich habe noch einen alten Betttisch für dich aus dem Schuppen geholt und ihn dir oben hingestellt. Als Ablage.«

Lea hatte keine Ahnung, was ein Betttisch war, aber sie würde es ja sehen, wenn sie hochging.

»Und auf dem Tisch liegt eine Taschenlampe, falls du nachts Licht auf der Treppe brauchst.«

»Danke.« Sie gähnte hinter vorgehaltener Hand.

»Ich kann mir vorstellen, wie müde du bist«, sagte Schorsch mitfühlend.

Lea nickte. »Ja, ich glaube, ich gehe tatsächlich schon schlafen, wenn es dir nichts ausmacht.«

»Träum schön!«, antwortete Schorsch und zwinkerte ihr zu.

Der Betttisch war praktisch. Er hatte Rollen und man konnte auf der Matratze sitzend daran arbeiten.

Lea hatte einen Teil ihrer Klamotten in die Kommode geräumt. Schorsch hatte recht gehabt – alles passte nicht hinein. Aber das spielte auch keine Rolle. Dann blieb der Rest halt im Koffer.

In der obersten Schublade der Kommode hatte Lea mehrere Briefblöcke und Stifte gefunden. Klar, in einem Haus ohne PC und ohne Internet schrieb man Nachrichten noch wie im letzten Jahrhundert. Fast schon romantisch.

Lea wusste nicht, wann sie zuletzt einen Brief geschrieben hatte. Als Kind hatte sie ihren Großeltern manchmal Postkarten aus dem Urlaub geschickt. Aber seit sie ein Smartphone besaß, waren auch die Urlaubsgrüße digital.

Liebe Mum!

Als Schorsch mich heute vom Bus abgeholt hat, sind wir auf dem Weg zu seinem Haus mitten in eine Schafherde geraten. Schorsch hat einfach pfeifend gewartet, bis die Schafe den Weg wieder freigegeben haben. Und irgendwie war das sogar ganz lustig, die blökenden Schafe zu beobachten und zu sehen, wie der Hund des Schäfers die Herde zusammengetrieben hat.

Das hat mich daran erinnert, wie Dad sich aufgeregt hat, als wir im letzten Urlaub auf die Kühe gestoßen sind, die mitten auf der Straße lagen. Erinnerst du dich?

Ich hatte das total vergessen. Aber heute fiel es mir wieder ein. Und mir fiel auch wieder ein, dass Dad bereits beim Frühstück im Hotel schlechte Laune hatte, weil ich getrödelt habe.

Ich hatte keine Lust auf den Ausflug und wollte lieber an den Strand. Deswegen habe ich extra langsam gemacht.
Und jetzt frage ich mich, ob Dad sich vielleicht meinetwegen so aufgeregt hat? Ob ich daran schuld bin, dass ihr euch so oft gestritten habt? Und ob alles anders gekommen wäre, wenn ich nicht wäre? Oder wenn ich wenigstens anders wäre, als ich es bin? Lieber? Netter? Gehorsamer? Fleißiger? Ordentlicher?
Wie oft habt ihr euch meinetwegen gestritten? Wie oft hat Dad dir vorgeworfen, du würdest mich nicht richtig erziehen? Ich wäre zu frech, zu aufsässig, zu faul, würde meine Sachen überall rumliegen lassen, hätte zu große Ansprüche und was weiß ich noch alles.
Hast du mich deshalb nach Irland geschickt? Wolltest du mich aus den Augen haben?
Denkst du, ich bin schuld daran, dass eure Ehe kaputtgegangen ist?

Und wie wird es sein, wenn ich wieder zu Hause bin? Was geschieht jetzt mit uns? Mit mir? Wann sehe ich Dad? Bleiben wir im Haus wohnen oder müssen wir umziehen? Aber wohin?
Diese Fragen quälen mich. Ich weiß nicht mehr, wie es weitergeht. Dabei hatte ich für alles einen Plan. Aber wie man ja an Emmy sieht, ist es sowieso sinnlos, etwas zu planen. Ein einziger Augenblick kann alles zerstören. Und vielleicht bin doch nicht ich der Grund dafür, dass Dad ausgezogen ist. Vielleicht hat es ausschließlich mit euch zu tun. Mit dir. Aber es macht auch was

mit mir! Und das finde ich ungerecht!
Trotzdem habe ich dich lieb und vermisse dich.
Ich vermisse alles! Mein ganzes altes Leben!
Dich, Dad, Emmy, ja, sogar Mattis, obwohl ...
der kann mir eigentlich gestohlen bleiben.

Gute Nacht.
Lea

Lea schob die Hülle zurück auf den Stift und stand auf. Die Dielen knarzten unter ihren Schritten, als sie zur Kommode hinüberging. Sie faltete den Brief an ihre Mutter sorgfältig zusammen und zog die Schublade heraus. Unschlüssig stand sie da, dann nahm sie alle Schreibblöcke heraus, um den Brief ganz nach hinten zu legen.

Irische Märchen und Sagen. Das Buch lag zuunterst. Wegen des Papierstapels darüber hatte sie es zuvor übersehen. Lea nahm es in die Hand und betrachtete das Bild auf dem Umschlag.

Ein dichter Wald. Gnome. Oder waren es Kobolde? Und was war das? Eine Elfe? Eine Elfe, die auf einer goldenen Harfe spielte?

Kindergeschichten.

Lea legte das Buch zurück in die Schublade und vergewisserte sich, dass der Brief an ihre Mutter gut versteckt war. Dann kuschelte sie sich unter ihre Decke, knipste das Licht aus und war innerhalb weniger Minuten eingeschlafen.

Der Wind zerzauste ihr langes blondes Haar. Emmy, dicht neben ihr, lachte glückselig und spornte ihren Schimmel an, noch schneller zu laufen.

Lea schnalzte mit der Zunge und der Braune, auf dem sie ritt, wurde ebenfalls schneller. Sie jagten über den Strand. Sand spritzte hinter ihnen auf und die Pferde schienen mindestens ebenso viel Freude an diesem Wettrennen zu haben, wie die Mädchen. Nichts konnte sie aufhalten …

Lea wurde immer schneller, ihr Pferd überholte Emmys und sie reckte bereits in Siegerpose den Arm in die Luft.

Dann drehte sie sich um. Ihr gerade noch zu einem Lächeln verzogener Mund öffnete sich in einem stillen Schrei.

Emmy saß nicht mehr auf ihrem Pferd. Sie lag regungslos auf dem Boden.

Lea ließ sich eilig aus dem Sattel gleiten und rannte zu ihrer Freundin zurück, beugte sich über sie. Emmys Augen waren geschlossen. Lea suchte den Strand ab. Aber es war niemand hier. Niemand! Noch nicht einmal die beiden Pferde, mit denen sie hierhergekommen waren! Der Strand lag vollkommen verlassen da.

Plötzlich spürte Lea etwas an ihren Zehen lecken. Sie blickte nach unten. Das Wasser umschloss bereits ihre Füße und stieg in Sekundenschnelle. Flut! Und Emmy lag bewusstlos am Meeressaum! Sie musste sie retten! Aber wie? Sie versuchte, ihre Freundin ein Stück anzuheben und sie von den lebensbedrohlichen, immer näher kommenden Wellen wegzuziehen. Aber sie schaffte es nicht. Emmy war zu schwer für sie. Oder sie zu schwach für Emmy!

Das Wasser und der Sand an ihren Füßen wurden schnell unangenehm. Kalt und reibend wie eine grobe Feile.

Lea wackelte mit den nackten Zehen (Wieso trug sie eigentlich keine Reitstiefel?) und das unangenehme Gefühl ließ augenblicklich nach. Sie warf einen letzten Blick auf Emmy. Dann rannte sie los, ließ ihre Freundin allein zurück. Vielleicht fand sie irgendwo Hilfe? Vielleicht konnte ihr jemand helfen, Emmy zu retten?

Plötzlich sah sie am Dünenrand einen jungen Mann, etwa in ihrem Alter. Wo kam der nur auf einmal her? Warum hatte sie ihn vorher nicht wahrgenommen? Er erinnerte sie an etwas. Oder an jemanden. Aber er blickte nicht zu ihr hinüber, so laut sie auch rief. Denn er küsste gerade ein hübsches Mädchen mit kurzem rötlich glänzendem Haar.

Lea rannte zu dem Paar hinüber. Sie wedelte mit den Armen und rief immer wieder um Hilfe! Von irgendwoher drang das Knattern eines Traktormotors an ihre Ohren und sie wunderte sich, wo dieses Geräusch plötzlich herkam.

Gerade als der junge Mann endlich zu ihr hinüberblickte und sie ihn erkannte, verwandelte er sich vor ihren Augen in einen Kobold mit langem Bart und grünem Wams.

Lea geriet ins Straucheln, stürzte vornüber zu Boden und knallte mit der Stirn gegen einen dicken Stein. Der Schmerz war so überwältigend, dass sie beinahe das Bewusstsein verlor. Nur mit Mühe schaffte sie es, den Kopf zu heben. Ihr Blick war verschwommen, aber kam da, am Ende des Strands, nicht ein junger Mann auf sie zu? Groß? Schlank? Dunkel? Geheimnisvoll?

Doch bevor sie ihn genau erkennen konnte, wachte sie auf und blickte in grün leuchtende Augen mit seltsam länglich geformten Pupillen.

Die Katze schnurrte und rieb ihr Köpfchen an Leas Stirn.

Lea stöhnte. »Kaa!«

Das Schnurren wurde noch lauter und Kaa rammte förmlich ihren Kopf gegen Leas.

Lea drehte sich auf die Seite und ihre Finger fuhren durch das weiche Fell der Katze. Die Augen hielt sie noch geschlossen.

Was für ein Traum!

Sie erinnerte sich jetzt wieder an die Reiterferien, die sie zusammen mit Emmy verbracht hatte. Wie alt waren sie damals gewesen? Elf? Oder zwölf? Eine Woche an der holländischen Küste, Planwagenfahrten und Ausritte am Strand. Eigentlich war Emmy die bessere Reiterin von ihnen.

Gewesen.

Und jetzt hatte Lea sie im Traum allein zurückgelassen. Obwohl Emmy ihre Hilfe gebraucht hätte! Die Erkenntnis, wie viel dieser verrückte Traum mit ihrem echten Leben zu tun gehabt hatte, erschreckte Lea. Und gleichzeitig musste sie kichern. Mattis als Kobold mit langem Bart und grünem Wams. Das hätte sie sich im wachen Zustand nicht besser ausmalen können!

Der Stein, an dem sie sich im Traum den Kopf gestoßen hatte, das laute Knattern des Traktormotors, das nasse, schmirgelnde Gefühl an ihren Zehen, als die Flut stieg … ja, vermutlich sogar das rötliche Haar des Mädchens, mit dem der Kobold Mattis rumgeknutscht hatte … All das lag warm und weich in Gestalt einer Katze an ihre Brust geschmiegt da und genoss die Streicheleinheit.

Hat ja wohl auch lange genug gedauert, dich wach zu kriegen, schien Kaa zu denken. *Nun habe ich mir das auch redlich verdient!*

Ein leises *Plingpling* klang von unten zu Leas Dachbodenzimmer hinauf.

Kaa sprang so schnell vom Bett, dass Leas Hand, die soeben noch das weiche Fell gestreichelt hatte, völlig sinnlos in der Luft hing – dort, wo gerade noch die Katze gelegen hatte.

Von Kaa war bereits nichts mehr zu sehen.

Lea kannte das Geräusch, das Kaa von ihr weggelockt hatte. Es war eine Kindheitserinnerung aus der Zeit, als sie noch regelmäßig bei ihren Großeltern übernachtet hatte. Oma Mathilde hatte ihre vier Katzen immer zum Frühstück gerufen, indem sie mit dem Löffel gegen die Tonschälchen schlug.

Frühstück, dachte Lea und schlüpfte unter der Bettdecke hervor.

»Hast du gut geschlafen?« Schorsch pustete in seine Teeschale, deren Inhalt so heiß war, dass Dampfwolken daraus aufstiegen.

»Ja, sehr gut, danke.« Lea setzte sich und ließ ihren Blick

über den reich gedeckten Frühstückstisch schweifen. Ihr Magen knurrte bei dem Anblick all der Köstlichkeiten.

»Ich hoffe, du hattest einen schönen Traum? Du weißt ja, dass das, was man als Erstes an einem neuen Ort träumt, in Erfüllung geht?«

Lea verschluckte sich beinahe an ihrem Tee. »Na ja, also es ist wohl eher so, dass alles, was ich geträumt habe, schon vorher in Erfüllung gegangen ist.«

Schorsch nickte verstehend. Klar, vermutlich wusste er alles bis ins kleinste Detail von Mum.

»Aber wenn sich mein Ex-Freund nach meiner Rückkehr tatsächlich in einen kleinen hässlichen Kobold in grünem Wams verwandelt hat, hab ich nichts dagegen«, sagte Lea und griff nach den Kirschen. »Ich denke, das geschähe ihm recht.«

Schorsch kicherte. »Vielleicht zeigt er dir den Schatz am Ende des Regenbogens.«

»Welchen Schatz?«

»Kennst du die Geschichte nicht?«

Lea schüttelte den Kopf.

»Der Leprechaun ist eine irische Sagengestalt. Ein kleiner Kobold, der der Legende nach einen Goldschatz an einem Ort versteckt hat, den einzig und allein er kennt. Menschen können diesen Ort nur finden, wenn es zugleich regnet und die Sonne scheint, denn dann markiert das Ende des Regenbogens das Versteck. Wer in der Einsamkeit der irischen Landschaft spazieren geht, sollte auf jedes Geräusch achten! Wenn du ein leises Hämmern hörst, dann kann das der Leprechaun bei seiner Arbeit sein. Folge dem Geräusch und du entdeckst vielleicht seine Höhle. Packe ihn an den Schultern und sieh ihm fest in die Augen, dann verrät er manchmal sein Versteck.«

»Also ist der kleine Kobold auf dem Buch, das oben in der Schublade liegt, ein Leprechaun?«

»Aha!«, machte Schorsch statt einer Antwort. »Du hast dir

das Buch angesehen und dann von einem Kobold geträumt, verstehe!« Er biss herzhaft in sein Brot und schmatzte dabei.

»Vielleicht begebe ich mich nach dem Frühstück mal auf die Suche nach einem Leprechaun«, überlegte Lea laut. »So ein Schatz kann ja nicht schaden.«

❤

Schmerzen.

Schmerzen waren ein fester Bestandteil seines Lebens. Früher waren es die Schmerzen gewesen, die Menschen ihm zugefügt hatten. Wäre sein Fell kürzer gewesen, hätte man vielleicht noch die Striemen sehen können, die die unzähligen Schläge mit der Peitsche auf seiner Kruppe hinterlassen hatten. Schläge, die ihn antreiben sollten, Schläge, die seinen Willen brechen sollten, Schläge, die ihn gefügig machen sollten. Schläge, die ihn dazu bringen sollten, sich nicht gegen das viel zu hohe Gewicht eines Reiters auf seinem Kinderrücken zu wehren. Die Erinnerung an diese Torturen war nicht nur auf seiner Haut, sondern auch in sein Gedächtnis eingebrannt.

Heute waren es die Schmerzen an seinem Kopf, von denen er gar nicht so genau wusste, woher sie rührten. Sie hatten mit dem Ding zu tun, das die Menschen ihm übergestreift hatten und das er schon immer trug, obwohl es, das wusste er ganz genau, kein Teil von ihm war, sondern ein Fremdkörper. Die Schmerzen, die das Ding verursachte, wurden immer schlimmer und schlimmer. Vor allem beim Fressen waren sie beinahe unerträglich.

Der Fuchs senkte den Kopf und rupfte bedächtig Grashalme aus dem Boden, der an vielen Stellen durch die letzten Regenfälle noch weich war. Die Kaubewegungen verursachten stechende Schmerzen an seiner Nase und an seinem Kinn. Aber der gleichfalls bohrende Hunger zwang ihn dazu, sie zu ertragen.

4

Nicht die Vollkommenen, sondern die Unvollkommenen
brauchen unsere Liebe
Oscar Wilde

Die erste halbe Stunde kreisten Leas Gedanken ausschließlich um Mum und Dad, um Emmy und um Mattis. Es war fast wie in einer Zentrifuge. Die Gedanken wirbelten im Kreis herum, entfernten sich ein Stück vom Mittelpunkt, prallten dann gegen irgendeine imaginäre Begrenzung und kamen zum Zentrum zurück. Und das immer im Wechsel: Mum und Dad, Emmy, Mattis. Mum und Dad, Emmy, Mattis. Mum und Dad ... Ihre Umgebung nahm Lea zwar wahr, aber sie blieb irgendwie außerhalb der Zentrifuge.

Erst als sie mit ihrem linken Fuß beinahe in einem Schlammloch stecken blieb, ließ die Zentrifugalkraft plötzlich nach und katapultierte Lea ins Hier und Jetzt.

Der Boden war nach dem gestrigen Regen nur an einigen wenigen Stellen noch matschig. Dort, wo die Sonne nicht hingekommen war. Zum Beispiel sammelte sich Wasser im Schatten der kleinen Felsbrocken, die auf der hügeligen Wiese verteilt lagen, als wären sie einem vorbeikommenden Riesen aus der Tasche gefallen. Dennoch hatte Lea es geschafft, genau in eins der wenigen Matschlöcher zu treten. *Na, herzlichen Glückwunsch!*

Abgesehen von einem älteren Mann auf einer Pferdekutsche war Lea auf ihrem Spaziergang bislang niemandem begegnet. Selbst Kaa, die sie die ersten Meter begleitet hatte, hatte sich nach kurzer Zeit eines Besseren besonnen und war zurückgeblieben. Sie suchte vermutlich nach ihrem eigenen Schatz in Form einer kleinen Maus. Dabei hätte Lea die Katze sehr gern als Begleiterin an ihrer Seite gewusst. Balou und Raksha hatten ihr zwar äußerst interessiert hinterhergeschaut, aber keinerlei Anstalten gemacht, das Angebot eines Spaziergangs anzunehmen.

Der Mann auf dem Kutschbock hatte sie überrascht gemustert, so, als wären Spaziergänger hier etwas völlig Unerwartetes (und vielleicht war das ja auch so), und irgendetwas zur Begrüßung genuschelt, das Lea aber nicht im Entferntesten verstanden hatte. Mit Englisch, wie Lea es in der Schule lernte, hatte diese Sprache jedenfalls nichts zu tun. Immerhin hatte sie versucht freundlich zu lächeln und auch irgendetwas gemurmelt, das der Mann vermutlich ebenso wenig verstanden hatte wie sie seinen Gruß.

Hätte sie ein Bild von einem Iren malen sollen, wäre wohl genau dieser Mann dabei herausgekommen.

Etwas später kam Lea an einem alten Holzgatter vorbei, das völlig sinnbefreit mitten auf der Wiese stand, weil links und rechts der Zaun fehlte.

Allmählich wurde die Landschaft immer hügeliger. Am Horizont erhob sich eine niedrige Bergkette, der strahlend blaue Himmel war mit Schäfchenwolken übersät und das Gras so grün, dass es regelrecht leuchtete. Der leichte Wind blies die Gedanken an zu Hause, an Mum und Dad und Emmy und Mattis aus Leas Kopf.

Vogelgezwitscher und das Schmatzen ihres linken Schuhs bei jedem Auftreten. Aber nirgends auch nur das geringste Klopfgeräusch. Von einem Kobold weit und breit keine Spur. Das mit dem Schatz würde also voraussichtlich nichts werden.

Und doch war da etwas. Ein Geräusch, das Lea nicht sofort zuordnen konnte. Ein Atmen, Schnauben, Scharren.

Es kam von rechts, dort, wo sich die Wiese zu einem kleinen Berg erhob.

Von dieser Anhöhe aus, überlegte Lea, hätte sie eine fantastische Aussicht. Inzwischen war sie sich nämlich gar nicht mehr so sicher, ob sie den Rückweg noch finden würde.

Sie stapfte die Erhöhung hinauf und die Geräusche wurden lauter, greifbarer. Es klang so, als würden irgendwo Schafe grasen. Oder Rehe äsen. Nicht einen Moment lang dachte Lea darüber nach, ob diese Geräusche von etwas herrühren konnten, das Gefahr bedeutete. Diese Landschaft war so friedlich, dass es ihr gar nicht in den Sinn kam, dass irgendetwas hier ihr feindlich gesinnt sein könnte.

Der Hügel war steiler, als Lea gedacht hatte. Und an manchen Stellen rutschig. Aber endlich stand Lea oben und schnappte nach Luft. Zum einen, weil der Anstieg sie doch angestrengt hatte, zum anderen, weil unmittelbar unter ihr, auf der anderen Seite der Anhöhe, zwei Pferde standen! Ein kleiner Schecke und ein größerer Fuchs, der etwas Merkwürdiges am Kopf hatte. Jedenfalls sah seine Nase irgendwie … verformt aus.

Die beiden blickten mindestens ebenso erschrocken zu Lea hoch wie sie zu den zwei Pferden am Fuß des Hügels unter ihr.

Die Gedanken überschlugen sich in Leas Kopf. Waren das Wildpferde? Wieso liefen sie nicht vor ihr weg? Sie war kaum mehr als 20 Meter von ihnen entfernt! Hätten sie nicht direkt vor ihr fliehen müssen? Sie hatten sie doch bestimmt längst gewittert und gehört, dass sie sich ihnen näherte? Sie konnte das Vibrieren der Muskeln sehen, die Anspannung in den Körpern, den Drang davonzurennen – aber die Pferde blieben wie angewurzelt stehen!

Nicht Lea war die Reiterin und Pferdeexpertin – das war immer Emmy gewesen. Aber zumindest wusste sie, dass Pferde Fluchttiere waren und dass Wildpferde normalerweise scheu reagierten, wenn ein Mensch sich ihnen bis auf wenige Meter näherte. Warum also blieben diese zwei hier einfach stehen?

Was sollte sie jetzt tun? Vielleicht hatten die beiden irgendeine Krankheit? Tollwut oder so? Darüber hatte sie während ihres Praktikums beim Tierarzt etwas gelesen, aber ihr Kopf war wie leer gefegt. Es fiel ihr partout nichts mehr ein! Konnte es sein, dass die Pferde deshalb stehen blieben? Würden sie sie vielleicht sogar attackieren, wenn sie sich ihnen näherte? Oder noch schlimmer, wenn sie vorsichtig versuchte, sich zu entfernen?

Lea kam es so vor, als stünde sie nun bereits mehrere Minuten lang bewegungslos auf der Kuppe des Hügels und traute sich kaum zu atmen. Sie beobachtete die Pferde – und die Pferde beobachteten sie. Aber erst jetzt, beim dritten, vierten, fünften Blick fiel ihr auf, dass mit diesen zwei irgendetwas nicht stimmte. Ganz und gar nicht stimmte. Und damit meinte sie nicht das fehlende Fluchtverhalten.

Das kleinere der beiden, vielleicht ein Shetty, hatte einen unnatürlich dicken Bauch und außerdem hervorstehende Knochen. Es sah zugleich trächtig und unterernährt aus.

Auch das größere war erschreckend dünn. Und irgendetwas stimmte mit seinem Kopf nicht! Auf der Nase hatte es eine … Lea kniff die Augen zusammen, um besser sehen zu können … eine blutende Wunde? Eine Einkerbung? Auf jeden Fall irgendetwas, was da ganz bestimmt nicht hingehörte! Es sah aus wie … wie ein Halfter? Konnte das sein?

Also waren es doch keine Wildpferde?

Einem Impuls folgend machte Lea einige zaghafte Schritte auf die beiden Tiere zu. Sie waren, das konnte sie jetzt deutlich erkennen, in einer grauenvollen Verfassung! Und als Lea nun näher kam, wich das größere der beiden Tiere zurück. Aber das kleinere blieb immer noch stehen! Und als Lea nur noch ein Dutzend Schritte entfernt war, konnte sie auch sehen, warum das Pony sich nicht bewegte! Seine Hufe krümmten sich wie Schnabelschuhe oder wie diese orientalischen Pantoffeln! Das Horn war ungehindert immer weiter gewachsen, hatte sich schließlich sogar nach oben gebogen. Das Pony *konnte* gar nicht vor ihr davonlaufen! Selbst wenn es wollte! Es stand mit zitternden Beinen da und schaute sie panisch an. Lea konnte das Weiße in seinen vor Angst weit aufgerissenen Augen sehen.

»O Gott!«

Am liebsten wäre sie jetzt auf das total verstörte Pony zugelaufen und hätte ihm sofort geholfen, es gestreichelt und getröstet. Aber natürlich wusste sie, dass dies das arme Tier nur noch mehr geängstigt hätte.

Das größere der beiden stand in einigen Metern Entfernung und beobachtete sichtlich unruhig, was mit seinem Freund geschah. Es hätte fliehen und sich selbst in Sicherheit vor diesem Menschen bringen können, aber es verharrte, als wolle es seinen Freund nicht im Stich lassen.

Lea löste sich allmählich aus ihrer Erstarrung. Sie konnte hier nichts für die beiden Pferde tun. Sie musste Hilfe holen. *Sofort!*

Angst! Unfassbar große Angst! Sein Herz raste, seine Augen waren geweitet, er atmete schwer.

Da stand ein Mensch und ging nicht weg! Im Gegenteil, er kam näher und näher!

Der Fuchs hatte versucht, leise zu sein, als er die Gegenwart des Menschen gespürt hatte. Er hatte stillgestanden und gelauscht und seine kleine Freundin hatte es genauso gemacht. Aber es hatte nicht funktioniert! Der Mensch war trotzdem näher gekommen. Jetzt schrie alles in ihm nach Flucht! Aber er wusste, dass seine kleine Freundin nicht mit ihm fliehen konnte. Und er musste bei ihr bleiben! Die Herde musste unter allen Umständen zusammenbleiben!

Seine innere Unruhe war so groß, dass er am Rand der Bäume hin und her lief. Fliehen. Bleiben. Fliehen. Bleiben. Die beiden Triebe fochten einen regelrechten Kampf gegeneinander aus. Er reckte den Kopf, spitzte die Ohren, sein Schweif schlug hin und her und das Adrenalin in seinem Körper sorgte zumindest einige

Augenblicke lang dafür, dass er die Schmerzen nicht mehr so stark wahrnahm.

Die Aufregung ließ auch nicht nach, als sich der Mensch schließlich doch umwandte und davonhastete. Selbst dann verharrte der große Fuchs noch am Waldrand und sein Blick schweifte unstet über die Wiese. Erst als er sich sicher war, dass der Mensch nicht zurückkam, lief er hinüber zu seiner kleinen Freundin. Er schnupperte an ihr, brummelte ihr zu und gegenseitig versicherten sie einander, dass ihnen keine Gefahr mehr drohte.

♥

Zunächst war Lea so vorangehastet, dass sie mehrere Male beinahe über ihre eigenen Füße stolperte. Als wäre jemand hinter ihr her und sie müsse fliehen. Auf dem Hinweg hatten ihre Gedanken ausschließlich um ihr Leben in Deutschland gekreist: um Emmys schweren Unfall und ihr Versagen als Freundin. Um Mattis Verrat an ihr und ihre eigene Verletztheit. Um Mum und Dad und was nun aus ihrer Familie und aus ihr selbst werden würde. Doch all das erschien ihr nun weit weg. Wie Probleme aus einem anderen Leben. Nichts von dem, was geschehen war, konnte sie ändern oder rückgängig machen. Aber nun hatte sie die Chance, etwas zu tun, Hilfe zu organisieren!

»Schorsch!« Sie rief bereits nach ihm, als das Cottage gerade in Sichtweite kam. »Schorsch!«

Balou und Raksha liefen ihr entgegen und umrundeten sie. Ob es an ihrer Aufgeregtheit lag, die die beiden Hunde spürten, oder ob sie ohnehin gebellt hätten, weil sich jemand Haus und Hof näherte, wusste Lea nicht. Aber sie war dankbar dafür, denn nun trat Schorsch aus dem Haus und blickte ihr entgegen. Er schien sofort zu sehen, dass etwas nicht stimmte, und kam eiligen Schrittes und mit besorgter Miene auf sie zu.

»Was ist los?«, fragte er, als sie schließlich atemlos vor ihm stand. »Ist etwas passiert?«

Lea japste nach Luft. Sie konnte vor Aufregung und weil sie den größten Teil der Strecke gerannt war, kaum sprechen. »Pferde!«, stieß sie hervor.

»Beruhige dich erst mal«, sagte Schorsch und legte ihr einen Arm um die Schultern. »Komm, setz dich.« Er wollte sie zu der kleinen Bank führen, die vor dem Haus in der Sonne stand, doch Lea schüttelte energisch den Kopf.

»Nein«, beharrte sie. »Wir müssen sofort da hin und etwas tun!«

Ein Lächeln huschte über Schorschs Gesicht. Offenbar erkannte er augenblicklich, dass nicht Lea selbst Hilfe brauchte, sondern jemand anderes und das schien ihn erst einmal zu erleichtern.

»Du hast Pferde gesehen?«, fragte er.

Lea nickte.

»Wo?«

Lea registrierte, dass Schorsch von ihrer Nachricht nicht sonderlich überrascht zu sein schien.

»Hinter einem Hügel.«

Schorsch grinste. »Ach nee …«

»Ich kann es nicht beschreiben, aber ich kann dir die Stelle zeigen! Du musst mitkommen! Jetzt sofort!«

»Was war denn mit den Pferden? Sind sie verletzt?«

Lea nickte. »Eins hat eine Wunde am Kopf und das andere kann gar nicht laufen.«

Jetzt legte Schorsch doch die Stirn in Falten. »Okay.« Ohne auf eine Erwiderung von ihr zu warten, drehte er sich um und ging auf das Cottage zu. Lea blieb nichts anderes übrig als ihm zu folgen.

Nach dem hellen Licht draußen kam ihr das Innere des Hauses düster vor. Ihre Augen brauchten einen Moment, um sich an das diffuse Dämmerlicht zu gewöhnen.

Schorsch ging schnurstracks aufs Telefon zu. Er drückte offensichtlich auf eine eingespeicherte Nummer und lauschte auf das Freizeichen.

Lea hatte Mühe, dem anschließenden Gespräch zu folgen. Eigentlich war ihr Englisch recht gut, aber Schorsch sprach in irgendeinem merkwürdigen Dialekt, den Lea kaum verstand. Einmal wandte er sich an sie und fragte, wie weit entfernt die Pferde standen.

Lea zuckte mit den Schultern. »Ich bin vielleicht eine Stunde gegangen, aber langsam.«

Schorsch sprach wieder mit der Person am anderen Ende der Leitung und Lea erkannte, dass er ihre Worte übersetzte.

»Kann man die Stelle mit Fahrzeugen erreichen?«, wandte sich Schorsch erneut an sie.

»Ich denke schon«, antwortete Lea. Zögerlich, weil sie gleichzeitig überlegte, dass wohl kaum ein tiefergelegter Sportwagen gemeint war, sondern ein geländegängiges Modell wie Schorsch eins fuhr. »Der größte Teil der Strecke war ein unbefestigter Weg, das letzte Stück Wiese.«

Schorsch übersetzte wieder. Dann beendete er das Gespräch.

»Sie kommen«, sagte er knapp.

Es dauerte eine knappe halbe Stunde, bis ein uralter Range Rover mit Pferdeanhänger vorfuhr. Es war die längste halbe Stunde in Leas bisherigem Leben gewesen.

Schorsch hatte Lea erklärt, dass seine Nachbarin sich um die Pferde kümmern würde. »Nachbarin?«, hatte Lea gefragt, denn sie konnte, so weit das Auge reichte, nirgends ein zweites Gebäude erkennen. Aber Schorsch meinte, es seien nur drei Kilometer bis zu Eireens Anwesen, das sie vor etwa zehn Jahren, kurz nach seiner Ankunft in Irland, in einen Schutzhof für Pferde verwandelt habe. Das wisse er deshalb noch so genau, weil er ihr damals beim Umbau geholfen habe.

Und tatsächlich stand auf dem silberfarbenen Transporter,

der nun vor Schorschs Haus parkte, in schwungvollen schwarzen Buchstaben *Lost Horses Rescue*.

Die Türen des Range Rovers wurden geöffnet. Zwei Männer und eine Frau stiegen aus dem Fahrzeug und kamen auf Schorsch und Lea zu.

Die Frau war klein und hatte eine kräftige Statur. Sie ging mit ausholenden Schritten voran. Ihr folgte ein großer, bärtiger Mann, den Lea auf Mitte vierzig schätzte, und ein ebenfalls großer, aber schlaksiger Typ, der nicht viel älter zu sein schien als Lea selbst. Er hatte dunkle Haare, die ihm tief ins Gesicht fielen, und grüne Augen und kam Lea auf merkwürdige Weise bekannt vor, so als hätte sie ihn irgendwo schon einmal gesehen. *Groß, schlank, dunkel, geheimnisvoll.* Aber das konnte ja nicht sein und bevor sie sich weiter Gedanken darüber machen konnte, zog die Begrüßung der Erwachsenen ihre Aufmerksamkeit auf sich.

»Eireen!«, rief Schorsch der Frau entgegen.

Sie lächelte und küsste ihn auf beide Wangen, bevor sie sich immer noch strahlend an Lea wandte.

Es war dieses strahlende Lächeln, das Lea sofort für Eireen einnahm.

»Lea, nicht wahr?«

Lea nickte stumm.

»Schorsch hat uns erzählt, dass er Besuch aus Deutschland bekommt. Schön, dass du da bist. Ich bin Eireen, das ist Conor, mein Mann, und unser Sohn Ray. Wo hast du die Pferde denn entdeckt?«

»Ich kann es nicht beschreiben, aber ich kann euch die Stelle zeigen«, antwortete Lea.

»Das wäre nett von dir«, sagte Eireen. »Am besten fährst du mit uns?«

Lea nickte. »Klar, gerne.«

»Wir bringen Lea dann später zurück.«

Schorsch nickte. »Good luck!«

Lea folgte Eireen, Conor und Ray zum Auto und wollte sich neben Ray auf die Rückbank setzen, doch Eireen bat sie, auf dem Beifahrersitz Platz zu nehmen. »Dann kannst du mir besser den Weg zeigen.«

Eireen lenkte den Wagen und es dauerte nur etwas mehr als zwanzig Minuten, bis sie wenige Meter vor der Anhöhe den Zündschlüssel drehte und der Motor erstarb. Nur einmal war Lea sich über den Weg unsicher gewesen. Einiges sah aus einem fahrenden Auto heraus einfach anders aus. Aber dann hatte sie das Gatter ohne Zaun gesehen und sich neu orientieren können.

Jetzt klopfte Leas Herz bis zum Hals, während sie die Autotür so leise schloss, wie es ihr möglich war.

Sie waren noch da. Lea hatte schon befürchtet, die beiden Pferde hätten sich vielleicht in der Zwischenzeit in Luft aufgelöst, das kleinere der beiden, dessen verformten Hufe ihm eine Fortbewegung eigentlich unmöglich machten, könnte doch laufen und sie hätte sich das alles nur eingebildet. Konnte so etwas Schreckliches überhaupt wahr sein?

Sie hatte sich ausgemalt, wie Eireen und ihre männlichen Helfer sie missbilligend anschauten, weil sie ihr nicht glaubten, was sie gesehen hatte. Aber Eireen hatte ihr auf der kurzen Fahrt hierher versichert, dass sie regelmäßig zu herrenlosen Pferden gerufen wurden.

Diesmal waren sie um die Anhöhe herumgelaufen. Das Bild, das sich ihnen bot, hatte sich, seit Lea die Pferde zurückgelassen hatte, nicht wesentlich verändert. Der größere Fuchs stand nun wieder ganz in der Nähe seines gescheckten kleineren Freundes. Es sah aus, als wolle er ihn beschützen. Doch als sich nun die Menschen näherten, wich er ängstlich zurück.

»Shit!«

Der Zustand der Pferde schien auch die erfahrene Tierschützerin zu bestürzen. Lea hatte erwartet, dass Eireen gefasst reagierte, als sei dies für sie nichts Besonderes. Aber die Irin wirkte regelrecht überwältigt.

Der Fuchs hatte sich erneut so weit zurückgezogen, dass jeder Versuch ihn einzufangen von vornherein zum Scheitern verurteilt war. Wie bei Leas erster Begegnung mit ihm lief er aufgeregt, mit hoch erhobenem Kopf und peitschendem Schweif am Waldrand auf und ab. Der Schecke hingegen verharrte regungslos. Jeder Muskel seines abgemagerten Körpers zitterte, doch er hatte keine Chance zu fliehen.

Eireen näherte sich ihm behutsam. Sie schaute ihm nicht direkt in die Augen und ging in einem leichten Zickzackkurs auf ihn zu.

»Ist gut, mein Kleiner«, sprach sie beruhigend auf das Tier ein. »Wir sind hier, um dir zu helfen. Alles wird gut.«

Dem »Kleinen« waren ihre Worte vollkommen gleichgültig. Er versuchte zu fliehen und stakste auf seinen verformten Hufen, so schnell es ihm möglich war, davon. Der Anblick trieb Lea die Tränen in die Augen. Doch auf der anderen Seite hatte sich Conor an das Pony herangeschlichen und der Schecke schien schnell einzusehen, dass er vollkommen machtlos war. Er sackte regelrecht in sich zusammen, ließ den Kopf hängen und ergab sich in sein Schicksal.

»Poor boy«, sprach Eireen weiter. Sie stand jetzt so nah an dem Pferdchen, dass sie nur die Hand auszustrecken brauchte, um es zu berühren. Aber der Kleine drehte den Kopf weg. Er vertraute ihr nicht. Er vertraute keinem Menschen mehr.

»Schau mal, was ich hier habe!« Eireen hielt einen Eimer mit Hafer vor die Pferdenase. Die Nüstern des Schecken zuckten und blähten sich auf. Eireen stellte den Eimer auf den Boden und der Kleine zögerte nicht. Sein Hunger war offenbar noch größer als sein Misstrauen.

Lea blickte hinüber zu dem größeren Pferd, das sich das Geschehen aus der Ferne anschaute, aber fluchtbereit blieb.

»Was ist mit dem anderen?«, fragte sie.

»Ich hoffe, dass es uns folgt, wenn wir seinen Freund mitnehmen«, erklärte Eireen. »Sonst müssen wir uns etwas Neues überlegen.«

Der Schecke zermalmte genüsslich den Hafer zwischen seinen Zähnen. Er ließ sich jetzt von Eireen anfassen und sie strich behutsam seinen Hals entlang, über den Widerrist und den Rücken bis zur Kruppe. Die Muskeln des Kleinen zuckten, als wollte er eine lästige Fliege vertreiben, aber er fraß unbeirrt weiter.

Eireen nickte Ray zu, der bislang mit einem Halfter in der Hand neben ihnen gestanden hatte. Als das Pony das nächste Mal den Kopf aus dem Eimer hob, zog der junge Mann ihm das Halfter behutsam über. Der Schecke wirkte inzwischen viel ruhiger als noch vor wenigen Minuten. Als hätte er verstanden, dass diese Menschen hier waren, um ihm zu helfen.

Und als Eireen nun mit dem Eimer in der Hand vorweg lief, ließ sich der Schecke von Ray willig hinterherführen. Jeder seiner Schritte war mühsam und unbeholfen. Aber vertrauensvoll folgte er den Menschen. Und dem Futtereimer.

Lea sah zwischen dem Schecken und dem großen Fuchs, der sich das Treiben aus sicherer Entfernung ansah, hin und her.

Eireen bemerkte ihre Blicke und legte ihr tröstend einen Arm um die Schultern. »Wir haben keine Chance, solange er uns nicht näher an sich ranlässt«, erklärte sie.

»Aber was geschieht dann mit ihm? Ich meine … Er ist doch ganz allein, wenn wir jetzt seinen Freund mitnehmen!«

Eireen seufzte. »Manchmal kommt es vor, dass wir ein Pferd nicht retten können«, antwortete sie. »Oder zumindest nicht sofort. Aber wir versuchen es gleich noch einmal, nachdem wir den Kleinen hier verladen haben, okay?«

Lea nickte. Sie blickte hinüber an den Rand des Wäldchens, an dem das Pferd mit hoch erhobenem Kopf stand und zu ihnen hinübersah. Selbst auf die Entfernung konnte sie erkennen, wie aufgeregt das Tier war.

»Hier.« Eireen reichte Lea ein Handvoll Möhren. »Versuch dein Glück.«

»Ich?«

Eireen nickte. »Nähere dich langsam, starre es nicht an und gehe nicht gerade, sondern in einem Bogen auf es zu.«

Leas Herz schlug bis zum Hals. Sie atmete einmal tief durch und versuchte, so ungefährlich wie möglich auszusehen, während sie sich dem verängstigten Tier näherte.

Doch kaum bemerkte der Fuchs ihre Absicht, zog er sich auch schon hinter die erste Baumreihe zurück. Und mit jedem Schritt, den Lea auf es zu machte, verschwand das Pferd tiefer in dem Hain.

Plötzlich stand Ray neben ihr. »Das hat keinen Sinn«, sagte er leise. Lea sah zu ihm auf und bemerkte erst jetzt, wie groß er war. Und wie grün seine Augen waren. »Wir kommen noch einmal mit dem Tierarzt zurück. Das haben wir schon einige Male so gemacht. Das Pferd wird mit einem Betäubungsgewehr sediert. Dann lässt es sich einfangen und wir können es zu uns auf den Hof bringen.«

Lea versuchte zu verstehen, was Ray sagte, aber es fiel ihr aus irgendeinem Grund schwer, sich auf den Inhalt seiner Worte zu konzentrieren. Der tiefe Klang seiner Stimme hatte etwas Beruhigendes an sich, aber der intensive Blick seiner grünen Augen machte diese Wirkung wieder vollkommen zunichte. »Wir kommen spätestens morgen noch einmal hierher«, fuhr Ray fort. Als hätte er gemerkt, dass Lea Mühe hatte, seinen Gedanken zu folgen.

»Morgen?« Es fühlte sich an wie ein Erwachen, als Lea jetzt endlich begriff. »Und was ist, wenn er morgen nicht mehr hier ist?«

»Ich kann es dir natürlich nicht versprechen«, sagte Ray mit seiner tiefen, beruhigenden Stimme. »Aber ich glaube, dass er hier sein wird. Er wird darauf warten, dass sein Gefährte zurückkommt.«

Gefährte. *Fellow.* Was für ein schönes Wort. Es beinhaltete so viel mehr als Freund. Es drückte ein Höchstmaß an Verbundenheit aus. Erneut blickte sich Lea zum Waldrand um und versuchte, zwischen den Baumreihen einen Blick auf das einsame Pferd zu erhaschen. Aber ihre Augen fanden es nicht. Dafür spürte sie Rays warme kräftige Hand, die nach ihrer griff und sie sanft mit sich zog.

Eireen schloss soeben die Klappe des Transporters, als Lea und Ray das Fahrzeug erreichten.

»Vielen Dank, dass du uns den Weg gezeigt hast«, sagte die Irin. »Wir bringen dich jetzt zu Schorsch zurück.«

»Kann ich vielleicht mit euch kommen?«, fragte Lea. »Ich würde gerne wissen, wie es dem Pony geht.«

»Aber natürlich, Liebes«, antwortete Eireen. »Dann sagen wir Schorsch Bescheid, dass du später kommst, damit er sich nicht um dich sorgt.«

Lea setzte sich zu Ray auf die Rückbank. Während der Fahrt schaute der junge Mann aus dem Fenster. Auch Lea ließ die Landschaft an sich vorbeiziehen, ertappte sich aber immer wieder dabei, dass sie Ray einen verstohlenen Blick zuwarf. Am Anfang hatte sie gedacht, er müsse ungefähr in ihrem Alter sein. Doch jetzt erschien er ihr auf einmal älter. Sein kantiges Gesicht, dunkle Haarsträhnen, die ihm tief in die Stirn fielen. Er hatte etwas Unnahbares an sich, etwas Undurchdringliches.

Einmal schien er zu spüren, dass sie ihn betrachtete, und wandte ihr das Gesicht zu. Lea sah nicht schnell genug weg und ihre Blicke trafen sich. Er lächelte unverbindlich. Freundlich, aber distanziert. Lea schaute rasch zur Seite und ärgerte sich bereits eine Sekunde später über ihre kindische Reaktion.

Zum Glück dauerte es nicht lang, bis sie den Schutzhof erreichten.

Lost Horses Rescue stand auf einem Schild neben der Einfahrt. Und eine Telefonnummer, die mit +353 begann. Mehr konnte Lea nicht entziffern, bevor sie die staubige Zufahrt entlangfuhren und schließlich vor einem Stallgebäude anhielten, wo sie von einem irgendwie ebenfalls staubig aussehenden, leicht humpelnden Greyhound begrüßt wurden. Lea konnte sich nicht erinnern, jemals einen so majestätisch wirkenden Hund gesehen zu haben. Er war sicher noch einmal fast zehn Zentimeter größer als Balou, wirkte allerdings nur halb so schwer und war deutlich zurückhaltender. Auf jeden Fall bestand keine Gefahr, dass er Lea umwerfen würde, indem er sich erst einmal mit seinem ganzen Gewicht gegen sie lehnte, wie Raksha es bei ihrem gestrigen Kennenlernen getan hatte. Vielmehr wedelte er freundlich mit dem Schwanz und reckte ihr schnuppernd seine spitze lange Schnauze entgegen, wandte sich aber anschließend sofort wieder ab.

Ray und sein Vater öffneten bereits den Anhänger, während Eireen ein Handy aus ihrer Tasche zog, einen Kontakt auswählte und das Telefon an Lea weiterreichte. »Schöne Grüße«, sagte sie nur und half dann den Männern beim Ausladen des Schecken.

Lea hatte noch mit der Erkenntnis zu kämpfen, dass es auf dem Hof der Nachbarin ganz offensichtlich ein Netz und vielleicht sogar WLAN gab, als Schorsch sich bereits meldete.

»Eireen! Hat alles geklappt?«

»Hier ist Lea. Eireen hat mir ihr Handy geliehen, damit ich dir Bescheid sagen kann, dass ich noch mit zum Schutzhof gefahren bin.«

»Ah, Lea! Das ist nett, dass du mich informierst. Danke. Geht es den Pferden gut? Hat alles geklappt?«

In wenigen Worten erstattete Lea Schorsch Bericht und versprach, spätestens zum gemeinsamen Abendessen zu Hause zu sein.

Zu Hause.

Hatte sie das tatsächlich gesagt? Es war noch keine 24 Stunden her, dass sie zum ersten Mal in ihrem Leben einen Fuß in Schorschs Cottage gesetzt hatte, und jetzt nannte sie es ihr Zuhause?

Die Männer und Eireen hatten das Pony bereits aus dem Anhänger geführt, als Lea das Gespräch beendete.

Nachdem der kleine Schecke zunächst so ängstlich gewesen war, schien er nun bereits etwas mehr Zutrauen zu diesen Menschen gefasst zu haben. Selbst der Greyhound schien ihn nicht zu verunsichern. Aber vielleicht hatte er sich auch nur in sein unausweichliches Schicksal gefügt.

»Ja, manchmal geht es ganz schnell«, antwortete Eireen, als Lea ihre Überraschung darüber zum Ausdruck brachte, wie ruhig und entspannt das Pony jetzt blieb. »Und manchmal möchte man schier verzweifeln, weil die Pferde so schwer traumatisiert sind, dass sie über Wochen und Monate niemanden mehr an sich heranlassen.«

Lea dachte an den Fuchs, der nun ganz allein und verlassen war und niemandem mehr vertraute.

❤

Er fühlte sich allein und verlassen. Der Mensch war zurückgekommen. Und er hatte noch mehr Menschen mitgebracht. Sie hatten seine kleine Freundin mitgenommen. Sie hatten auch versucht, ihn mitzunehmen.

Der Mensch war näher und näher gekommen. Er wollte nicht fliehen. Er wollte bei seiner Freundin bleiben. Sie war sein Schutz, seine Herde. Und er war ihr Schutz, ihre Herde. Aber der Mensch war ihm so nah gekommen, dass er es schließlich nicht mehr ausgehalten hatte. Er musste fliehen. Er hatte sich in den Schutz des Wal-

des zurückgezogen, tiefer und tiefer, damit der Mensch ihn nicht fand. Der Mensch mit der Peitsche, der Mensch, der ihn schlagen und quälen würde.

Aber nun war sie weg. Und er war allein. Er zitterte. Er war zurückgekehrt, aber seine kleine Freundin war nicht mehr hier. Er hatte sie verloren.

5

Möge dein Herz nicht zur Ruhe kommen,
wenn du in traurige Augen schaust
Irischer Segenswunsch

Lea wälzte sich im Bett hin und her. Mit Decke war es zu warm – ohne Decke begann sie innerhalb weniger Minuten zu frieren. Selbst Kaa, die ihr zu Beginn Gesellschaft geleistet hatte, war es offensichtlich zu unruhig geworden und die Katze hatte schon vor einiger Zeit das Weite gesucht.

Das Bild des einsamen Pferdes hatte sich unwiderruflich auf Leas Netzhaut eingebrannt. Welche Qualen musste es durchlitten haben und immer noch durchleiden. Und nun war es auch noch ganz allein! Ohne einen einzigen Freund!

Und auf gewisse Weise war sie, Lea, daran schuld! Ohne sie hätte der Fuchs wenigstens noch den kleinen Schecken an seiner Seite.

Aber das war ja auch keine Lösung, dachte Lea. Das Pony war sichtlich glücklich in seine neue Stallbox eingezogen. Als hätte es augenblicklich verstanden, dass sein Leiden nun ein Ende hatte.

Eireen hatte beschlossen, den Hufschmied erst am nächsten Morgen ans Werk zu schicken. Zuerst einmal sollte das Pony zur Ruhe kommen. »Für einen Tag war das genug Aufregung«, hatte sie gesagt.

Warum nur war es so schwer, jemand anderem richtig zu helfen?, überlegte Lea. Woher sollte man wissen, was richtig und was falsch war? Sie dachte an ihren Traum vergangene Nacht. Daran, dass sie Emmy allein und hilflos am Meeressaum hatte liegen lassen. Und genau dieses Gefühl verfolgte sie auch in ihrem richtigen Leben: Sie hatte Emmy nicht die Hilfe zuteilwerden lassen, die ihre beste Freundin gebraucht hätte. Sie hatte es nicht gekonnt! Aber war das nicht vollkommen egoistisch? Warum war sie nicht einfach über ihren Schatten gesprungen und hatte sich der neuen Situation gestellt? Stattdessen war sie feige davongelaufen. Und hatte Emmy in ihrem Schmerz alleingelassen.

Lea seufzte, schlug die Decke zurück, schaltete das Licht an und stand auf. So konnte sie nicht schlafen. Auf nackten Füßen stapfte sie zur Kommode und zog den Briefblock heraus.

Liebste Emmy!

Wie sollte sie nur anfangen? Jeder erste Satz kam ihr blöd vor. Wie geht es dir? (Wie sollte es einem schon gehen, wenn man im Rollstuhl saß. *Gehen* … Schon allein das Wort klang falsch.)

Was machst du gerade? (Was sollte man schon machen, wenn man im Rollstuhl saß?)

Wie ist dein Wettkampf gelaufen? (Sehr witzig.)

Vor dem Unfall hatte Emmy regelmäßig an Leichtathletikwettkämpfen teilgenommen. Und sie meistens gewonnen. Sie wurde bereits als aufsteigender Stern am olympischen Firmament gehandelt. (So viel zu Zukunftsplänen.) Doch dann hatte ein Autofahrer im letzten Winter bei eisglatter Fahrbahn die Kontrolle über sein Fahrzeug verloren und konnte der jungen Radfahrerin, die am Straßenrand fuhr, nicht mehr ausweichen.

Als Emmy im Krankenhaus im künstlichen Koma lag, hatte Lea sie besucht. Den Schmerz über den Zustand ihrer besten Freundin und den Schmerz von Emmys Eltern hatte sie nicht ertragen können. Die ersten Wochen hatte sie sich regelmäßig bei Emmys Eltern nach ihr erkundigt. Und nachdem Emmy aus dem Krankenhaus entlassen worden war, hatte sie ihre Freundin auch zu Hause besucht.

Ein einziges Mal.

Sie hatte nicht gewusst, wie sie mit Emmy reden sollte. Was sie sagen durfte und was nicht. Und Emmy hatte ebenfalls nicht viel geredet. Danach hatte sich Lea nicht mehr getraut, Emilia zu besuchen. Sie hatte sich selbst eingeredet, dass sie beide nur etwas Zeit brauchten, um mit der neuen Situation zurechtzukommen.

Etwas Zeit.

Das war fünf Monate her.

Liebste Emmy!

Ich vermisse dich! Ich vermisse dich so sehr! Und ich schäme mich. Ich schäme mich, weil ich feige war. Ich bin keine gute Freundin für dich gewesen. Und das tut mir unendlich leid. Ich habe alles falsch gemacht.
Wenn ich die Zeit zurückdrehen könnte, würde ich alles anders machen. Aber das geht ja nicht. Die Zeit kann niemand zurückdrehen.
Ich weiß, du hättest mich gebraucht. So wie ich dich. Aber ich war nicht stark genug. Ich war schwach. Und ich bin es noch. Wie gerne wüsste ich dich jetzt hier an meiner Seite. Denn ich bin mir sicher, es würde dir hier genauso gut gefallen wie mir.

Lea hob den Kopf und ließ ihren Blick durch das heimelige Dachzimmer gleiten. Ja, tatsächlich, es gefiel ihr hier. Sie hatte, ohne erklären zu können, woran das lag, das Gefühl, genau am richtigen Ort zu sein. An einem Ort, der sie genauso brauchte wie sie ihn.

Sie las die Zeilen, die sie bislang an ihre Freundin geschrieben hatte, und schüttelte anschließend den Kopf. Nein, nichts davon würde sie sich trauen, Emmy zu sagen, weil sie Angst hätte, dass es sie traurig machen oder verletzen würde. Und genau das war wohl das Problem: Sie wusste einfach nicht, wie sie mit Emmy und mit dem, was ihrer Freundin widerfahren war, umgehen sollte. Wie sollte man jemals für so etwas Schreckliches die richtigen Worte finden?

Lea legte den Stift und den Block neben das Bett. Sie konnte Emmy nicht schreiben. Noch nicht jedenfalls. Sie knipste das Licht aus und starrte in die Dunkelheit. Und ohne es zu merken, fiel sie endlich in einen tiefen und traumlosen Schlaf.

Balou und Raksha hoben nur müde die Köpfe und ließen sie sofort wieder sinken. Kaa strich Lea schnurrend um die Beine und Bagheera war nirgends zu sehen.

So leise es ihr möglich war, steckte Lea eine Handvoll Möhren, einige Äpfel und eine Thermosflasche mit Wasser in ihren Rucksack und legte die vorbereitete Notiz für Schorsch auf den Esstisch.

Kaa schlüpfte mit ihr gemeinsam durch die Tür, als Lea auf Zehenspitzen aus dem Haus schlich, blieb dann aber unmittelbar hinter der Tür sitzen und begann sich zu putzen.

Es war eine wunderbar friedliche Stimmung. Als läge die Welt noch im Schlaf. Lea atmete tief durch. Sie konnte sich nicht erinnern, wann sie das letzte Mal so früh aufgestanden war. Und noch dazu freiwillig. Vermutlich noch nie. Die Luft war frisch und klar und die Sonne ließ den Morgentau wie kleine Diamanten glitzern. Obwohl sie Angst vor einer schmerzhaften Entdeckung hatte, fühlte sich Lea merkwürdig leicht und unbeschwert.

Diesmal trug sie festes Schuhwerk und lenkte ihren Blick zielgerichtet auf den Boden.

Wie von unsichtbarer Hand geführt, fand Lea ihren Weg, vorbei an den Steinen des Riesen, dem vereinsamten Gatter – und den Wasserpfützen. Diesmal folgte sie dem Weg, den sie mit Eireen, Conor und Ray genommen hatte und umrundete den Hügel, statt ihn zu überqueren. Je näher sie ihrem Ziel kam, desto deutlicher wurde ihre Angst spürbar. Was sollte sie tun, wenn ihre größte Befürchtung wahr wurde?

Aber da stand er. Am Waldrand im Schutz der Bäume. Er hatte sie bemerkt, bevor sie ihn gesehen hatte, und blickte ihr mit hoch erhobenem Kopf entgegen. Bereit zur Flucht, wenn Lea den Sicherheitsabstand unterschritt.

Lea hätte vor Erleichterung weinen können. Er war noch da und es bestand noch Hoffnung! Hoffnung, den Fuchs zu retten!

Natürlich hatte sich Lea auf dem Weg hierher überlegt, was sie tun würde, wenn das Pferd weg war. Es war ihr nichts eingefallen. Und sie hatte auch darüber nachgedacht, was sie tun würde, wenn es da war. Dazu war ihr ebenso wenig eingefallen.

Jetzt setzte sie sich an den Rand des Hügels, in einem Abstand von mehr als Hundert Metern zu dem verlorenen Pferd, und sah zu ihm hinüber. Die Distanz war zu groß, um die Mimik deuten zu können, aber Lea war sich sicher, dass er zu ihr hinüberblickte und sie nicht aus den Augen ließ.

Ruhe durchströmte Lea. Natürlich war sie machtlos – sollte das Pferd in diesem Moment beschließen, davonzulaufen, konnte sie nichts anderes tun, als ihm hinterherzublicken. Aber jetzt, in diesem Augenblick, war er da. Und alles war möglich.

Ein leichter Wind spielte mit dem Gras und ließ es aussehen wie sanfte Wellen, die hin und her wogten. Lea schloss die Augen und genoss das streichelnde Gefühl auf ihrer Haut. Als sie die Augen wieder öffnete, hatte der Fuchs zu grasen begonnen.

Lea lächelte. Zumindest, solange sie Abstand hielt, schien das Pferd sie nicht als Bedrohung wahrzunehmen. Und das war doch schon einmal ein Anfang. Sie verschränkte die Arme hinter ihrem Kopf, ließ sich auf den Boden sinken und sah den Wolken zu, die in dem strahlend blauen Morgenhimmel über sie hinwegzogen.

❤

Er hatte den Menschen bereits wahrgenommen, bevor er ihn sehen konnte. Es war derselbe Mensch. Er blieb dicht am Waldrand stehen und hob den Kopf, bereit zur Flucht, falls die Situation das erforderte. Aber er fühlte sich schwach und er wollte diese Wiese nicht verlassen, falls sie *zurückkam.*

Er beobachtete den Menschen. Wenn er näher kam, musste er fliehen. Aber er kam nicht näher. Er setzte sich in einem ausreichend großen Abstand an das andere Ende der Wiese, dort wo sich der Boden allmählich erhob, und blickte zu ihm hinüber. Nichts deutete darauf hin, dass der Mensch eine Gefahr darstellte, dass er versuchen würde, ihm zu nahe zu kommen.

Sein Herzschlag beruhigte sich. Der leichte Wind linderte seine Schmerzen. Im Augenblick ging von diesem Menschen keine Bedrohung aus. Er behielt ihn im Auge, aber als minutenlang nichts geschah, begann er zu grasen. Zwischendurch blickte er immer wieder zu dem Menschen hinüber: Er saß unverändert am anderen Ende der Wiese und bewegte sich kaum.

Jetzt veränderte der Mensch seine Position! Doch er kam nicht auf ihn zu, vielmehr legte er sich hin und überließ ihm, dem ehemals Goldenen, die Aufgabe zu wachen.

Das würde er sowieso tun: Wache halten.

❤

»Das habe ich mir gedacht.«

Lea zuckte zusammen, riss die Augen auf und blickte in Rays Gesicht, der grinsend neben ihr saß und einen Grashalm im Mundwinkel hatte.

»Was machst du denn hier?«

»Nach dir sehen.«

»Woher weißt du, dass ich hier bin?«

Ray zuckte mit den Schultern. »Ich wusste es nicht, aber ich habe es mir gedacht, nachdem mir Schorsch deinen Zettel gezeigt hat.«

Der Zettel! Lea hatte nur geschrieben, dass Schorsch sich keine Sorgen um sie machen müsse und sie bald zurück sei.

»Ich wollte dich abholen, weil ich dachte, du möchtest vielleicht dabei sein, wenn der Hufschmied kommt und deinem Schützling wieder Beine macht.«

»Meinem Schützling?«

»Wir haben den kleinen Schecken Bella getauft. Gefällt dir der Name?«

»Es ist eine Stute?«

Ray nickte. »Der Hufschmied kommt gleich …« Er blickte auf seine Armbanduhr. »Das heißt, er ist jetzt wahrscheinlich schon da und bringt die Hufe wieder in Form.«

»Wie spät ist es denn?«

»Bald elf.«

»Oh«, entfuhr es Lea. »Dann bin ich ja schon seit über drei Stunden hier!« Sie hatte geglaubt, sie wäre einmal kurz eingenickt, doch stattdessen hatte sie offensichtlich tief und fest geschlafen. Erschreckt schaute sie zum Waldrand hinüber.

Da stand er und erwiderte ihren Blick.

Ray schien ihre Gedanken lesen zu können. »Er ist nicht abgehauen, während du geschlafen hast«, sagte er. »Als ich kam, war er sogar näher dran, hat sich dann aber an den Waldrand zurückgezogen, nachdem er mich gesehen hat.«

Über Leas Gesicht huschte ein Lächeln.

»Eireen hat den Tierarzt informiert und er hat heute am frühen Nachmittag Zeit. Dann werden wir versuchen, deinen Freund zu sedieren, damit wir an ihn rankommen.«

»Okay.« Lea nickte, obwohl sie gleichzeitig Angst hatte, dass es heute Nachmittag zu spät sein oder irgendetwas anderes schiefgehen könnte.

»Hast du Lust mitzukommen? Bella würde sich bestimmt freuen dich zu sehen.«

»Du meinst, ich soll ihn …« Lea wies mit einer Kopfbewegung auf den Braunen »… hier allein lassen?«

Ray zuckte mit den Schultern. »Du kannst ihm im Augenblick sowieso nicht helfen, den anderen Pferden bei uns auf dem Hof aber schon.«

Den anderen Pferden aber schon …

Lea spürte ihr Herz schneller schlagen. Ob es an Rays eindringlichem Blick lag oder an der Aussicht, helfen zu können, wusste sie nicht.

»Okay.« Ein letzter Blick auf den Fuchs am Waldrand und Lea stand auf.

Auch Ray erhob sich lächelnd.

Lea verdrehte sich beinahe den Hals, weil sie das Gefühl hatte, *ihr* Pferd bis zur letzten Sekunde im Auge behalten zu müssen. Und auch der Fuchs schaute Lea hinterher, sodass sie ihren Entschluss zu gehen schon bereute.

Ray schien ihre Unsicherheit zu spüren. Er griff mit einer Selbstverständlichkeit nach ihrer Hand, die Lea überraschte. Und überrascht war sie auch von ihrer körperlichen Reaktion auf diese eigentlich so normale Berührung. Wie ein Blitzschlag fühlte sich das an, der vom Kopf bis zu den Füßen zu einem kurzen Schwächeanfall führte. Aber das wiederum schien Ray nicht zu bemerken. Er zog Lea einfach weiter zu einem rostigen alten Mofa, das wie umgefallen im Gras lag. Erst hier ließ er Lea los und richtete das Mofa auf.

»Ist das deins?«

Ray nickte. »Ich habe es die letzten Meter geschoben, um deinen Freund nicht zu erschrecken.« Er grinste. »Und dich.«

Lea staunte über Rays umsichtiges Handeln. Er schien sich zu jeder Zeit Gedanken darüber zu machen, was sein Tun für andere bedeutete. Wenn sie ehrlich zu sich selbst war, dann musste sie sich eingestehen, dass sie selbst diese Eigenschaft nicht besaß. Natürlich fügte sie niemandem absichtlich einen Schaden zu oder ließ es auch nur wissentlich geschehen, aber oft genug dachte sie gar nicht darüber nach, was ihr Handeln für andere bedeuten konnte. Oder zumindest dachte sie nicht *vorher* darüber nach.

Sie gingen nebeneinanderher, Ray schob das Mofa und Lea spürte plötzlich, dass sie unbändigen Hunger hatte. Kein Wunder! Sie hatte nichts gefrühstückt und nur ein paar Äpfel und Möhren eingesteckt – mehr für das Pferd als für sich selbst. Und vermutlich deshalb hatte sie auch bis jetzt nicht mehr an die Lebensmittel in ihrem Rucksack gedacht.

Jetzt aber streifte sie die Tasche von ihrer Schulter, öffnete sie und tastete nach einem Apfel. »Möchtest du?«, fragte sie Ray und hielt ihm das Obst hin.

Ray schüttelte lächelnd den Kopf.

Der Fruchtsaft lief Lea übers Kinn, als sie in den Apfel biss, und ihr Magen knurrte lautstark nach mehr.

Ray lachte und wischte ihr mit seinem Ärmel vorsichtig den Saft vom Kinn.

Bei seiner Berührung hielt Lea unwillkürlich den Atem an, aber ihr Herz raste. Was war nur los mit ihr?

Essensreste im Gesicht und lautes Magenknurren – konnte es noch peinlicher sein? Und dennoch fühlte sich Lea in Rays Gesellschaft nicht unwohl, sondern genoss seine Fürsorge.

»Ich denke, wir sind jetzt weit genug weg«, sagte Ray mit einem prüfenden Blick über die Schulter.

»Weit genug weg?« Lea verstand nicht.

»Um den Motor zu starten, ohne dass dein Freund einen Herzinfarkt kriegt. Komm!« Ray saß bereits auf der sehr schmalen und sehr kurzen Sitzbank des Mofas und winkte Lea zu sich heran, während der Motor knatternd zum Leben erwachte. Er rutschte so weit nach vorn, dass er beinahe auf dem kleinen Tank saß, und bedeutete Lea, sich hinter ihn zu setzen.

Lea zögerte. Wie sollte sie auf dem Ding Platz finden? Und dann noch so nah an Ray? Sie wollte allerdings auch nicht zeigen, dass sie sich unsicher fühlte.

»Das ist nicht gerade 'ne Kawasaki Ninja, aber du solltest dich trotzdem besser festhalten«, rief Ray, als Lea endlich hinter ihm saß.

Lea sah sich suchend um. Wo sollte sie sich hier denn bitte schön festhalten? (Und was zum Henker war 'ne Kawasaki Ninja?)

Ray lachte. »An mir!«, rief er Lea zu, als hätte sie ihre Gedanken laut ausgesprochen. »Du musst dich an mir festhalten!«

Zögernd legte Lea ihre Hände auf Rays Hüften. Doch sobald Ray einmal am Gashahn drehte, legte sie alle Zurückhaltung ab und umklammerte Rays Bauch mit beiden Armen. Sie konnte Rays Gesicht zwar nicht sehen, hatte aber das unbestimmte Gefühl, er würde in sich hineinlachen. Wie sich der Anzug einer Kawasaki Dingsda anfühlte, wollte sie jedenfalls nicht so schnell in Erfahrung bringen. Sie hatte alle Mühe, nicht von diesem Mofa zu rutschen, während Ray über die Schotterpiste dahinjagte. Wie schnell durfte man eigentlich mit so einem Mofa fahren? Und von einer Helmpflicht schien man auf der grünen Insel auch nicht viel zu halten – oder zumindest hielt Ray nicht viel davon. Aber die Gefahr, hier von der Polizei angehalten zu werden, war wohl auch verschwindend gering.

Allmählich entspannte sich Lea und genoss den warmen Fahrtwind auf ihrer Haut. Er hätte ihre Haare flattern lassen – wenn sie noch Haare gehabt hätte, die im Fahrtwind flattern konnten. Aber ihre lange Mähne hatte sie ja mit ihrem alten Leben zusammen abgeschnitten.

Nachdem sie sich an dieses völlig neue Fahrgefühl gewöhnt

hatte (und daran, Rays Körper so nah an ihrem zu spüren), konnte Lea endlich ihre Aufmerksamkeit auf etwas anderes lenken als auf die Angst, im nächsten Augenblick vom Mofa zu fallen. Und sie bemerkte, dass Ray offensichtlich einen anderen Weg gewählt hatte als den, auf dem sie gekommen war. Er führte an weiten Feldern und Wiesen vorbei und plötzlich blitzte in der Ferne etwas Blaues auf. Wasser. Ein romantischer kleiner See lag zu ihrer Linken.

Je länger die Fahrt dauerte, desto mehr wünschte Lea, sie würde niemals enden. Wenn es nach ihr gegangen wäre, hätte sie mit Ray einmal um die ganze Welt fahren können – weg von all dem Leid und all den Sorgen, die sie belasteten. Aber schließlich kam Eireens Hof in Sichtweite und Ray hielt inmitten einer Staubwolke vor den Stallungen an.

So schwer es Lea zu Beginn ihrer Fahrt gefallen war, Ray zu berühren, so schwer fiel es ihr nun, ihn loszulassen. Sie hatte das Gefühl, ihm ganz nah zu sein, sich an ihn zu lehnen und ihm die Führung zu überlassen, genossen. Jetzt wieder auf sich allein gestellt zu sein, erschien ihr wenig reizvoll. Aber sie konnte ja schlecht einfach sitzen bleiben. Also löste sie die Hände von Rays Körper, schwang sich vom Mofa und blieb neben ihm stehen.

Ray lächelte sie auf seine freundliche unverbindliche Art an. Da lag nichts Aufforderndes oder Tiefgründiges in seinem geheimnisvollen Blick. Lea hätte geschworen, er würde sie auf die gleiche Weise anlächeln, wenn sie ein Junge gewesen wäre. Also hatte nur sie die Verbundenheit zwischen ihnen gespürt? Hatte sie sich die Anziehung zwischen ihnen nur eingebildet? Oder ging es vielleicht wirklich nur ihr so?

»Grandpa, wo willst du hin?«

Ein alter, gebeugt gehender Mann eilte, auf einen Krückstock gestützt und mit einem gestreiften Morgenmantel bekleidet, über den Hof auf Lea und Ray zu. Ihm folgte ein Mädchen, das Lea vielleicht auf 10 oder 11 Jahre schätzte. Ihr langes dunkles Haar war zu einem Pferdeschwanz zusammengebunden und der Blick aus ihren braunen Augen ähnelte dem von Ray so sehr, dass Lea nicht eine Sekunde daran zweifelte, dass die beiden Geschwister waren.

»Grandpa, bleib stehen!«

»Ich habe jetzt keine Zeit, ich komme schon zu spät!«, rief der Alte, ohne seine Schritte auch nur für einen Moment zu verlangsamen. »Kommen Sie, kommen Sie«, sagte er zu Lea und griff, während er an ihr vorbeieilte, nach ihrem Unterarm. »Wo haben Sie bloß so lange gesteckt? Und was haben Sie eigentlich mit Ihren Haaren angestellt?«

Lea schwankte zwischen Panik und Erheiterung – zumal der Fremde, den sie aufgrund der Anrede des Mädchens als Rays Großvater erkannte, sie auf fehlerfreiem Deutsch angesprochen hatte.

»Grandpa«, sagte jetzt auch Ray und legte dem Alten die Hand auf die Schulter. »Darf ich dir Lea vorstellen? Sie ist aus Deutschland zu Besuch. Sie wohnt für ein paar Wochen bei Schorsch.«

Die Augen des alten Mannes flackerten. »Lea?«

Ray nickte. »Sie erinnert dich an Mrs Seidel, nicht wahr?«

»Sie sind nicht Mrs Seidel?«, wandte sich der Alte an Lea.

Lea machte eine bedauernde Miene und schüttelte den Kopf. »Nein, tut mir leid.«

»Deshalb sind auch Ihre Haare anders. Mrs Seidel hat ganz langes blondes Haar. Bis hierhin.« Er deutete auf seine Taille.

Lea verzichtete darauf, dem alten Mann zu erklären, dass ihre eigenen Haare bis vor wenigen Wochen genauso lang gewesen waren.

Inzwischen stand auch das Mädchen mit dem Pferdeschwanz bei ihnen und musterte Lea neugierig.

»Und das ist meine Schwester Stella«, erklärte Ray.

»Hi«, sagte Stella und lächelte. Jetzt sah sie noch mehr aus wie Ray.

»Mein Großvater, Fergal Nolan, war einige Jahre in der irischen Botschaft in Deutschland tätig. Seine damalige Sekretärin hieß Mrs Seidel.«

»Deshalb sprechen Sie so gut Deutsch«, wandte sich Lea an Mr Nolan.

Der Alte verzog das Gesicht zu einem Lächeln, wirkte dabei aber traurig und verwirrt. »Bitte verzeihen Sie, da habe ich wohl etwas durcheinandergebracht«, erklärte er, bevor er sich abwandte und diesmal in deutlich mäßigerem Tempo davonschlurfte.

»Grandpa wird bald 92«, sagte Ray und blickte dem alten Mann mit einem liebevollen Ausdruck im Gesicht hinterher. »Er ist inzwischen leider manchmal etwas verwirrt. Tut mir leid, wenn er dich erschreckt hat.«

»Schon gut«, antwortete Lea.

Stella blickte Lea unverwandt an. Es war ein offener, freundlicher Blick und dennoch fühlte sich Lea zunehmend wie auf dem Prüfstand.

Ray schien auch das zu merken. Er räusperte sich. »Stella, ich möchte Lea jetzt ihren Schützling zeigen.«

Stella nickte, ohne ihre Augen von Lea abzuwenden. »Mum ist mit ihr am Waschplatz.«

»Ist der Hufschmied etwa schon fertig?«, wollte Ray wissen.

»Ja, und Mum hat die kleine Maus auch schon geschoren und wäscht sie gerade.«

In diesem Moment schepperte es irgendwo auf dem Hof. Das Geräusch kam aus der Richtung, in die der alte Mann soeben verschwunden war. Jetzt erst löste Stella ihre Augen von Lea und blickte, ebenso wie Ray, in die hinterste Ecke des Hofes.

»Das war Grandpa«, sagte Ray. »Bist du so nett und schaust nach ihm?«

Stella nickte und setzte sich bereits in Bewegung. »Deine Haare sehen toll aus!«, rief sie über die Schulter hinweg Lea zu und war kurz darauf verschwunden.

Lea fuhr sich mit einer Hand über ihre kurzen Haare. »Danke!«, rief sie mit Überraschung in der Stimme zurück. Deshalb also hatte das Mädchen sie so angestarrt.

Ray ließ nicht erkennen, ob er die Meinung seiner kleinen Schwester teilte oder nicht.

Vermutlich eher nicht, dachte Lea, die es schon lange bereute, ihre blonde Mähne in einem unüberlegten Augenblick abgeschnitten zu haben. Es war eine Verzweiflungstat gewesen: Alles sollte aus ihrem Leben verschwinden, was sie an die schrecklichen Ereignisse erinnerte, die ihr in den vergangenen Monaten widerfahren waren. Und ihre Haare schienen ihr ein gutes Symbol dafür gewesen zu sein – jedenfalls für ein paar Minuten. Denn bis jetzt hatten alle, die Lea vor und nach ihrem Friseurbesuch gesehen hatten, ihr Entsetzen nicht verbergen können: aufgerissene Münder und Augen (Mum und Dad), Schreckenslaute (Klassenkameraden), Körperzuckungen (Oma), krampfhaftes die Fassung bewahren (Nachbarin) … All das hatte Lea bislang zu sehen bekommen und dafür gesorgt, dass sie ihren Entschluss ganz schnell bereute. Stella war die Erste, die sich positiv zu Leas neuer Frisur äußerte – aber sie hatte sie ja vorher auch nicht gekannt.

Ray hatte sich bereits in Bewegung gesetzt und Lea folgte ihm eilig, bevor er hinter den Stallungen verschwinden konnte.

Auf der Rückseite des Gebäudes waren mehrere Wasch- und Sattelplätze eingerichtet und an einem von ihnen rieb Eireen soeben ein Pony mit einer Handvoll Stroh trocken, das sich diese Massage ganz offenkundig gerne gefallen ließ. Etwas abseits lag der Greyhound und hob nur müde den Kopf, als Ray und Lea näher kamen. Offensichtlich hatte er Lea bereits als Rudelmitglied akzeptiert, für das es sich nicht mehr aufzustehen lohnte.

Erst auf den zweiten Blick erkannte Lea, dass dieser hübsche kleine Schecke derselbe war, den sie gestern völlig verwahrlost und trotz der Hitze mit einem zotteligen und völlig verdreckten Fell auf einer Wiese irgendwo im Nirgendwo gefunden hatte.

Eireen richtete sich auf, als sie Lea und Ray erkannte. »Na?«, erkundigte sie sich lächelnd. »Was sagst du zu dieser bezaubernden Lady?«

»Ich kann kaum glauben, was ich sehe«, gab Lea zu. Behutsam näherte sie sich dem Pony, das ihr neugierig entgegenblickte. Die Ohren zuckten vor und zurück, als sei es sich nicht sicher, was es von diesem Menschen und dieser Situation halten sollte, aber es blieb ruhig stehen und schnupperte interessiert an Lea, als sie nahe genug herangekommen war. Zaghaft streckte Lea eine Hand aus und strich vorsichtig über die glatte Haut des Ponys. »Sie scheint gar keine Angst mehr zu haben«, stellte sie fest.

Eireen strahlte. »Das stimmt«, sagte sie. »Ich nehme an, dass Bella gut behandelt wurde, bevor man sie aussetzte.«

»Wenn sie keine schlechten Erfahrungen mit Menschen gemacht haben, sind sie häufig schnell wieder bereit zu vertrauen.« Auch Ray war jetzt ganz nah herangekommen und streichelte Bella.

»Ray«, wandte sich Eireen an ihren Sohn, »holst du bitte eine Abschwitzdecke für Bella? Dann könnt ihr sie auf die Koppel bringen. Du weißt schon welche.«

Der junge Mann nickte und verschwand durch eine kleine Hintertür im Stallgebäude, nur um kurz darauf mit einer silbernen Pferdedecke über dem Arm wieder zurückzukommen.

»Ach, ich fürchte, die ist für unseren Zwerg zu groß«, sagte Eireen. »Ist die blaue nicht da?«

Ray verzog das Gesicht, machte aber widerspruchslos kehrt und kam eine Minute später mit einer blauen Decke zurück.

»Genau die meinte ich.« Mit geübten Handgriffen streifte Eireen Bella die Decke über, löste den Anbindestrick aus dem in der Wand verankerten Ring und reichte das Ende Lea. »Hier hast du die Prinzessin. Bringst du sie auf die Weide? Ray kann dir den Weg zeigen.«

Lea fühlte sich, als hätte man ihr soeben ein Geschenk gemacht. Es war ein erhebendes Gefühl, das Pony zu führen. Bella folgte ihr voller Zutrauen. Sie hatte sich offensichtlich noch nicht ganz an ihre kurzen Hufe gewöhnt und hob die Beine bei jedem Schritt höher an, als es nötig gewesen wäre.

Nur wenige Meter hinter dem Stallgebäude erstreckten sich mehrere voneinander abgegrenzte Wiesen. Ray ging voraus – neben ihm der Greyhound mit seinem humpelnden, aber dennoch irgendwie majestätischen Schritt – und führte Lea und Bella an einer Weide vorbei, auf der zwei weitere Ponys friedlich grasten. Beide hoben die Köpfe, als die beiden Menschen und »die Neue« vorbeigingen, und musterten das Trio neugierig. Das eine sah aus, als hätte jemand mit einem Pinsel schwarze Punkte auf weißen Untergrund gemalt und das andere war sauber in drei Teile unterteilt: schwarzer Kopf mit schwarzer Mähne, schwarze Kruppe und Schweif – nur in der Mitte war die Farbe anscheinend ausgegangen. Jedenfalls konnte Lea nicht ein einziges schwarzes Haar in dem leuchtend hellen Weiß entdecken.

»Das sind Apple und Ciri«, erklärte Ray im Vorübergehen. »Stella kümmert sich um sie, seit wir die beiden aus schlechter Haltung befreit haben. Sie betrachtet sie sozusagen als ihre.«

»Aus schlechter Haltung befreit? Was meinst du damit?«

»Der Bauer hatte sie zusammen mit einigen anderen Pferden auf einer eingezäunten Wiese zurückgelassen, ohne sie weiter zu versorgen. Eins der Tiere war bereits verendet, die übrigen bis auf die Knochen abgemagert. Es gab keinen einzigen grünen Grashalm mehr. Die Pferde standen in ihrem eigenen Mist, waren bis zum Bauch voller Dreck. Eine ideale Brutstätte für alle möglichen Parasiten. Sie hatten kein Wasser, kein Futter und konnten nicht einmal dort weg, um wenigstens eine

Chance zu haben, irgendwo anders Gras und Wasser zu finden. Der ehemalige Besitzer hatte sie einfach zum Sterben sich selbst überlassen.«

Lea schnappte nach Luft. »Wie kann man nur so etwas tun?«

Ray zuckte mit den Schultern. »Ich weiß es nicht. Den Leuten geht es schlecht, sie haben selbst nichts zu essen, sind bis über beide Ohren verschuldet, haben Angst Haus und Hof zu verlieren, wenn sie ihre Rate nicht zahlen können. Und wenn die eigenen Kinder Hunger haben, dann zählt der Hunger eines Pferdes vielleicht nicht mehr so viel.«

Jetzt waren sie an einer kleinen Weide am Rand des Grundstücks angekommen. Ray löste den mit Gummi ummantelten Griff des Elektrozauns und trat zur Seite, damit Lea den Schecken an ihm vorbeiführen konnte.

Kaum hatte Bella verstanden, dass sie nun auf die Weide gebracht wurde, und kaum spürte sie das Gras unter ihren frisch pedikürten Hufen, war es mit ihrer Ruhe auch schon vorbei.

Lea musste ein Stück neben ihr herlaufen und sich dabei tief nach unten beugen, um den Karabiner vom Kinnriemen zu lösen. Denn von Anhalten hielt Bella jetzt nichts mehr. Sobald sie frei war, fing sie an zu buckeln und rannte freudig vom einen Ende des Zauns zum anderen.

Ray lachte und rief Lea zu sich. »Ist es nicht schön zu sehen wie sie sich freut? Endlich kann sie wieder das tun, wofür sie geboren wurde: Laufen!«

♥

Der Mensch war weg. Verschwunden. Und er war wieder allein. Es war ein zweiter Mensch gekommen und hatte Lärm gemacht. Er hatte erkannt, woher der Lärm stammte. Er kannte die knatternden stinkenden Dinger. Seine Menschen, bei denen er früher gewesen war, hatten auch diese stinkenden lärmenden Dinger benutzt. Und vielleicht mochte er sie deshalb nicht.

Aber jetzt war er wieder ganz allein. Jetzt musste er wieder ganz allein aufpassen, dass nichts geschah. Nicht, dass der Mensch ihm Sicherheit vermittelt hatte, doch zumindest war da noch ein Lebewesen gewesen, ein zweiter Herzschlag, der ebenso wie er selbst aufpassen konnte, dass keine Gefahr drohte.

Nun waren die beiden Menschen gemeinsam verschwunden. Und er hatte gehört, wie sich das knatternde Ding entfernte und die Menschen mit sich nahm.

Wo war sie nur? Seine kleine Freundin? Kam sie zurück?

6

Möge das Leben dich lehren,
dir selbst ein guter Grund zu sein
Irischer Segenswunsch

»Ist mit Grandpa alles in Ordnung?«, erkundigte sich Ray bei seiner kleinen Schwester, als Stella, eine Schubkarre vor sich herschiebend, auf der eine Mistgabel gefährlich hin und her schwankte und jeden Moment herunterzufallen drohte, neben ihnen am Zaun anhielt.

Apple und Ciri schauten bereits neugierig zu dem Mädchen hinüber.

Stella nickte. »Er war im Geräteschuppen und wollte mit dem Lastenaufzug nach unten fahren, wo sein Chauffeur auf ihn wartete, um ihn zu einer Unterredung mit dem Minister zu bringen. Bei dem Versuch, auf den Knopf fürs Erdgeschoss zu drücken, sind ihm ein paar Heugabeln auf die Zehen gefallen. Aber ansonsten ist alles in Ordnung.« Sie grinste.

»Geräteschuppen? Lastenaufzug? Erdgeschoss? Ich verstehe kein Wort«, sagte Lea. »Habt ihr etwa einen Geräteschuppen mit Aufzug?«

Ray lachte. »Nein, aber das wäre sicher sehr praktisch.« Er wurde wieder ernst. »Die Begegnung mit dir hat ihn wohl etwas durcheinandergebracht. Es dauert dann manchmal ein bisschen, bis er sich zeitlich und räumlich wieder halbwegs orientiert hat. Im Augenblick ist er anscheinend in Berlin im Jahr 1969 oder so. Das war damals seine große Zeit, er ein bedeutender Mann. Daran erinnert er sich einfach gerne und dann lebt er in der Vergangenheit.«

»Das tut mir leid«, sagte Lea. »Ich wollte euren Grandpa nicht verwirren.«

»Verwirrt ist er schon von ganz allein«, tröstete Stella. »Ich muss die Weiden abäppeln, hat Mama gesagt«, fuhr sie dann fort. »Und euch soll ich zu ihr schicken.«

Ray verdrehte die Augen. »Hoffentlich soll ich nicht wieder den Transportanhänger säubern oder so einen Mist. Ich habe ja nichts dagegen, bei der Arbeit mit den Pferden zu helfen, aber Autos putzen? Da gehe ich ja noch lieber zur Schule!«

Doch erst einmal hatte Eireen sehr zu Leas Freude äußerst appetitlich aussehende Kanapees hergerichtet, die von dem Greyhound, der wie eine Porzellanstatue neben dem Tisch saß, nicht aus den Augen gelassen wurden. Vermutlich versuchte er mit der Kraft seiner Gedanken, eins der köstlichen Schnittchen zum Herunterfallen zu bewegen, damit er beim Aufheben helfen konnte.

»Smokie!«, ermahnte Ray den Hund, als der gerade versuchte, seine so praktisch in Tischplattenhöhe befindliche lange Schnauze noch ein wenig weiter nach vorn zu strecken.

»Du bist also Smokie?«, sagte Lea und strich dem grazilen Hund über den lang gezogenen Kopf.

»So haben wir ihn genannt«, erklärte Ray und schob den Hund etwas zur Seite. »Sein Rennname war Fantasy.«

»Rennname? Ich verstehe nicht.«

Ray seufzte. »Smokie war einer von den vielen Greyhounds, die auf Rennbahnen eingesetzt werden. Die meisten von ihnen laufen zwei oder drei Jahre höchstens, dann werden sie ausgemustert. Wobei ›ausgemustert‹ bedeutet, sie werden getötet.«

»Getötet?«

»Ja, erschlagen oder vergiftet. Das, was am billigsten für die Besitzer ist.«

»Ist das nicht verboten?«

»Greyhounds sind Nutztiere. Sie unterliegen nicht einmal

dem Tierschutzgesetz, um das sich ja auch niemand groß schert. Smokie hatte Glück, dass er einen Tag, bevor er getötet werden sollte, von uns aufgenommen wurde.«

»Aber das ist ja furchtbar!«

»Er lebte mit zwei anderen Hunden in einem Zwinger, der gerade mal drei Quadratmeter groß war. Raus kam er nur, um auf der Rennbahn zu laufen, danach wurde er wieder eingesperrt. Keiner machte sich die Mühe, den Zwinger zu reinigen, sodass alle drei Hunde krank waren. Und bei den Rennen ist die Verletzungsgefahr sehr groß. Muskelrisse oder Knochenbrüche sind an der Tagesordnung. Auch Smokie konnte kaum gehen, als wir ihn da rausholten. Er kannte keine Zuwendung, war nie mit Namen angesprochen worden. Es hat einige Zeit gedauert, bis er uns vertraute.«

Smokie schien aufmerksam zuzuhören. Jetzt stupste er Ray mit der Schnauze an und versuchte dem Menschen zu verstehen zu geben, dass so ein kleines Stückchen Kanapee jetzt nicht verkehrt wäre, um das Vertrauensverhältnis noch ein bisschen mehr zu stabilisieren. Aber Ray blieb hart.

»Nein, Smokie, es gibt nichts.«

Der Greyhound grunzte missmutig, dann drehte er Ray beleidigt den Rücken zu und legte sich hin.

Dabei bog sich die Tischplatte beinahe unter der Last der übervollen Tabletts, Saft-, Tee- und Wasserkrüge und gerade brachte Eireen noch eine weitere Platte.

Auch Grandpa saß bereits an dem großen Esstisch, der in einer Fensternische der geräumigen alten Küche stand und locker Platz für 10 Personen bot, und schob sich ein Schnittchen nach dem anderen in den Mund.

»Kommt, meine Lieben«, sagte Eireen in ihrer herzlichen Art. »Ihr habt doch sicherlich Hunger, oder? Ihr solltet Euch stärken, bevor Brian rüberkommt und Arbeit auf uns alle wartet. Dad …«, wandte sie sich an den alten Mann, »du hast schon mindestens ein Dutzend davon gegessen, ich denke, du müsstest allmählich satt sein!«

»Ich hatte gerade mein erstes!«, widersprach der alte Mann entrüstet. »Soll ich hier jetzt auch noch verhungern, oder was?«

Eireen seufzte. »Schon gut, iss weiter.« Und an Ray und Lea gewandt fuhr sie flüsternd fort: »Besser, er vergisst, dass er schon gegessen hat, als dass er vergisst zu essen.«

»Das habe ich gehört!«, sagte der alte Mann und drohte Eireen mit erhobenem Zeigefinger.

»Hast du schon deine Tablette genommen?«, erinnerte Eireen ihren Vater. »Denk daran, du sollst sie zum Essen nehmen!«

Grandpas Blick schweifte suchend über den überfüllten Tisch. Dabei wurde sein Gesichtsausdruck immer hektischer.

»Ist es das, wonach Sie suchen?«, fragte Lea und reichte dem alten Mann den Medikamentenspender, auf dessen sieben Fächern die Buchstaben MO, TU, WE, TH, FR, SA und SU eingeprägt waren und der sich hinter einem der Kanapeeberge versteckt hatte.

»Nein«, antwortete Mr Nolan überzeugt.

»Aber natürlich, Dad«, widersprach Eireen. »Danke, Lea«, fuhr sie fort. »Heute ist Mittwoch, hörst du? Du musst die blaue Tablette aus dem Fach für Mittwoch nehmen!«

»Selbstverständlich«, antwortete der alte Mann und bemühte sich verzweifelt, den Deckel der Medikamentendose zu öffnen. Jedoch ohne Erfolg.

»Lass mich mal«, sagte Ray und nahm seinem Großvater die Plastikschachtel aus der Hand. »Bestimmt klemmt sie schon wieder.« Er schob den Deckel im Nullkommanichts zur Seite und legte eine längliche blaue Tablette auf den Teller des Alten, der mit zitternden Fingern danach griff, sie sich umständlich in den Mund schob und anschließend sein leeres Wasserglas umklammerte.

»Ich schenke Ihnen noch etwas Wasser nach, ja, Mr Nolan?«, sagte Lea und griff bereits nach der Karaffe.

»Lass mal, mein Mädchen, ich habe genug, bin ja kein Fisch, den man wässern muss«, sagte der Greis, hob das leere Glas an seine Lippen und schluckte die Tablette einfach so hinunter. »Aber wenn es ein schönes Gläschen Guinness gäbe, würde ich nicht Nein sagen«, fuhr er fort, nachdem er das Glas wieder abgestellt hatte, und zwinkerte Lea verschwörerisch zu.

»Dad!«, sagte Eireen empört. »Es ist noch nicht einmal Mittag!«

»Na und?«, entgegnete ihr Vater. »Ich habe meine Arbeit doch bereits erledigt!«

»Was hältst du davon, wenn du dich jetzt zu deinem Mittagsschlaf zurückziehst, hm?«, versuchte Eireen abzulenken.

»Hast du nicht gerade erst gesagt, es ist noch nicht einmal Mittag? Schon gut …« Der alte Mann erhob sich mühsam. »Ihr ruft mich, wenn es endlich etwas zu essen gibt, ja?« Und ohne sich noch einmal umzudrehen, schlurfte er aus der Küche.

Eireen blickte ihm schweigend hinterher. Dann wandte sie sich an Lea und Ray: »Setzt euch, setzt euch! Ein paar Schnittchen sind ja zum Glück noch übrig geblieben.«

Lea betrachtete den Berg aus Kanapees. Wer sollte das alles bloß essen?

Eine halbe Stunde später lehnte sich Lea zufrieden zurück. Sie hatte so viel gegessen wie schon lange nicht mehr und dennoch waren die Platten immer noch randvoll. Aber sie konnte beim besten Willen nicht mehr. Obwohl … vielleicht noch eins mit Ziegenfrischkäse, Tomate und Kräutern?

Sie wollte sich gerade vorbeugen, um ein weiteres kleines Häppchen zu ergattern, als ein dunkler Schatten vor der Tür ihre Aufmerksamkeit erregte. Im Türrahmen stand ein beeindruckend großer Mann. Eigentlich stand er nicht im Türrahmen, sondern füllte ihn aus. Er musste an die zwei Meter groß sein und war muskelbepackt wie ein Bodybuilder.

»Brian!«, rief Eireen und wischte sich ihre Hände an der Schürze ab. »Komm rein, setz dich, wir haben noch ein paar belegte Brote übrig!«

»Sehr gerne, Eireen«, antwortete Brian und trat an den Tisch. Er nickte Ray und Lea freundlich zu und setzte sich auf einen der Stühle, der unter ihm aussah wie ein Kinderstühlchen und mit einem lauten Knarzen auf die Beanspruchung reagierte. »Ich habe allerdings nicht viel Zeit. Heute Nachmittag steht noch ein Kreuzband auf dem OP-Plan.« Er griff nach einem Kanapee und steckte es sich auf einmal in den Mund. Während er kaute, griff er nach dem zweiten.

»Wir können sofort los«, sagte Eireen. »Ray, würdest du bitte den Transporter ankuppeln?«

Ray nickte und stand, gefolgt von Lea, auf.

»Danke, Ray«, schmatzte Brian.

»Wer ist das?«, wollte Lea von Ray wissen, während sie ihm über den Hof zum abgestellten Transporter folgte.

»Wer?«

»Dieser Brian.«

Ray brach in Lachen aus. »Na, der Tierarzt!«

»*Das* ist Euer Tierarzt? Ich finde, er sieht eher aus wie ein Wrestling-Weltmeister oder wie ein Schlächter!«

Ray lachte immer noch. »Ja, anpacken kann Brian wohl. Er ist hier ja auch nicht nur für die Kleintiere zuständig. Und bei so 'ner Kuh oder 'nem Bullen musst du auch mal zupacken können. Aber Brian ist in Ordnung. Du würdest staunen, wie sanft er mit Tieren umgeht.«

Lea versuchte sich ein Meerschweinchen oder eine Rennmaus in Brians Pranken vorzustellen. Das wollte ihr aber nicht so recht gelingen.

Mit geübten Handgriffen kuppelte Ray den Transporter an

den bereitstehenden Geländewagen. »Jetzt holen wir deinen Fuchs, okay?« Er stand dicht vor ihr und blickte ihr direkt in die Augen.

Lea konnte nur stumm nicken. Sie hoffte so sehr, dass Ray recht hatte und dass das Vorhaben, das Pferd mit einem Betäubungsgewehr so weit zu sedieren, dass es sich von den Menschen helfen ließ, gelang.

Eireen und Brian betraten lachend den Hof. Neben dem riesenhaften Tierarzt sah Rays Mutter noch kleiner aus.

Eireen winkte, als sie Ray und Lea neben dem Wagen sah. Sie wechselte noch einige Worte mit Brian, dann kam sie auf die beiden zu, während der Tierarzt sich in ein überraschend kleines Auto zwängte, das ebenfalls auf dem Hof geparkt war.

»Conor bleibt hier bei Stella und Grandpa«, erklärte Eireen, als sie die beiden Jugendlichen erreicht hatte. »Ich denke, es ist gut, wenn einer von uns hier ist. Fergal hat heute wohl einen seiner schlechteren Tage. Dafür habe ich Bob bereits gebeten mitzukommen. Bist du so lieb«, sie wandte sich an Ray, »und sagst ihm Bescheid, dass wir loswollen? Er ist im Stall.«

»Klar«, sagte Ray und machte sich bereits auf den Weg.

»Wer ist Bob?«, erkundigte sich Stella, als Ray im Stallgebäude verschwunden war.

»Ach, unser Mädchen für alles«, erklärte Eireen. »Er hilft uns hin und wieder auf dem Hof, aber eigentlich arbeitet er für Conor. Im Augenblick ist es hier ja recht ruhig, wir haben gerade nur sieben Pferde zur Betreuung. In schlimmen Zeiten waren es auch schon mal zwanzig, dann kann man gar nicht genug helfende Hände haben. Bob ist unser einziger Angestellter. Wir haben ja nicht so viel Geld zur Verfügung und müssen immer knapp kalkulieren, wie wir uns und die Tiere über die Runden kriegen.«

»Das kann ich mir vorstellen«, konnte Lea gerade noch antworten, da stand Ray schon wieder bei ihnen. Hinter ihm erschien ein junger Mann, Lea schätzte ihn auf Ende Zwanzig, der mit einem breiten Grinsen auf sie zukam und ihr schon die Hand entgegenstreckte, bevor er überhaupt vor ihr stand.

»Hi!«, sagte er. »Ich bin Bob!«

»Lea«, antwortete Lea und ergriff die dargebotene Hand.

»Steigt ein«, forderte Eireen sie auf, »damit Brian nicht so lange auf uns warten muss!« Tatsächlich saß der Tierarzt bereits in seinem kleinen weißen Auto und trommelte ungeduldig mit den Fingern aufs Lenkrad.

Eireen fuhr, Bob neben ihr und Ray und Lea teilten sich die Rückbank. Leas Herz klopfte bis zum Hals. Hoffentlich war der Fuchs noch da und hoffentlich ging der Plan auf und Brian konnte das Pferd mit einem Beruhigungsmittel so weit sedieren, dass sie nah genug an es herankamen!

Keine halbe Stunde später hatte sie Gewissheit. Der Fuchs war genau da, wo sie ihn zuletzt gesehen hatte: im Schatten des Waldrandes. Er machte einen langen Hals und blickte zu den Menschen herüber, die am anderen Ende der Wiese am Fuße des Hügels standen. Selbst auf die Entfernung war deutlich zu erkennen, wie aufgeregt das Pferd war – bereit sofort loszurennen, sollte seine Fluchtdistanz unterschritten werden.

Brian zog ein Fernglas aus seiner Westentasche. Er betrachtete das Pferd, dann begann er leise zu fluchen.

»Sein Halfter ist eingewachsen«, sagte er an Eireen gewandt, nachdem er das Fernrohr wieder abgesetzt hatte. »Ich kann nicht alles genau erkennen, aber es sieht ziemlich übel aus.«

»Also braucht er dringend unsere Hilfe?«

Brian nickte. »Mehr als dringend. Doch auch für die Fernbetäubung muss ich auf mindestens vierzig, besser zwanzig Meter an ihn rankommen. Das Ding«, er deutete auf den schwarzen Koffer in seiner Hand, »ist ja kein Präzisionsgewehr. Und es ist nicht gerade windstill!«

Lea versuchte die Entfernung zum Pferd abzuschätzen. Es waren mindestens einhundert, eher zweihundert Meter und jetzt schon wirkte der Fuchs nervös und fluchtbereit. Niemals würde das Tier sie auf vierzig Meter an sich herankommen lassen!

Niemals!

Er lief aufgeregt hin und her. Was sollte das alles bedeuten? Zuerst war es nur der eine Mensch gewesen, dann war ein zweiter dazugekommen und jetzt waren es plötzlich ganz viele! Er hatte Geräusche gehört, aber nicht von den stinkenden knatternden Dingern, sondern von den größeren Maschinen, die Menschen benutzten. Er kannte auch die, konnte sie aber nicht sehen.

Die Menschen blieben am Rand der Wiese stehen. Er hatte das unbestimmte Gefühl, dass etwas geschehen würde. Aber er wusste nicht was. Er wusste nur, dass diese Menschen nicht gut waren. Sie sahen zu ihm hinüber. Sie waren seinetwegen hier. Er musste vorsichtig sein, sehr vorsichtig! Menschen waren gefährlich! Sie verursachten Schmerzen und verbreiteten Angst. Auch diese Menschen verbreiteten Angst.

Er lief hin und her, hin und her, immer darauf bedacht, genügend Abstand zwischen sich und den Menschen zu behalten. Aber sie gingen nicht!

Er zog sich in den Schutz der Bäume zurück.

»Das hat so keinen Sinn«, sagte Brian über eine Stunde später und ließ den Tele-Injektionsapplikator sinken. »Ich komme so niemals nah genug ran, um einen auch nur halbwegs sicheren Schuss abzusetzen.«

Lea konnte sich nicht beherrschen: »Und was bedeutet das jetzt? Kann er nicht gerettet werden? Muss er weiter leiden?«

Brian stieß harsch die Luft aus. Auch er schien enttäuscht

zu sein. »Es ist nicht nur die Entfernung! Wenn er so aufgeregt ist, kann ich die Dosis des Sedativums kaum einschätzen. Das Adrenalin behindert die Aufnahme des Wirkstoffs«, erklärte er.

Alle schwiegen bedrückt, während das Pferd am Waldrand hektisch hin und her lief, immer wieder hinter der ersten Baumreihe verschwand und wieder auftauchte.

»Ich fürchte vor allem«, wandte Eireen ein, »dass wir ihn endgültig vertreiben, wenn wir hier weiterhin so einen Druck aufbauen. Ich denke, wir sollten uns erst einmal zurückziehen und in Ruhe darüber nachdenken, welche Möglichkeiten wir noch haben. Sonst verbauen wir uns am Ende alles.«

Brian und Bob nickten zustimmend. Ray und Lea sahen einander schweigend an.

7

Der Tag des Sturms
ist nicht der Tag, das Dach zu decken
Irisches Sprichwort

Schweigend packte Brian sein Gewehr zurück in den schwarzen Koffer. Schweigend legte Eireen ihre Utensilien – Halfter, Führungsstricke und Futtereimer – zurück in den Kofferraum. Schweigend sahen Bob, Ray und Lea dabei zu. Ray öffnete die hintere Autotür und schaute Lea auffordernd an.

»Kommst du?«, fragte er.

Lea erwiderte nichts. Sie stand stumm da und blickte zwischen dem Fahrzeug und dem Waldrand hin und her. Sie konnte den Fuchs nirgends sehen. Entweder versteckte er sich hinter den Bäumen und wartete, bis die Menschen endlich verschwunden waren – oder *er* war verschwunden.

Langsam schüttelte Lea den Kopf. »Fahrt ihr«, sagte sie leise. »Ich bleibe hier.«

Ray zögerte. Dann nickte er. Bedächtig ging er um das Auto seiner Mutter herum, öffnete die Heckklappe und holte den Eimer mit Hafer wieder heraus, den Eireen gerade erst zusammen mit den Halftern und Stricken verstaut hatte. Mit dem Eimer in der Hand kam er auf Lea zu und hielt ihr den Henkel hin.

»Hier«, sagte er. »Versuch dein Glück.«

Lea griff nach dem Henkel und lächelte zaghaft.

Ray beugte sich vor und küsste sie sacht auf die Wange. Dann stieg er, ohne sich noch einmal umzudrehen, ins Fahrzeug.

Eireen startete den Motor und Lea sah zu, wie sich die beiden Autos langsam entfernten. Der leere Pferdeanhänger schwankte bedrohlich, als Eireen über die holprige Wiese fuhr. Lea legte ihre Hand an die Wange, dorthin, wo Ray sie soeben geküsst hatte.

Fast kam es Lea schon so vor, als sei es *ihr* Platz. Sie saß erneut am Fuß des Hügels und blickte zum Waldrand hinüber.

Nichts.

Den Futtereimer hatte sie einige Meter vor sich abgestellt. Ob Futter das Pferd anlocken konnte?

Wohl kaum.

Zumindest dann nicht, wenn sich der Fuchs so fühlte wie sie: enttäuscht, verlassen, ängstlich, ohne Vertrauen. Wenn man plötzlich merkte, dass nichts sicher war, dass man sich auf nichts verlassen konnte, dass die Welt, wie man sie bis dahin kannte, auf einmal in sich zusammenbrach, dann war Essen das Unwichtigste von allem.

Sie wusste natürlich nicht, was dem Pferd widerfahren war, ob es sich so fühlte, wie sie sich fühlte. Aber offensichtlich hatte es mal eine Zeit gegeben, in der sich jemand um es gekümmert hatte. Eine Zeit, in der jemand dem Fuchs ein Halfter angelegt hatte. Und dann hatte dieser Jemand ihn fallenlassen. Das Halfter vergessen. Das Pferd vergessen.

Lea tastete erneut nach ihrer Wange. Ray hatte sie geküsst. Und sie glaubte, immer noch die Berührung seiner Lippen auf ihrer Haut zu spüren. Es war wie ein Versprechen, sie nicht alleinzulassen. Es war kein Kuss zwischen Mann und Frau gewesen – eher einer zwischen Bruder und Schwester.

Oder?

Und was war ihr lieber?

Unablässig scannte Lea mit ihrem Blick den Waldrand. Seit fast einer Stunde war dort nichts zu sehen. Hatten sie das Pferd endgültig von hier vertrieben?

Lea dachte an ihr Zuhause. An ihre Eltern, die nun getrennte

Wege gingen, an Mattis und seinen Verrat an ihr, an Emmy, die ihre Freundschaft gebraucht hätte und der sie sie nicht hatte geben können. War das nicht ebenfalls Verrat?

Auf jeden Fall war es ein Fehler gewesen, den sie gerne wiedergutmachen würde. Wenn sie nur wüsste wie.

Da! Hatte sich gerade etwas hinter den Bäumen bewegt?

Ein Schatten!

Lea kniff die Augen zusammen und versuchte, sich nicht zu rühren. Zuerst sah sie nur seine Silhouette hinter der ersten Baumreihe. Dann tastete er sich vorsichtig aus dem Schutz der Bäume hervor, blickte zu ihr hinüber, blieb minutenlang regungslos im Schatten stehen und begann schließlich zu grasen.

Lea lächelte.

Es war nicht *ihr* Platz. Es war *sein* Platz! Und er war zurückgekehrt.

In einem anderen Leben hätte sie jetzt ihr Smartphone gezückt, Fotos geschossen und Nachrichten versendet. In diesem Leben blieb sie einfach sitzen, genoss die Stille und die Einheit mit diesem Lebewesen, das ihr zugleich fremd und vertraut war. Und vermisste nichts.

Der Fuchs graste. Ab und zu blickte er zu ihr hinüber, als wollte er sich vergewissern, dass sie noch da war.

Und Lea war da. Sie hatte das Gefühl, nie zuvor in ihrem Leben so hundertprozentig mit Leib und Seele an einem Ort gewesen zu sein. Sie konnte den Duft der Wiese und der wilden Kräuter riechen, hörte das Zwitschern der Vögel und das Rauschen der Blätter im Wind, ließ sich auf den weichen Erdboden zurücksinken und die Wolken am hellblauen Himmel über sich vorüberziehen. Sie schloss die Augen und merkte, dass ihr Fühlen noch einmal intensiver wurde. Ihre Finger strichen über das kühle Gras, die Luft streichelte sacht und warm ihre Haut …

Dieser Mensch war anders als die anderen.

Er hatte gewartet, bis die Menschen verschwunden waren und das sich entfernende Motorengeräusch verstummte, bevor er sich erneut auf die freie Fläche vorwagte. Jetzt war nur noch dieser eine Mensch da. Der, von dem keine Gefahr ausging. Der, der keine Bedrohung darstellte.

Er blickte zu dem Menschen hinüber, der sich jetzt wieder im Gras zurücklehnte. Nein, dieser Mensch wollte ihm nichts Böses.

Aber was war das, was dort nur wenige Schritte von dem Menschen entfernt auf der Wiese stand? War das gefährlich? Er versuchte aus der Entfernung abzuschätzen, um was es sich handeln könnte.

Der Mensch bewegte sich nicht. Er lag ganz ruhig da und atmete tief und gleichmäßig. Aber dieses Ding da weckte seine Neugier. Er meinte, einen betörenden Geruch wahrzunehmen, der aus dem Ding strömte.

Langsam, ganz vorsichtig, den Blick unverwandt auf den Menschen gerichtet, näherte er sich dem unbekannten Gegenstand. Der Geruch wurde intensiver, je näher er kam. Und er kam immer näher …

Die Luft streichelte sacht und warm ihre Haut. Und da war ein unbestimmbares Geräusch, das Lea wahrnahm. Mühsam versuchte sie die Augen zu öffnen, aber es wollte irgendwie nicht so recht gelingen. Ihre Lider waren schwer wie Blei. Jetzt war sie glatt schon wieder eingeschlafen! Und wäre da nicht dieses undefinierbare Geräusch gewesen – sie hätte einfach weitergeschlafen.

Was war nur los mit ihr? Warum war sie so erschöpft?

Andererseits wusste sie ganz genau, warum sie so viel Schlaf nachzuholen hatte. In den vergangenen Wochen und Monaten hatte sie kaum einmal eine Nacht durchgeschlafen. Und wenn doch, wurde ihr Schlaf von Albträumen begleitet.

Die Luft war warm. Wärmer als vorhin. Oder bildete sie sich das nur ein? Wenn sie doch nur die Augen öffnen könnte!

Sie konzentrierte ihre gesamte Kraft auf die Muskeln in ihren Augenlidern und endlich gelang es ihr, sie einen Spalt weit zu öffnen.

Sie blickte in die schönsten braunen Augen, die sie jemals gesehen hatte, und sie waren ihren so nah, dass sie sogar ihr eigenes Spiegelbild in ihnen erkennen konnte. Zeit und Raum spielten auf einmal keine Rolle mehr. Der Augenblick schien unendlich und war dabei so kurz.

Ein Zittern lief durch den Pferdekörper. Dann bebte die Erde unter Leas Körper, als der Fuchs sich umwandte und davongaloppierte.

Lea richtete sich auf. Adrenalin flutete ihren Körper. Die Müdigkeit war auf einmal wie weggeweht, als die Erkenntnis einsetzte. Ungläubig blickte sie dem Pferd hinterher, das erst stoppte, als es den Waldrand wieder erreicht hatte.

Leas Blick fiel auf den umgefallenen Futtereimer. Der Inhalt hatte sich über die Wiese ergossen. Stück für Stück setzte ihr Gehirn zusammen, was gerade geschehen war, während sie geschlafen hatte. Dann begann sie zu lächeln.

»Er hat direkt vor mir gestanden und an mir geschnuppert! Ich bin durch seinen aus den Nüstern strömenden Atem wach geworden! Er stand so dicht vor mir, dass ich mein Spiegelbild in seinen Augen sehen konnte! Es war unglaublich! Einfach unglaublich!«

Ray lachte. »Du hast geschlafen und der Fuchs hat den Futtereimer entdeckt und sich bis zu dir vorgewagt?«

»Ist das nicht fantastisch? So können wir ihn doch einfangen und in Sicherheit bringen, oder?«

Ray nickte. »Wenn er Vertrauen zu dir aufgebaut hat, kommt er vielleicht von selbst nah genug heran.«

Vertrauen.

Ausgerechnet das, was Lea verloren hatte. Und nun sollte sie dafür sorgen, dass ein Lebewesen ihr Vertrauen schenkte. Lea wurde bewusst, welche große Aufgabe ihr bevorstand.

Sie blickte Ray schweigend an.

Vertrauen.

Er war sofort gekommen, als sie ihn darum gebeten hatte. Ein Anruf hatte genügt und Ray hatte sich auf sein Mofa geschwungen und war zu ihr und Schorsch rübergefahren, um sich alles von ihr erzählen zu lassen. Jetzt blickte er auf seine Uhr.

»Es wird Zeit«, sagte er. »Ich muss los. Eireen braucht mich. Wir sehen uns morgen?«

Lea nickte und schloss die Augen, als Ray sich mit einem freundschaftlichen Wangenkuss von ihr verabschiedete.

Hi, Mattis!

Eigentlich ist es verrückt, aber irgendwie ist mir erst heute so richtig klar geworden, dass es wahre, aufrichtige Liebe ohne bedingungsloses Vertrauen nicht geben kann. Vertrauen und Liebe, das gehört zusammen wie Tag und Nacht oder wie eine Socke zur anderen.
Umso mehr verletzt es mich, wie sehr du mein Vertrauen missbraucht hast. Obwohl ... habe ich dir überhaupt vertraut? Ich weiß es nicht mehr. Was habe ich gefühlt, als ich von deinem Vertrauensbruch erfahren habe? Schmerz? Enttäuschung? Wut?

Lea hielt inne und versuchte sich zu erinnern. An den Abend vor mehr als fünf Wochen. Es war die Party eines Freundes von Mattis gewesen. Sie hatte sich ziemlich gelangweilt, aber versucht, es sich nicht anmerken zu lassen. Die Musik hatte ihr nicht gefallen und war außerdem zu laut. Die Leute waren auch nicht nach ihrem Geschmack gewesen und alle hatten zu viel getrunken.

Am liebsten wäre sie nach Hause gefahren. Aber das ging nicht, weil die Party zu weit weg gewesen war. Mattis' Freund Theo hatte sie mit dem Auto mitgenommen und es war verabredet, dass alle da schlafen sollten. Also musste sie aushalten. Sie hielt sich stundenlang an ihrer lauwarmen Cola fest und tat so, als würde sie sich prächtig amüsieren, lächelte brav über die dummen Witze des Typen, der neben ihr an der Wand lehnte und ihr seinen Bieratem ins Gesicht pustete, während er versuchte, sie zu beeindrucken.

Mattis war den ganzen Abend verschwunden. Aber irgendwie war ihr auch das egal gewesen. Er kannte hier halt fast alle – sie nur Mattis, Theo und dessen Freundin. Das war okay. Sie konnte das verstehen, vermutlich hätte sie es selbst nicht anders gemacht, wenn sie an Mattis' Stelle gewesen wäre. Ehrlich gesagt, ärgerte sie sich eigentlich über sich selbst, weil sie eingewilligt hatte, mitzufahren.

Der Typ neben ihr wurde immer aufdringlicher. Sie entschuldigte sich mit der Ausrede, sie wolle sich eine frische Cola holen, und verschwand, bevor er auf die Idee kommen konnte, sie zu begleiten, in Richtung Küche, wo die Getränke und Snacks aufbewahrt wurden. Doch so weit kam sie gar nicht, denn in dem schmalen Flur, der zur Küche und zum WC führte, stand ein Pärchen und knutschte so intensiv, dass es nichts mehr um sich herum wahrnahm.

Lea blieb wie angewurzelt stehen. Sie konnte kaum glauben, was sie sah, bis hinter ihr Theos Freundin auftauchte und entsetzt ausrief: »Mattis, du Dreckskerl!«

Der Junge und das Mädchen fuhren auseinander und Lea rutschte vor Schreck beinahe ihre Colaflasche aus der Hand.

Wenn sie jetzt so darüber nachdachte, war der größte Schock eigentlich, mit wem Mattis sie hier betrog: Das Mädchen war so nichtssagend und langweilig, so aufgetakelt und übertrieben stark geschminkt, dass Leas erster Gedanke war, was Mattis an ihr, Lea, fand, wenn er auf so ein Mädchen scharf war. Sie hatte nichts, aber auch gar nichts, mit ihr gemein! (Jedenfalls hoffte sie das.) Genaugenommen war sie das direkte Gegenteil von ihr.

Das Mädchen grinste und Mattis blickte schuldbewusst.

Lea hatte sich wortlos umgedreht und war gegangen. Im Schlafzimmer der Eltern, das als Garderobe diente, hatte sie ihre Jacke geholt und die Colaflasche, die sie immer noch in Händen hielt, auf einem der beiden Nachttische abgestellt. Die ganze Zeit über hatte sie unbewusst darauf gewartet, dass Mattis hinter ihr herkam und sich entschuldigte. Ein Teil von ihr hatte sich das gewünscht, der andere hatte gehofft, dass er blieb, wo der Pfeffer wächst – wo auch immer das war, jedenfalls weit weg.

Jetzt, im Nachhinein, war sie froh, dass Mattis dazu offenbar zu feige gewesen war. Denn so war es ihr leichter gefallen, einen Schlussstrich zu ziehen. Erst recht, nachdem sie ein paar Tage später erfahren hatte, dass dieses Mädchen, mit dem Mattis geknutscht hatte, in seine Parallelklasse ging. Wie sollte sie ihm jemals wieder vertrauen, dass er nicht auf dem Schulklo weitermachte? Lea schüttelte sich bei dieser Vorstellung.

Vor der Haustür hatte sie ihr Smartphone aus der Tasche gezogen und ihre Mutter angerufen. Nie hatte sie geglaubt, dass sie von dem Angebot ihrer Mutter, sie immer und überall abzuholen, wenn sie das wollte, jemals Gebrauch machen würde. Aber jetzt war sie dankbar dafür. Sie hatte sich auf die Stufen vors Haus gesetzt und gewartet. Es war kalt. Sehr kalt. Und je länger sie dort saß, desto saurer wurde sie, dass Mattis es noch nicht einmal jetzt für nötig befand, nach ihr zu sehen. Es war

Jule, Theos Freundin, die eine Viertelstunde später die Tür öffnete und erleichtert ausrief: »Da bist du!«

Jule wartete mit ihr gemeinsam, bis Leas Mutter eine weitere Viertelstunde später endlich mit ihrem Wagen vorfuhr.

Mattis hatte sie danach nie mehr wiedergesehen. Und das war auch gut so.

Das Schlimmste ist, dass du danach auch noch zu feige warst, dich bei mir zu melden! Zwei Nachrichten! Ganze zwei Nachrichten hast du mir geschickt!
„Es tut mir leid" und „Können wir uns sehen und reden?"
Das war's! Mehr nicht!
Was hast du erwartet? Dass ich sofort „Au ja!" schreie? „Kein Problem" antworte?
Aber weißt du was? Ich bin froh, dass es so gekommen ist. Heute weiß ich, dass es so das Beste war.

Lea

Sie fühlte sich erleichtert, als sie jetzt den Brief zusammenfaltete und zu den anderen in die Schublade legte. Es war wie ein längst überfälliger Schlussstrich, den zu ziehen, sie viel zu lange gezögert hatte.

Und nicht einmal in ihrem Traum spielte Mattis in dieser Nacht noch eine Rolle.

Möhren, Äpfel und Haferkekse, die Ray ihr gestern noch mitgegeben hatte. Von Eireen gebacken. Eine Flasche Wasser für sie selbst und diesmal dachte Lea sogar daran, dass auch sie Hunger bekommen könnte, und belegte sich noch eins der von Schorsch gebackenen Körnerbrötchen mit Schafskäse, Rucola und Tomate.

Balou und Raksha tanzten dabei ebenso um sie herum wie Bagheera und Kaa. Die einen abwechselnd schnurrend, maunzend und fordernd auf der Arbeitsplatte, die anderen schwanzwedelnd, fiepend und hechelnd davor.

Aber Lea blieb standhaft, packte alles in ihren kleinen Rucksack und schloss die Haustür hinter sich so leise, wie es ihr möglich war.

Allerdings hätte sie sich die Mühe auch sparen können, denn kaum fiel die Tür ins Schloss, beschwerten sich zwei Hunde und zwei Katzen lautstark über diese ungerechte Behandlung, eingesperrt zurückgelassen zu werden, während sie mit den Leckereien abhaute.

Lea seufzte, als hinter Schorschs Schlafzimmerfenster die Jalousie hochgezogen wurde und Schorsch den Kopf zum Fenster rausstreckte.

»So früh schon wieder unterwegs?« Er gähnte, ohne sich die Hand vor den Mund zu halten. Stattdessen kratzte er ausgiebig seinen nackten Bauch.

Lea nickte. »Tut mir leid, dass ich dich geweckt habe.«

Schorsch klappte den Mund zu. »Ach, das ist kein Problem«, sagte er. »Ich wäre jetzt sowieso gleich aufgestanden. Schau mal …«, er deutete mit einer Kopfbewegung auf die Landschaft, »… ist das nicht wunderschön?«

Lea blickte in die angedeutete Richtung. Am Horizont funkelte der Himmel in leuchtenden Orangetönen. Die aufgehende Sonne verlieh den schnell vorüberziehenden Wolken eine besondere Dramatik, die gut zu Leas Stimmung passte.

»Auch auf die dunkelste Nacht folgt stets ein Sonnenaufgang«, sagte Schorsch gedankenverloren und Lea empfand seine

Worte als tröstend und Mut spendend. Ja, es würde schon irgendwie weitergehen. Vielleicht.

Sie folgte dem Weg, als wäre sie ihn bereits ihr ganzes Leben lang gegangen. Selbst in der Morgendämmerung wusste sie genau, wohin sie ihre Schritte lenken musste. Und als sie die Wiese kurze Zeit später erreichte, die das Pferd als seine erkoren hatte, fühlte es sich schon wie selbstverständlich an, sich auf ihren Platz am Fuß des Hügels niederzulassen und den Blick zum Waldrand zu richten.

Sie hatte jetzt eine Aufgabe. Vielleicht die wichtigste ihres Lebens. Und sie wollte sie gut machen.

Der Fuchs blickte kurz zu ihr hinüber, entspannte sich aber rasch wieder und setzte sein Nickerchen im Stehen fort. Ein Hinterbein angewinkelt, mit zurückgelegten Ohren und geschlossenen Augenlidern.

Stehend schlafen, allzeit fluchtbereit. Aber in dieser Situation hatte der Fuchs offensichtlich beschlossen, dass kein Grund zur Flucht bestand, dass momentan keine Gefahr drohte. Dass Leas Anwesenheit kein Grund zur Besorgnis darstellte.

Lea lächelte zufrieden. Das Gras war vom Morgentau noch etwas feucht. Dennoch streckte sich Lea aus, verschränkte die Arme hinter dem Kopf und war binnen Minuten ebenfalls eingeschlafen.

❤

Er hörte ihn bereits kommen. Und irgendwie gefiel es ihm sogar. Ja, er hatte sich daran gewöhnt, dass dieser Mensch am anderen Ende der Wiese lag. Seit sie *nicht mehr da war, fühlte er sich sehr allein. Verloren. Der Mensch nahm ihm ein wenig das Gefühl von Einsamkeit. Und er war nicht bedrohlich. Er blickte nur einmal kurz zu dem Menschen hinüber und vergewisserte sich, dass es genauso verlief wie die letzten Male.*

Ja, der Mensch schaute ihn nur kurz an, dann setzte er sich an seinen Platz und schloss die Augen. Alles war gut.

Er entspannte sich ebenfalls.

Nichts geschah.

Der Mensch lag da und rührte sich nicht. Es bestand keine Gefahr. Er konnte in Ruhe grasen und seinen Hunger stillen.

Und er hatte Hunger!

♥

Diesmal wurde sie vom Zwitschern der Vögel und der gleißend hellen Sonne, die ihr ins Gesicht schien, geweckt.

Ihre Mutter hatte ihr, als sie kleiner war, mal erzählt, dass sie immer am besten geschlafen habe, wenn sie mit Lea im Arm irgendwo lag: auf dem Sofa, auf einer Picknickdecke im Park, auf der Liege im Garten …

»Zu wissen, dass du bei mir bist, war immer die beste Entspannungshilfe«, hatte sie gesagt. »Dann hatte ich das Gefühl, es könne nichts Schlimmes passieren.«

Und genauso schien es nun auch Lea zu gehen. Das Wissen, dass der Fuchs in ihrer Nähe war, ließ sie augenblicklich ruhig werden. So ruhig, dass ihr die Augen zufielen und sie in einen tiefen traumlosen Schlaf fiel.

Lea setzte sich auf und sah über die Wiese zum Waldrand. Dorthin, wo eben das Pferd gestanden und gedöst hatte. Aber es war nicht mehr da! Es stand nicht mehr im Schatten der Bäume, sondern graste nur wenige Meter von ihr entfernt. Als sie nun zu ihm hinüberschaute, blickte es kurz zu ihr auf, kauend, dann senkte es den Kopf und graste weiter.

Leas erster Gedanke war, dass ihre Distanz zu dem Pferd kaum mehr als 30 Meter betrug und Brian in dieser Situation eine gute Chance gehabt hätte, seinen Betäubungspfeil sicher zu platzieren. Bei dieser Erkenntnis schlug ihr Herz vor Aufregung schneller.

Ihr zweiter Gedanke war, dass der Fuchs sichtlich Schmerzen hatte. Das Halfter um seinen Kopf wirkte wie ein Maulkorb. Es war so eng, dass das Pferd nicht einmal die Kiefer richtig auseinanderbekam. Der Anblick trieb Lea die Tränen in die Augen.

Mit langsamen Bewegungen griff sie nach ihrem Rucksack, öffnete ihn vorsichtig und holte eine Möhre heraus.

Der Fuchs beobachtete sie aufmerksam. Sein Ohrenspiel spiegelte deutlich seine Gefühle wider: vorwärts, rückwärts, Neugier, Flucht …

Lea versuchte, so langsam wie möglich aufzustehen. In Zeitlupe brachte sie ihre Beine unter ihren Körper und wollte sich soeben hochstemmen, als das Pferd bereits den Rückwärtsgang einlegte.

»Okay«, murmelte Lea leise und begab sich genauso langsam zurück in ihre Sitzposition. Der Fuchs hatte ihr soeben unmissverständlich zu verstehen gegeben, dass er das Tempo der Annäherung vorgab und sonst niemand. Auf gar keinen Fall sie!

Kaum saß Lea wieder, blieb er stehen, fixierte sie noch eine Weile und begann dann erneut zu grasen.

Lea seufzte. Es gab Fortschritte, ja, aber sie waren langsam und mühsam. Für sie, die Geduld nicht zu ihren Stärken zählte, eine echte Herausforderung. Ob die Sommerferien ausreichen würden, um das Vertrauen des Pferdes zu gewinnen? Im Augenblick hatte sie das Gefühl, sie könnte auch bis zu den Winterferien hier sitzen und der Fuchs würde sie nicht an sich heranlassen.

Lea saß mit an die Brust gezogenen Oberschenkeln auf der Wiese, umklammerte ihre Schienbeine mit den Unterarmen und ließ die Stirn auf ihre Knie sinken. Ob Brian bereit sein würde, sich gemeinsam mit ihr stundenlang auf diese Wiese zu setzen und zu warten, bis das Pferd nah genug herangekommen war, um das Betäubungsgewehr einsetzen zu können? Er hatte schließlich nicht wie sie Sommerferien, sondern musste seine

Praxis versorgen und sich um unzählige weitere tierische Patienten kümmern. Und sie selbst konnte und durfte kein Betäubungsgewehr bedienen. Ein Teleinjektionsgerät, wie der Tierarzt es genannt hatte. Es war zum Verrücktwerden!

Was war das? Ein Rupfen und Zerren an ihrer Hand, in der sie immer noch die Möhre hielt. Lea, die nichts sah, weil ihre Stirn immer noch auf ihren Knien ruhte, hielt die Luft an und drehte den Kopf Millimeter um Millimeter zur Seite. Jetzt bloß keine hektische Bewegung! Am besten nicht einmal atmen!

Sie sah Zähne. Große Zähne. *Sehr* große Zähne. Und Nüstern.

Aus der Nähe betrachtet, sah die Wunde um ein Vielfaches schrecklicher aus als von Weitem. Das Lederhalfter lag tief in einer Einkerbung der Pferdenase. Es war so klein und eng, dass die Haut an manchen Stellen bereits über das Halfter gewachsen war. Und ja, vielleicht nicht nur die Haut, sondern auch der Knochen! Blut und Eiter rannen über die Nüstern und das Maul des geschundenen Tieres. Lea musste an sich halten, um nicht laut aufzuschreien. Etwas so Furchtbares hatte sie in ihrem ganzen Leben noch nicht gesehen.

Der Fuchs zupfte ihr die Möhre aus der Hand, zog sie mit seinen gigantischen Lippen ins Maul und kaute.

Lea blieb regungslos sitzen. Wie gern hätte sie das zottelige, verdreckte Fell des Pferdes berührt, es gestreichelt und liebkost. Aber ihre Angst, das Tier mit einer unbedachten Bewegung zu vertreiben, war zu groß.

Er fraß langsam und das Kauen bereitete ihm sichtlich Schmerzen. Aber die Möhre war für ihn vermutlich die Verheißung des Paradieses, also musste er Schmerzen gegen Genuss abwägen. Vielleicht war die Rechnung auch viel simpler: Tod gegen Leben.

Schwupps. Der letzte Zipfel der Möhre verschwand im Maul. Das Pferd hob den Kopf und blähte die Nüstern. Den Blick auf Lea gerichtet, trottete es die paar Meter zum Rucksack, der nach wie vor geöffnet zu Leas Rechten stand, und streckte sein Maul hinein.

Lea unterdrückte ein Kichern, als das Tier mit einer weiteren Karotte zwischen den Zähnen seinen Kopf wieder aus der Tasche zog und sich ein paar Meter von ihr entfernt mit seiner Beute in Sicherheit brachte.

Zufrieden bemerkte Lea, dass der Fuchs einen Sicherheitsabstand von nicht einmal zehn Metern offensichtlich als ausreichend erachtete. Und dass er tatsächlich, wie sie bereits vorausgesetzt hatte, ohne es zu wissen, ein Hengst war – vielleicht auch ein Wallach, aber sie hatte nicht die geringste Ahnung, wie sie das durch bloßes Anschauen über diese Distanz herausfinden sollte. Also musste die grobe Orientierung erst einmal reichen. Und letzten Endes war es ja auch völlig gleichgültig. Alles, was sie wissen musste, wusste sie bereits: Hier war ein Lebewesen von seinen Menschen verlassen worden. Verletzt, vergessen und schließlich verloren. Und dieses Lebewesen brauchte jemanden, der ihm half, seine Wunden zu heilen, die äußeren wie die inneren, und der es nicht wieder vergaß. Und dieser Jemand würde sie sein. Lea.

Am liebsten wäre Lea sofort zum Pferdehof gegangen, um von ihren Fortschritten zu berichten. Vielleicht konnte sie Eireen und den Tierarzt dazu bringen, noch heute Nachmittag die nächste Einfangaktion zu versuchen. Je schneller man den Fuchs zum Pferdeschutzhof bringen konnte, desto besser!

Aber sie traute sich nicht zu, den Weg dorthin von hier aus zu finden. Schorschs Cottage, die Wiese am Waldrand hinter dem Hügel, die der Fuchs zu seiner erklärt hatte, und Eireens Hof lagen in einem ungleichseitigen spitzwinkligen Dreieck zueinander (offenbar war der gähnend langweilige Mathematikunterricht von Frau Lange doch nicht ganz umsonst gewesen).

Der Weg zu *Lost Horses Rescue* war deutlich länger als der Weg zu Schorschs Anwesen. Oder vielleicht war Ray auch einen Umweg gefahren, um ihr den See zu zeigen? Der See war wunderschön gewesen und Lea hoffte, dass sie vielleicht einmal Gelegenheit bekam, ihn zu besuchen. Ob man darin schwimmen konnte?

Jedenfalls war es sicherer, zuerst zu Schorsch zurückzukehren und ihn zu bitten, ihr den Weg zu den Nolans noch einmal zu beschreiben, bevor sie sich hoffnungslos in den irischen Weiten verirrte.

Balous und Rakshas Begeisterung, Lea wiederzusehen, war im wahrsten Sinn beinahe umwerfend, während Kaa und Bagheera ihrer Wiedersehensfreude eher still Ausdruck verliehen.

Schorsch saß auf der Bank neben der Haustür und blickte ihr lächelnd entgegen.

Auch Lea war trotz der neuen Ereignisse nicht mehr so aufgeregt wie am ersten Tag. Ob der irische *way of life* allmählich auf sie abfärbte? Sie ließ sich neben Schorsch auf die Bank sinken und atmete erst einmal tief durch.

»Gibt es Neuigkeiten?«, wollte Schorsch wissen.

Lea nickte zufrieden. »Ich habe ruhig am Fuße des Hügels gesessen und auf einmal ist das Pferd ganz dicht an mich herangekommen. Ich denke, wenn Brian bereit ist, es ebenfalls so zu machen, dann kommt es vielleicht nah genug, um ihn mit einem Betäubungspfeil zu treffen.«

»Das ist großartig«, bestätigte Schorsch. »Und was willst du jetzt tun?«

»Kannst du mir den Weg zu *Lost Horses Rescue* beschreiben? Ich habe ein bisschen Angst, mich zu verlaufen.«

»Ich kann dich sogar hinfahren«, antwortete Schorsch. »Eireen hat ein paar Sachen bei mir bestellt und die würde ich ihr bei der Gelegenheit einfach vorbeibringen.«

»Das ist nett von dir!«, freute sich Lea und sprang bereits

wieder auf. Unumstößlich war ihre neu gewonnene Ruhe also noch nicht. »Wann geht es los?«

Schorsch lachte. »Ich muss vorher die Dinge zusammensammeln, die Eireen haben möchte. Halbe Stunde?«

Lea nutzte die halbe Stunde, um sich frisch zu machen (mit kaltem Wasser, was sie auf einmal gar nicht mehr so schlimm fand). Es war eigentlich nicht so, dass sie verschwitzt war – wie auch bei gerade einmal 21 Grad mitten im Juli. Warum sie dennoch das Bedürfnis hatte, möglichst … gut … auszusehen? Sie erlaubte sich nicht, weiter darüber nachzudenken.

»Bist du startklar?«, rief Schorsch.

Lea zupfte noch einmal ihr T-Shirt vor dem Badezimmerspiegel zurecht und rief zurück: »Ich komme!«

»Ich wusste, du würdest es schaffen!« Ray klopfte Lea kameradschaftlich auf die Schulter. In seinem Gesicht lag so etwas wie Anerkennung – oder sogar Stolz? Er wischte sich mit einem Zipfel seines T-Shirts den Schweiß von der Stirn. Lea hatte Ray, nachdem Schorsch sie auf dem Hof abgesetzt hatte, im Stallgebäude gefunden, wo er in einem kleinen Abteil mehrere schwere Futtersäcke aufeinander- und nebeneinanderstapelte. Er war schnell bereit gewesen, seine Arbeit für sie zu unterbrechen und froh, vor der Stalltür etwas frische Luft zu atmen.

Überrascht stellte Lea jetzt fest, was Rays Wertschätzung mit ihr machte. Klar, sie freute sich, dass Ray an sie geglaubt hatte und dass sie ihn nicht enttäuscht hatte. Aber es war mehr als das. Seine lobenden Worte richteten sie irgendwie innerlich auf. Sie erinnerte sich, dass Dad ihr immer alles mit den Worten abgenommen hatte: »Lass mich das besser machen, sonst geht noch was schief.« Und wenn sie doch etwas selbst gemacht hatte, dann hatte er im Anschluss stets ein paar »Tipps« für sie gehabt, was sie hätte besser machen können. Zum Beispiel, als sie ihr Zimmer selbst gestrichen hatte. Sie war mit dem Ergebnis zufrieden gewesen, aber ihr Vater hatte gemeint, sie hätte die Ecken und Kanten vorher nicht ordentlich genug abgeklebt, und zeigte ihr jeden kleinen Farbklecks und jede unsauber gezogene Linie. Und Leas Freude an ihrem neuen Zimmer war zerplatzt wie eine Seifenblase, denn nun sah sie plötzlich überall nur noch Farbkleckse und unsauber gezogene Linien. Bis heute konnte sie kein T-Shirt zusammenlegen, ohne dabei an die Worte ihres Vaters zu denken, wie sie es am ordentlichsten faltete.

Jetzt wurden ihre Gedankengänge davon unterbrochen, dass Mr Nolan über den Hof auf sie zuschlurfte. Im Gefolge Smokie, der genauso zu schlurfen schien wie der Alte. Als hätte er sein Repertoire an Schritten in seinem gar nicht mal so langen Leben bereits aufgebraucht.

Als das ungleiche Paar sie erreichte, lächelte der Mann freundlich und fragte: »Bea, nicht wahr?«

Lea schüttelte leicht den Kopf. »Lea«, verbesserte sie den alten Mann.

»Wie? Rea? Bei der war ich auch schon mal …« Der Alte kicherte wie ein Schuljunge.

»Grandpa!«, schalt Ray seinen Großvater.

»Wie geht es Ihnen denn heute, Mr Nolan?«, erkundigte sich Lea und versuchte das Thema zu wechseln.

»Hast du mich das nicht gerade eben erst gefragt?«

»Nein, ich bin ja gerade erst gekommen.«

»Ach so.«

»Und?«

»Was und?«

»Wie geht es Ihnen?«

»Wie oft willst du mich das denn noch fragen?«

Ray verdrehte die Augen. »Grandpa, Lea und ich haben etwas zu besprechen. Hast du deine Medikamente heute Mittag genommen?«

Mr Nolan grinste und nickte. »Ich habe schon verstanden«, sagte er und schlurfte weiter in Richtung Stallgebäude.

»Wo willst du denn hin?«, rief Ray ihm hinterher.

»Hast du nicht gesagt, es ist Zeit fürs Mittagessen?«

»Nein, das Mittagessen ist schon vorbei«, erklärte Ray. »Und außerdem gibt es das nicht im Stall.«

Doch der alte Mann hörte bereits nicht mehr zu und schlurfte einfach weiter.

Ray seufzte. »Er wird es schon merken«, sagte er schließlich und wandte sich wieder Lea zu. »Ich sage Mum Bescheid, dass wir einen zweiten Versuch unternehmen, einverstanden?«

»Aber glaubst du, Brian wäre bereit, sich mit mir zusammen so lange auf die Wiese zu setzen? Vielleicht dauert es ein oder zwei Stunden, bis der Fuchs sich zu uns bequemt.«

»Bestimmt«, beruhigte sie Ray. »Brian ist ein super Typ und er hat uns bis jetzt immer geholfen. Es wäre nicht das erste Mal, dass eine Rettungsaktion viel Zeit beansprucht.«

8

Mögest du dir die Zeit nehmen, die stillen Wunder zu feiern, die in der lauten Welt keine Bewunderer haben

Irischer Segensspruch

Nun saßen sie bereits seit mehr als zwei Stunden am Fuße des Hügels und der Fuchs dachte gar nicht daran, sich ihnen auch nur einen einzigen Schritt weit zu nähern. Er hatte einmal den Kopf gereckt, als sie angekommen waren (Lea schwor, dass sie gesehen hatte, wie er die Nase rümpfte), und sich dann in den Schatten der ersten Baumreihe zurückgezogen. Da stand er nun und bewegte sich nicht um einen Zentimeter auf sie zu.

»Sorry«, murmelte Lea.

»Es ist nicht deine Schuld«, antwortete Brian, der neben ihr saß.

Sie hatten sich nicht viel unterhalten, um das Pferd nicht zu verschrecken. Der Tierarzt hatte ihr auf dem Weg hierher erklärt, sie solle alles genauso machen, wie sie es am Vormittag auch gemacht hatte. Und so hatten sich das Mädchen und der Mann bequem im Gras zurückgelehnt, das geladene Betäubungsgewehr neben sich, die Arme hinter den Köpfen verschränkt und gemeinsam auf die dichter werdenden Wolken am Himmel geblickt, während sich Eireen, Ray und Conor im Wagen versteckten.

Aber Lea hatte irgendwie gleich gewusst, dass es diesmal nicht klappen würde. Sie hatte es gespürt, denn sie kam einfach nicht so zur Ruhe wie sonst, wenn sie alleine hier war. Und das war das Geheimnis. Ihre eigene Ruhe übertrug sich auf das Pferd.

So etwas in der Art hatte auch Brian gesagt. Zumindest hatte

Lea es so verstanden. Sie mussten entspannt bleiben. *Laid-back* war das Wort gewesen, das er benutzt hatte. Aber Lea war nicht »laid-back«. Durch ihren Kopf jagten tausend Ängste, was alles schiefgehen konnte. Und natürlich war es prompt schiefgegangen.

»Was sollen wir denn jetzt tun?«, wollte Lea wissen. Die Wörter kamen nur stockend aus ihrem Mund. Ihre Angst, der Tierarzt würde die Aktion abbrechen, raubte ihr den Atem.

Brian zuckte die Schultern. »Aus dem Auto heraus habe ich eine schlechtere Schussposition. Aber wenn es so nicht funktioniert, müssen wir das vielleicht versuchen.«

Lea blickte zu dem Geländewagen hinüber, in dem Ray, Eireen und Conor saßen. Auch sie wirkten, soweit Lea das von hier aus sehen konnte, geknickt. Aber vielleicht waren sie auch nur müde?

Der Tierarzt schien zu merken, wie verzweifelt Lea war. »Noch geben wir nicht auf, okay?«, sagte er und legte ihr tröstend eine seiner riesigen Pranken auf die Schulter.

Lea versuchte, tapfer zu lächeln und nickte. »Okay«, antwortete sie. Doch in ihrem Inneren klang das Wort »noch« bitter nach. *Noch* gab Brian den Fuchs nicht auf.

Noch nicht …

Dann blickte sie zum Waldrand hinüber. Dort stand er und Lea hatte das Gefühl, dass er ihren Blick erwiderte. Obwohl sie das über diese Entfernung hinweg natürlich nicht sicher erkennen konnte.

Brian erhob sich ächzend. Mit schmerzverzerrtem Gesicht und einer stützenden Hand im Lendenwirbelbereich bückte er sich, um den Teleinjektor aufzuheben, der neben ihm im Gras gelegen hatte.

Eireen hatte offenbar mitbekommen, dass der ursprüngliche Plan geändert werden musste, denn sie öffnete bereits die Fahrertür und blickte dem Tierarzt entgegen, der jetzt mit seinem charakteristischen schwankenden Schritt auf das Auto zuging. Lea beobachtete, wie die beiden Erwachsenen sich leise miteinander unterhielten. Dann nickte Eireen und sagte irgendetwas zu Ray, der bislang auf der Rücksitzbank gesessen hatte, jetzt aber ausstieg und auf Lea zukam, während Conor seinen Platz im Fond des Fahrzeugs einnahm und dem Tierarzt den strategisch günstigsten Platz auf der Beifahrerseite frei machte.

Ray lächelte Lea aufmunternd zu, als er neben ihr in die Hocke ging. Oder zumindest versuchte er es. »Brian sagt, wir probieren es noch einmal vom Auto aus, bevor wir für heute abbrechen«, sagte er. »Ist dir das recht?«

Lea nickte stumm. Natürlich war ihr das recht! Alles war ihr recht, solange der Fuchs am Ende sicher im Anhänger stand. Sie würde auch die ganze Nacht hier verbringen, wenn jemand ihr sagte, dies sei der richtige Weg.

»Dann bleibst du also jetzt alleine hier sitzen und wir warten im Auto und sehen, was passiert?«

Lea nickte erneut.

Ray stand leichtfüßig auf und wandte sich bereits wieder ab, als Lea ihm hinterherrief: »Ray?«

Er drehte sich zu ihr um.

»Was geschieht, wenn wir es heute nicht schaffen?«

Ray zuckte mit den Schultern. »Dann versuchen wir es ein anderes Mal.«

»Sicher?«

Ray zögerte. Schließlich setzte er sich neben Lea ins Gras und sah sie einige Sekunden lang ernst und schweigend an.

Es waren Sekunden, aber Lea kam es vor wie endlose Minuten.

»Lea«, begann Ray vorsichtig und Lea wünschte sich, er würde nicht weitersprechen, denn sie wusste bereits, was er sagen wollte. »Wir geben nicht schnell auf, das verspreche ich dir.

Aber es kann sein, und das ist auch schon vorgekommen, dass wir ein Pferd nicht retten können.«

»Und was geschieht dann?«

Ray seufzte. »Das kommt drauf an«, sagte er ernst. »Manchmal überlassen wir es seinem Schicksal und hoffen, dass es auf irgendeine Weise durchkommt. Und manchmal ...« Er zögerte. »Manchmal müssen wir es von seinen Qualen erlösen.«

»Erschießen?«

Ray nickte stumm.

»Aber wenn ihr es erschießen könnt, warum könnt ihr es dann nicht betäuben?«

»Die Schussweite eines Betäubungsgewehrs reicht nicht an die Schussweite zum Beispiel eines Jagdgewehrs heran.« Ray blickte zum Waldrand, an dem der Fuchs ihr Gespräch aufmerksam zu verfolgen schien. »Es wäre kein Problem, das Pferd von hier aus zu erschießen. Aber es ist unmöglich, von hier aus einen Betäubungspfeil zu platzieren.«

Lea folgte Rays Blick. Und in ihren Augen sammelten sich Tränen.

Leas Gefühle fuhren Achterbahn: Rauf, als die Rettung in erreichbarer Nähe erschienen war. Runter, als sich der Plan als wirkungslos erwies.

Und nun?

Nun saß sie hier und stellte fest, dass es immer noch weiter runter ging. Obwohl bei Achterbahnen ja eigentlich irgendwann Schluss war mit dem Runterfahren.

Wie nichtig ihre Probleme in Deutschland ihr auf einmal vorkamen.

Ihr Freund – ihr *Ex*-Freund – hatte eine andere geküsst. Na und?

Ihre Eltern trennten sich. Na und? Sie waren immer noch ihre Eltern, Mutter und Vater.

Aber hier ging es um mehr. Hier ging es um Leben und Tod.

Die Zukunft soll man nicht voraussehen wollen, sondern möglich machen.

Auf einmal verstand Lea, was Schorsch ihr mit diesem Zitat hatte sagen wollen: Pack es an!

Die Abwärtsfahrt stoppte. Lea atmete tief ein, straffte ihren Rücken und setzte sich aufrechter hin. Sie warf einen kurzen Blick auf das Fahrzeug, das mit geöffneten Fenstern einige Meter rechts von ihr stand, und hatte das Gefühl, alle vier Insassen schauten in diesem Moment ebenfalls zu ihr hinüber. Dann richtete sie ihren Blick auf den Waldrand.

Der Fuchs graste.

Lea versuchte ihre Gedanken und Gefühle ganz auf das Pferd zu konzentrieren.

»Komm«, flüsterte sie. »Komm zu mir.« Sie griff nach einer der Möhren, die sie natürlich auch dieses Mal wieder dabeihatte, und hielt sie wie heute Morgen einfach in ihrer rechten Hand, während sie den Kopf auf die Knie sinken ließ, die Augen schloss und ihren Atem möglichst gleichmäßig ein- und ausströmen ließ.

Konnte man ein Lebewesen mit der Kraft der eigenen Gedanken zu sich rufen?

Zumindest spürte Lea, wie sie selbst allmählich ruhiger wurde. Es machte keinen Sinn, sich auf den *worst case* zu konzentrieren. Noch bestand die Chance, dass alles gut werden würde. Und genau darauf wollte sie sich nun konzentrieren.

Allerdings war das gar nicht so leicht. Lea dachte an die Geschichte mit dem rosa Elefanten, an den man keinesfalls denken durfte und dann natürlich genau daran dachte. Und sie erinnerte sich an diesen Atem-Meditationskurs, zu dem ihre Mutter sie einmal mitgeschleppt hatte und bei dem sie mehrmals beinahe eingeschlafen war. »Also hat es wohl irgendwie gewirkt«, hatte Mum nachher behauptet. Und dabei gegrinst.

Om. Shanti, shanti, shanti …

Lea kam sich lächerlich vor, während sie sich selbst den Befehl gab, ihre Gedanken nicht festzuhalten, sondern wie Wolken vorbeiziehen zu lassen und ihnen hinterherzublicken. Sie zählte langsam bis sieben, während sie einatmete, und bis sieben, während sie ausatmete. Und ganz allmählich hörte sie auf zu denken, konzentrierte sich auf ihren Atem und spürte, wie sie tatsächlich ruhiger wurde.

♥

Was war da los? Der Goldene war aufgeregt.

Wieder waren die Menschen gekommen. Wieder mit den lauten Maschinen.

Der Mensch, an dessen Gegenwart er sich gewöhnt hatte, ja, dessen Nähe er gar nicht mal so unangenehm fand, war wieder da. Aber er war diesmal nicht allein! Ein anderer Mensch saß neben ihm. Und das gefiel ihm nicht. Und er hatte das unbestimmte Gefühl, dem Menschen, den er bislang als ungefährlich eingestuft hatte, gefiel es auch nicht.

Der Goldene spürte die angespannte Stimmung. Und er hatte das Gefühl, er müsse gut aufpassen, damit nichts geschah. Irgendetwas führten diese Menschen im Schilde. Er wusste nur nicht was. Er behielt alles genau im Blick, aufs Äußerste konzentriert, um nur ja nicht den Moment zu verpassen, in dem er sich in Sicherheit bringen musste.

Dann kam Bewegung in die Menschen. Der eine ging, sein Mensch blieb sitzen, ein anderer kam und ging wieder.

Der Mensch, den er von allen am besten kannte, blieb schließlich allein. War das ein gutes Zeichen? Bedeutete das, die Gefahr war vorbei?

Er spürte, wie er etwas ruhiger wurde. Und auch der Mensch am anderen Ende der Wiese wirkte jetzt wieder ruhiger.

Also war wohl alles in Ordnung? Konnte er sich ein Stück weit vorwagen? Gab es vielleicht sogar wieder etwas zu fressen? Sollte er es wagen? Sollte er nachschauen, ob sein Mensch wieder etwas für ihn dabeihatte?

Nur ein paar kleine Schritte …

Das *Peng* war leise. Leiser als Lea erwartet hatte. Aber laut genug, um den Fuchs zu erschrecken. Er zuckte zusammen, vollführte eine astreine Pirouette und stürmte über die Wiese zurück in Richtung Waldrand.

Leas Herz brach genau in diesem Augenblick in zwei Teile. Als hätte der Schuss des Tierarztes sie getroffen, nicht das Pferd. Sie fühlte sich einfach schrecklich bei der Vorstellung, wie sehr sich der Fuchs in diesem Moment von ihr verraten fühlen musste. Sie konnte ihm ja nicht erklären, dass die Menschen hier waren, um ihm zu helfen, um sein Leben zu retten!

Die Autotüren wurden fast gleichzeitig geöffnet. Aber Brian und Ray stiegen als Erste aus. Brian sah zu Lea hinüber und zeigte ihr den hochgereckten Daumen. Er hatte getroffen!

Sie sah zu dem Pferd hinüber, das jetzt zitternd am Waldrand stand, und erhob sich ebenfalls. Und ebenfalls zitternd. Die Möhre, die der Fuchs ihr aus der Hand gerupft hatte, lag neben ihr auf dem Boden. Das Tier hatte sie bei seiner Flucht fallen lassen.

Brian kam, dicht gefolgt von Ray, auf sie zu. »Das hast du prima gemacht!«, lobte er sie. »Jetzt müssen wir hoffen, dass die Dosierung ausgereicht hat.«

Lea erinnerte sich, dass der Tierarzt ihr erklärt hatte, wie schwer es sei, die Dosierung des Wirkstoffs zu berechnen. Denn es kam nicht alleine auf das Körpergewicht des Tieres an, sondern auch darauf, wie aufgeregt es war. Adrenalin konnte die Wirkung des Sedativums beeinträchtigen.

Auch Eireen und Conor standen nun neben dem Auto und

blickten ebenso wie Lea, Brian und Ray erwartungsvoll zum Waldrand hinüber.

Es dauerte einige Minuten, die Lea unendlich vorkamen, dann konnte sie deutlich erkennen, dass der Fuchs nicht mehr sicher stand: Mehrmals knickte er mit einem seiner Läufe ein, konnte die Bewegung aber stets wieder ausgleichen.

»Sieht aus, als wäre er betrunken«, stellte Lea fest.

Der Tierarzt nickte. »Die Wirkung setzt bereits ein«, bestätigte er. »Gleich ist es so weit.«

Jetzt stand der Hengst dreibeinig da, als würde er dösen. Den Kopf hielt er gesenkt und er schwankte leicht hin und her.

»Okay.« Brian gab Eireen ein Zeichen. Sie setzte sich in Bewegung und Brian, Lea und Ray folgten ihr, während Conor den Transporter vorbereitete.

Der Fuchs blieb jetzt ruhig stehen, als die Menschen auf ihn zukamen. Er war offensichtlich nicht mehr in der Stimmung zu fliehen oder irgendetwas anderes zu unternehmen. Er schien mit offenen Augen zu schlafen.

Eireen schüttelte stumm den Kopf und kniff die Lippen zusammen, als sie nun zum ersten Mal die tiefe Wunde, die das viel zu kleine Halfter am Kopf des Pferdes verursacht hatte, aus der Nähe sah. Sie streifte ihm vorsichtig das mitgebrachte Knotenhalfter über und er ließ es geschehen, als hätte er nicht mehr die Kraft, sich zu wehren. Aber als sie das Pferd anschließend dazu bewegen wollte, ihr zu folgen, blieb es stocksteif stehen. Kein sachtes Ziehen, kein Schieben, kein Schnalzen mit der Zunge änderte etwas an dem Entschluss des Tieres.

»Ich denke, er ist sediert?«, fragte Lea, die allmählich gar nichts mehr verstand.

»Sediert, ja, aber deshalb nicht völlig willenlos«, entgegnete Brian. »Der Wirkstoff führt zu einer verminderten Erregbarkeit, aber nur wenig zur Beeinträchtigung des Bewusstseins.«

»Das heißt, er kriegt das alles hier noch mit?«

Der Tierarzt nickte. »Genau, es interessiert ihn nur nicht mehr so sehr wie vorher.«

»Und jetzt?«

Eireen reichte Lea den Strick. »Hier«, sagte sie. »Dich kennt er am besten.«

Lea nahm den Strick und betrachtete ihn eine Weile, als wäre er irgendein unbekanntes Ding aus einer anderen Welt. Dann blickte sie dem Fuchs in die Augen, streckte eine Hand aus und berührte sacht seinen Hals. *Kommst du mit mir?*, fragte sie ihn in Gedanken. *Du kannst mir vertrauen …* Sie wandte sich um und machte einen zaghaften Schritt nach vorn. Der kurze Strick spannte sich. Der Fuchs blieb stehen.

»Komm!«, forderte Lea das Pferd auf und versuchte es noch einmal.

Der Fuchs hob einen Vorderlauf und machte einen wackeligen Schritt nach vorn. Lea hatte das Gefühl, ihr Herz schwoll vor Rührung und Dankbarkeit auf die doppelte Größe an, während sich der seltsame Trupp langsam in Bewegung setzte. Lea führte, Ray und Eireen stützten den Hengst an den Flanken und Brian bildete das Schlusslicht.

♥

Der Goldene zitterte. Er wusste nicht, was mit ihm los war. Es fühlte sich alles so merkwürdig an. Hoffnungslos. Er hatte nicht genug aufgepasst und nun war es geschehen. Für einen Augenblick hatte er die Gefahr außer Acht gelassen. Der Hunger hatte ihn vorangetrieben. Jetzt war er verloren. Den Menschen ausgeliefert. Er hörte ihre Stimmen, er wollte fliehen, aber er hatte nicht mehr genügend Kontrolle über seinen Körper.

Sein Blick heftete sich an den Menschen, dem er im Augenblick noch am meisten vertraute. Er versuchte sich ganz auf ihn zu konzentrieren und den Rest auszublenden. Er hörte das Kommando des Menschen, »come«, und er erinnerte sich, dass es besser war, die-

sem Kommando zu gehorchen. Zumal die anderen Menschen, die, denen er nicht vertraute, direkt hinter ihm waren. Er konnte sie nicht sehen, er konnte sie nur spüren. Er wusste nicht, ob sie Peitschen dabeihatten, ob sie ihn schlagen würden, wenn er nicht tat, was sie von ihm verlangten.

Der Mensch schritt voran und er folgte ihm. Er hatte keine Wahl.

♥

Conor schloss die Verladeklappe des Anhängers und Lea lehnte sich schwer atmend gegen das Blech. Nie hätte sie geglaubt, dass es so schwierig sein konnte, ein Pferd dazu zu bringen, in einen Transporter zu steigen.

»You did it!«, sagte Ray und streckte ihr seine Hand zum High five entgegen.

»Kommt, Kinder!«, mahnte Eireen zur Eile. »Wir sollten den Transport hinter uns haben, bevor die Sedierung nachlässt.«

Der hünenhafte Brian saß bereits auf dem Beifahrersitz und Conor nahm hinter ihm Platz. Ray wollte Lea den Vortritt lassen, doch sie schüttelte stumm den Kopf. Allein die Vorstellung eingequetscht in der Mitte zwischen Ray und seinem Vater zu sitzen, trieb ihr die Schweißperlen auf die Stirn.

Ray grinste, als könne er Leas Gedanken lesen, und rutschte in die Mitte. Lea holte noch einmal tief Luft und setzte sich neben Ray. Sie spürte seinen Oberschenkel an ihrem. Und obwohl Eireen nur im Schritttempo über die Wiese fuhr, damit das Pferd im Anhänger das Gleichgewicht halten konnte, stießen sie alle paar Sekunden mit den Schultern aneinander.

Lea starrte auf die Kopfstütze vor ihr und traute sich kaum zu atmen. Was war nur los mit ihr? Warum machte es sie so nervös, Rays unbeabsichtigte Berührungen zu spüren? Oder war sie wegen der Rettungsaktion noch so aufgeregt?

Ray verhielt sich ganz normal. Er quatschte mit Eireen, mit

Brian, mit Conor, lachte zwischendurch und strich sich die Haare aus dem Gesicht. Zwischendurch wandte er sich ihr zu, aber Lea wich seinem Blick jedes Mal aus.

Eireen steuerte vorsichtig um jede noch so kleine Bodenwelle herum, aber ganz ließ sich ein Schaukeln des Fahrzeuggespanns nicht verhindern und als sie durch eine ausgetrocknete Pfütze fuhren, rumpelte es plötzlich im Anhänger.

Alle Augen richteten sich erschrocken auf den kleinen Monitor am Armaturenbrett, der während der Fahrt Bilder aus dem Anhänger sendete. Das Bild war grottenschlecht, unscharf und viel zu dunkel – Lea hatte Schwierigkeiten, überhaupt etwas anderes als graue Pixel zu erkennen –, aber schließlich gab Brian Entwarnung: »Alles in Ordnung.«

Endlich hatten sie die unebene Wiese hinter sich gelassen und atmeten erleichtert auf. Aber Eireen fuhr immer noch ausnehmend vorsichtig und langsam, denn auch der Straßenbelag war alles andere als eben.

Lea war so nervös wie selten in ihrem Leben. Die Angst, das Pferd könnte sich bei der Fahrt verletzen, war übermächtig.

Ray versuchte sie zu beruhigen und abzulenken, aber irgendwie machte das die Sache beinahe noch schlimmer.

Ray.

Verstohlen musterte Lea ihren Sitznachbarn. Was war es nur, das ihr an ihm gefiel? Er war so anders als die Jungen, für die sie sich in Deutschland interessiert hatte. Er versuchte nicht, sie irgendwie zu beeindrucken, war nicht witzig oder machte ihr Komplimente. (Womöglich gefiel sie ihm gar nicht? Ob er anders auf sie reagieren würde, wenn ihre Haare noch lang wären?) Er sah gut aus, geheimnisvoll und unnahbar, wirkte vollkommen souverän und vermittelte ihr ein Gefühl von Sicherheit. Ja, wenn sie in Rays Nähe war, hatte sie zum ersten Mal seit Langem das Gefühl, alles könnte wieder gut werden. Dabei war er vollkommen uneitel. Er trug schmutzige Jeans und ausgeleierte

T-Shirts – Klamotten, die zur Arbeit im Stall und mit den Pferden taugten, aber nicht auf Partys – und sein Haar war etwas zu lang und vollkommen ungestylt.

Mattis hatte immer viel Wert auf seine Kleidung gelegt und niemals hätte er das Haus verlassen, ohne seine Frisur mit einer exakt haselnussgroßen Portion Haarwachs und Spray in Form zu bringen. Zweimal in der Woche war er mit einem Kumpel zum Muskelaufbau ins Fitnessstudio gegangen, um Bizeps, Trizeps und alle möglichen anderen »-zeps« zu stählen.

Ray trug keine auffälligen Muskeln zur Schau. Wenn sie ihn hätte beschreiben sollen, wäre ihr als Erstes das Wort »drahtig« in den Sinn gekommen. Aber sie hatte ihn Futtersäcke im Stall mit einer Leichtigkeit stapeln gesehen, die keinen Zweifel daran ließ, wie funktionstüchtig und kräftig seine Muskeln waren.

Je länger sie nun darüber nachdachte, desto klarer wurde ihr, dass es genau das war, was Ray ausmachte: Bei ihm ging nichts um den schönen Schein. Vielmehr ging es um Effektivität. An ihm war alles »echt«. Er stemmte keine 50-Kilo-Gewichte in einem schicken Studio. Er stemmte 50-Kilo-Säcke in einem staubigen Stall.

Erst als Eireen vor dem staubigen Stall den Motor ausmachte und den Zündschlüssel abzog, realisierte Lea, dass sie dieses Mal nicht an dem beeindruckend schönen See vorbeigefahren waren, den Ray ihr bei ihrer ersten gemeinsamen Fahrt gezeigt hatte. Also war es vielleicht wirklich genau darum gegangen? Hatte Ray einen Umweg genommen, um ihr den See zu zeigen?

Ray kletterte gerade aus dem Fond des Autos, als Grandpa Nolan mit Smokie im Schlepptau über den Hof auf die Ankömmlinge zu schlurfte. In der Hand hielt er einen nicht gerade appetitlich aussehenden dicken Keks, an dem er mit spitzen Zähnen nagte, während der Greyhound ihn sabbernd dabei beobachtete.

»Jesus, wo wart ihr denn alle so lange?«, zeterte er. »Ich bin halb verhungert!«

»Dad«, antwortete Eireen, ohne den alten Mann wirklich anzusehen. »Ich habe dir gesagt, dass wir ein verletztes Pferd holen müssen und du dir ein paar Kekse aus dem Schrank nehmen kannst, bis wir wieder da sind.«

»Das habe ich ja gemacht!«, sagte Mr Nolan. »Aber diese Kekse sind so hart, dass ich kaum was davon abgebissen bekomme.«

Jetzt schaute Eireen auf den Keks in der Hand ihres Vaters, die er ihr vorwurfsvoll entgegenstreckte. »Dad!«, rief sie. »Das sind die *Hunde*kekse!«

Der alte Mann betrachtete nachdenklich den Keks in seiner rechten Hand. »Dafür schmecken sie aber ganz gut«, stellte er fest, bevor er die Hand sinken ließ.

Lea meinte, das »Na endlich!« des Hundes fast hören zu können, als er sich den Keks schnappte und sich mit seiner Beute in Sicherheit brachte.

»Dad, deck uns doch bitte schon einmal den Tisch zum Abendessen an, ja? Wir kommen gleich alle. Vielleicht bittest du Stella um Hilfe? Wo ist sie eigentlich?«

»Wer?«

»Stella …«

Verständnisloser Blick.

»Deine Enkeltochter!«

»Ich habe eine Enkeltochter?« Der alte Mann wirkte ernsthaft erstaunt.

Eireen konnte ein Seufzen nicht ganz unterdrücken. »Bitte, Dad, es dauert nicht mehr lange. Geh schon mal vor ins Esszimmer, wir kommen so schnell wie möglich nach.«

»Na, dann geh ich mal und mach mich nützlich«, sagte der Alte, lächelte verschmitzt und schlurfte davon.

Als Ray, Conor und Brian begannen, den Fuchs auszuladen, erschien Bob an der offenen Stalltür und lachte erfreut, als er sie sah.

»Hey!«, rief er. »Ihr habt es geschafft! »Ich mach die letzte Box für euch auf, okay?«

Eireen nickte ihm stumm zu und reckte den Daumen ihrer rechten Hand in die Höhe.

Die Sedierung schien allmählich nachzulassen, denn noch bevor sie die Laderampe heruntergelassen hatten, hörten sie den Hengst im Inneren des Transporters randalieren, als würde er mit den Hufen von innen gegen die Blechwände treten.

Lea versuchte Rays Aufmerksamkeit auf sich zu ziehen und hoffte, er würde ihr beruhigend zulächeln, aber er schien sie gar nicht wahrzunehmen. Hoch konzentriert starrte er auf die Heckklappe des Transporters und verständigte sich nur durch Kopfbewegungen mit seinem Vater und dem Tierarzt.

Dann erhaschte Lea einen ersten Blick auf die hervorstehende Kruppe des Pferdes. Der Fuchs schlug unwillig mit dem Kopf und scharrte mit den Hufen, als wollte er ein Loch in den Boden des Transporters kratzen.

»Wir müssen ihn da rauskriegen, bevor er sich losreißt und verletzt«, mahnte Brian. »Ich mach ihn vorne los. Achtet auf mich, damit ihr wisst, wann ihr die Stange lösen könnt.«

Ray und Conor nickten, während Brian an das vordere Ende des Transporters zur Servicetür ging.

Ray stellte sich auf die Laderampe und als Brian ihm das Zeichen gab, löste er die Querstange und gab damit den Weg nach hinten frei.

Der Fuchs machte einen Satz nach hinten und Ray konnte sich gerade noch mit einem Sprung zur Seite in Sicherheit bringen.

Aber als das Tier merkte, dass es nicht mehr angebunden war und auch hinten keine Begrenzung mehr spürte, blieb es plötzlich mit zittrigen Läufen wie angewurzelt mitten auf der Laderampe stehen.

Eireen erfasste die Situation als Erste. »Okay, Ray und Conor, sichert die Seite, damit er nicht dort runterfällt, Lea, komm auf die Rampe.«

Ray und Conor stellten sich auf die rechte Seite und begrenzten damit die Ausweichmöglichkeit des Hengstes, während sich Lea auf die linke Seite neben den Kopf des Pferdes auf die Rampe stellte. Zentimeter um Zentimeter schoben, zogen und führten sie und Eireen den Fuchs rückwärts über die Schräge, bis er wieder festen Boden unter den Hufen hatte.

»Ihr habt es geschafft!« Stella kam auf sie zu und strahlte glücklich. »O mein Gott«, sagte sie und hielt sich die Hände vor den Mund, als sie die tiefe Wunde am Kopf des Pferdes bemerkte.

»Stella, Schätzchen«, wandte sich Eireen an ihre Tochter. »Könntest du ein Auge auf Grandpa haben, während wir den jungen Mann hier versorgen? Sobald er sicher in seiner Box ist, kommen wir und essen gemeinsam, ja?«

»Klar!« Stella wirkte froh, eine Aufgabe zu haben, und eilte aufs Haus zu. Eireen blickte ihr lächelnd hinterher, dann widmete sie ihre volle Aufmerksamkeit wieder dem Pferd.

»Fein«, lobte Eireen das Pferd. »Jetzt hast du es bald geschafft.«

Der Blick des Tierarztes ruhte auf dem Hengst. »Er ist zwar jetzt entspannter, nachdem er nicht mehr angebunden im Transporter steht, aber die Sedierung lässt nach«, stellte er fest. »Am besten bringen wir ihn schnell in seine Box und ich versuche, ihn von diesem Halfter zu befreien. Einverstanden?«

»Vielleicht sollten wir Bella von der Weide holen?«, schlug Lea vor.

»Das ist eine gute Idee«, stimmte Eireen zu, »aber erst nachdem Brian die Operation durchgeführt hat.«

Ray nickte. »Könnte sonst sein, dass er unruhig wird und zu seiner Freundin will. Er scheint ja einen ausgeprägten Beschützerinstinkt zu haben. Und zwei Pferde in einer Box … Da ist dann für uns während der Behandlung kein Platz mehr.«

Tatsächlich sah es so aus, als hätte der Fuchs seinen Widerstand im Augenblick vollkommen aufgegeben. Er ließ sich problemlos in das vorbereitete Stallabteil führen.

Lea lehnte sich von außen gegen die untere Stalltür, während Brian seine Arbeit verrichtete. Selbst der hartgesottene Tierarzt sog einige Male harsch die Luft ein, während er das zum Teil zentimetertief eingewachsene Halfter Stück für Stück entfernte. Er fluchte leise vor sich hin.

Trotz lokaler Betäubung und Beruhigungsmittel wich der Fuchs bei manchen Berührungen des Arztes vor Schmerzen zurück. Ray und Conor, die den Kopf des Tieres stabilisierten, standen vor Anstrengung die Schweißperlen auf der Stirn.

»Ich hoffe, dass ich alles so entfernen kann«, erklärte Brian an Eireen gewandt. Die Chefin des Hofes stand neben ihm und assistierte, indem sie die mit Eiter verschmierten Lappen entgegennahm und dem Arzt mit Antiseptika getränkte frische Tücher reichte, mit denen die Wunde Stück für Stück gereinigt wurde. »Sonst muss er mit in die Klinik.«

Auch Lea war klar, dass alle darum bemüht waren, dem Tier diesen zusätzlichen Stress zu ersparen. Weitere Transporte, eine Vollnarkose und ein umfassender chirurgischer Eingriff würden für das geschwächte Tier eine enorme Belastung bedeuten. Doch es dauerte noch mehr als eine Stunde, bis Brian sich schließlich mit dem Unterarm den Schweiß aus dem Gesicht wischte und sagte: »Ich denke, das war's für den Augenblick.«

In diesem Moment erschien Stella in der Stallgasse. »Es tut mir leid, aber einer von euch muss mal mitkommen.«

»Was ist los?« Die Stimmlage ihrer Tochter hatte Eireen augenblicklich in Alarmbereitschaft versetzt.

»Grandpa sitzt auf dem Schrank. Er sagt, er wollte die Katze retten, aber die ist natürlich längst wieder unten. Dafür sitzt er jetzt oben und kommt nicht mehr runter.«

9

Mögen Zeichen an der Straße deines Lebens sein,
die dir sagen, wohin du auf dem Wege bist …
Irischer Segenswunsch

Lea lag mit offenen Augen im Bett und lauschte den Geräuschen der Nacht: Das Zirpen der Zikaden, das Bellen der Hunde, wenn sich ein Fuchs näherte, das Blöken der Schafe … Nie hätte sie es für möglich gehalten, dass es fernab der Zivilisation wie sie sie kannte, so laut sein konnte.

Aber nicht nur die Geräusche hinderten sie am Schlafen. Auch ihre Gedanken hielten sie wach.

Was für ein Tag!

In wenigen Stunden war so viel geschehen, dass es für eine ganze Woche gereicht hätte.

Und wenn sie jetzt darüber nachdachte, was in welcher Reihenfolge geschehen war, dann mochte sie kaum glauben, dass erst wenige Stunden vergangen waren, seit sie heute im Morgengrauen aufgestanden war.

Das Wichtigste zuerst: Sie hatten es geschafft! Der Hengst stand sicher bei Eireen im Stall und Brian hatte das viel zu kleine Halfter, das bereits schmerzhaft in Haut und Knochen des Pferdes eingewachsen war, entfernt.

Im Anschluss an die Behandlung hatte Lea Bella von der Weide holen wollen, aber Brian war der Meinung, dass es besser sei, dem Neuankömmling noch eine Nacht Ruhe zu gönnen. »Er hat starke Schmerzen, deshalb habe ich ihm ein Mittel gegeben. Er wird sich also noch ein bisschen benommen fühlen«, sagte er und schlug sogar vor, auch die anderen Pferde nach Möglichkeit für eine Nacht auf der Weide zu lassen, damit das Pferd so wenig Aufregung wie möglich hatte.

Lea war sich nicht sicher, ob das die richtige Entscheidung war, aber so lautete nun einmal die Empfehlung des Tierarztes.

Mr Nolan war unversehrt vom Schrank runtergekommen, nachdem Conor und Ray einen Tisch vor das Möbel geschoben und dem alten Mann beim Abstieg aus schwindelerregender Höhe geholfen hatten.

Das Abendessen mit der gesamten Familie Nolan war der schönste Moment des Tages gewesen. Der gute Ausgang der Pferderettung, die entspannte Atmosphäre und die lebhaften Gespräche hatten Lea für eine kurze Zeit all ihre Probleme vergessen lassen. Ein Lächeln huschte im Dunkeln über ihr Gesicht, als sie jetzt noch einmal an die Unterhaltung mit ihrem Sitznachbarn, dem alten Mr Nolan dachte.

Rays Großvater hatte ihr lang und breit irgendetwas über die Zeit erzählt, als er selbst in Deutschland gelebt hatte. Aber Lea fiel es schwer, ihm zuzuhören und sich auf seine Worte zu konzentrieren. Zu voll waren ihr Kopf und ihr Herz mit ihren eigenen Erlebnissen.

Irgendwann hatte der Alte gemerkt, dass Lea nicht bei der Sache war. »Na ja«, hatte er gesagt, »du hast wohl selbst gerade zu viele Sorgen, als dass du dir meine anhören könntest.«

»Oh, tut mir leid«, hatte Lea sich entschuldigt. »Ich war tatsächlich gerade in Gedanken.« Sie verriet ihm nicht, dass ihre Gedanken auch um seinen Enkelsohn kreisten, der ihr gegenübersaß und sie hin und wieder mit seinem Blick und seinem Lächeln aus dem Konzept brachte, und um die Frage, wie sie mit den Gefühlen, die Ray in ihr auslöste, umgehen sollte beziehungsweise was sie überhaupt bedeuteten.

Mr Nolan hatte zwischen ihr und Ray hin und her geblickt und gelächelt. »Schon gut, Liebes«, hatte er geantwortet, »in deinem Alter sind die einfachsten Dinge manchmal die schwersten.«

Lea schüttelte stumm lächelnd den Kopf. Was war dieser Alte bloß für ein Mensch: Im einen Augenblick aß er Hundekekse und vergaß, dass er eine Enkeltochter hatte, im nächsten saß er auf einem Schrank, um die Katze zu retten, die gar keiner Rettung bedurfte, und kurz darauf offenbarte er all seine Lebensweisheit, sein Auffassungsvermögen und seinen scharfen Verstand.

Nach dem Essen war die Sonne bereits hinter dem Horizont verschwunden gewesen. Es herrschte Dunkelheit. Eine Dunkelheit, wie Lea sie bisher nicht gekannt hatte. Die Bezeichnung »schwarz« traf es nicht ganz. Es war schwärzer als schwarz. Der Mond versteckte sich hinter dichten Wolken und nicht eine einzige Lichtquelle erhellte den Weg.

Nicht nur deshalb war Lea froh gewesen, als Ray ihr anbot, sie mit dem Mofa nach Hause zu bringen. Nach Hause, zu Schorsch. Diesmal hatte Lea nicht eine Sekunde lang gezögert, sich an Ray festzuhalten und ihre Hände auf seine schmalen Hüften zu legen. Sie hatte die Augen geschlossen (obwohl das bei den Lichtverhältnissen wahrlich nicht nötig gewesen wäre) und sich ganz dem Gefühl hingegeben, Rays Rücken an ihrem Bauch und ihrer Brust zu spüren. Auf einmal kam ihr die Entfernung von drei Kilometern nicht lang genug vor. Viel zu schnell hatten sie Schorschs Cottage erreicht und Lea hatte sich wehmütig von Ray verabschiedet. (Natürlich darauf hoffend, dass er nicht merkte, wie schwer ihr das fiel.)

»Bis morgen«, hatte Ray ihr über das Knattern des Mofas hinweg zugerufen, bevor er wendete und in einer Staubwolke davonfuhr.

Bis morgen.

Es war keine Frage gewesen – vielmehr war es eine Feststellung. Ohne darüber zu sprechen, war klar gewesen, dass Lea am nächsten Morgen sofort nach dem Frühstück zum Pferdehof hinübergehen würde.

Ob Schorsch sauer war, dass Lea ihre Zeit nicht bei ihm, sondern bei den Nachbarn verbrachte? Aber nein. Die Art, wie er ihr zugelächelt hatte, nachdem sie ihm vor dem Zubettgehen die Ereignisse des Tages geschildert hatte, sagte jedenfalls etwas anderes.

Geräusche auf der schmalen Stiege, die zu Leas Schlafzimmer hinaufführte, ließen sie den Atem anhalten und lauschen. Was war das?

Kleine Pfoten tappten über die Holzdielen. Etwas sprang am Fußende auf ihre Matratze und kam laut schnurrend näher.

Kaa.

Die rote Katze stieß Lea mit dem Köpfchen an, warf sich dicht neben ihr auf die Seite und machte ihr unmissverständlich klar, dass jetzt Streichelzeit war. Und Lea ließ sich nicht lange bitten.

Das zufriedene Schnurren der Katze und die Berührung des samtig weichen Fells ließen Lea innerhalb weniger Minuten vollkommen entspannt einschlafen.

Beim Aufwachen lag Lea wieder allein in ihrem Bett. Kaa hatte wohl während der Nacht noch andere Dinge zu erledigen gehabt.

Sie hörte Schorsch mit Geschirr klappern und ein betörender Duft nach frischem Kaffee strömte in ihre Dachkammer.

Lea streckte sich und gähnte.

So ausgeruht, so gut gelaunt und neugierig auf den anbrechenden Tag war sie schon lange nicht mehr aufgewacht. Ihr Dauergefühl von Überforderung und Zukunftsängsten war wie weggeweht. *Obwohl …*

Wie es ihrem Schützling wohl heute ging?

Lea sprang aus dem Bett und schlüpfte in ihre Klamotten, die sie am Abend zuvor mehr oder weniger ordentlich zusammengefaltet auf den Boden gelegt hatte. Jetzt allerdings war es ein wild durcheinandergewürfelter Haufen mit ziemlich vielen verräterischen roten Haaren.

Egal, dachte Lea. Da würde heute noch sehr viel mehr Dreck drankommen. Sie klopfte die roten Haare so gut ab, wie es ging, und stieg die steile Treppe ins Erdgeschoss hinab.

»Guten Morgen!«

Schorsch hatte den Frühstückstisch bereits gedeckt und lächelte ihr zu. Balou und Raksha erhoben sich, begrüßten sie fröhlich schwanzwedelnd und bildeten extra für sie einen Hindernisparcours auf dem Weg zum Tisch.

»Ich nehme an, du willst heute wieder zu den Nolans?«, erkundigte sich Schorsch, während er Lea Tee einschenkte.

Sie nickte, während sie nach einem der selbst gebackenen Brötchen griff. »Ist das okay?«

»Ja, klar! Ich frag nur, weil ich heute nach Galway fahren wollte, um ein paar Dinge zu besorgen. Wenn du mitfahren möchtest …«

Lea biss in ihr Brötchen. Noch vor wenigen Tagen (Wie viele Tage waren eigentlich vergangen, seit sie hier angekommen war? Sie hatte irgendwie jedwedes Zeitgefühl verloren …) hätte sie Schorsch vermutlich Geld gegeben, damit er sie nach Galway führe. Nicht, dass Galway der Nabel der Welt war, aber im Vergleich zu diesem Ort hier irgendwo im Nirgendwo … Zumindest gab es dort Menschen, Geschäfte, Autos, Cafés (womöglich sogar mit WLAN) und so etwas wie »Zivilisation«. Und in diesem Augenblick fiel ihr ein, dass sie ihr Smartphone seit dem ersten Tag, an dem sie erfahren hatte, dass es in Schorschs kleinem Häuschen kein WLAN und kein Netz gab, gar nicht mehr angerührt, ja nicht einmal mehr daran gedacht hatte! Dabei könnte sie es doch mit zu Ray nehmen und dort ihre Nachrichten checken. Aber allein die Vorstellung, das Handy einzuschalten und als Erstes mehrere Dutzend Nachrichten und verpasste Anrufe abarbeiten zu müssen, verursachte ihr Bauchschmerzen.

»Nein, danke, ich habe Ray versprochen, dass ich heute komme und ihm im Stall helfe.«

Schorsch senkte den Kopf und versuchte, sein Lächeln vor ihr zu verbergen. Aber dann schaute er sie an – und beide brachen in schallendes Gelächter aus.

Trotz ihrer neuerblühten Liebe zur Natur (abseits der Zivilisation) war Lea froh, dass Schorsch sie auf seinem Weg nach Galway auf dem Nachbarhof absetzte. Klar, man konnte drei Kilometer zu Fuß über staubige Feldwege laufen – musste man aber nicht, wenn es auch anders ging.

Smokie begrüßte sie, als sei sie ein Teil der Familie. Unaufgeregt kam er auf sie zu, leckte ihr einmal die Hand und lief dann voraus auf das Stallgebäude zu, als wollte er ihr Erscheinen ankündigen. Trotz seines leichtfüßigen Gangs war es nicht zu übersehen, dass der Greyhound ein Bein nachzog und erinnerte Lea daran, was Ray ihr von Smokies Rennbahnkarriere erzählt hatte.

An der Tür stieß sie beinahe mit Ray zusammen, der eine leere Schubkarre vor sich herschob. Er grinste und stellte die Schubkarre ab.

»Hey«, sagte er.

»Hey«, entgegnete Lea und kam sich augenblicklich ungeschickt und plump vor, weil sie nicht wusste, was sie sagen oder wohin sie ihre Hände tun sollte.

»Ich war gerade noch mal bei unserem Freund«, fuhr Ray fort, als merkte er Leas Unsicherheit gar nicht. Er jedenfalls wusste ganz offensichtlich, was er sagen sollte, und seine Arme benutzte er, um die Schubkarre beiseitezuschieben, damit Lea daran vorbeigehen konnte.

»Wie geht es ihm?«

Ray zuckte mit den Schultern. »Er zeigt uns die kalte Schulter, steht mit dem Gesicht zur Wand, als wollte er am liebsten darin verschwinden, und frisst nicht.«

»Kann ich zu ihm?«

»Klar! Brian war heute schon ganz früh hier und hat sich die Wunde angesehen.«

»Und?« Leas Herzschlag beschleunigte sich, als Ray eine Grimasse zog. Der Ausdruck, den sie auf seinem Gesicht wahrnahm, gefiel ihr nicht.

»Er hat die Wunde gereinigt und desinfiziert, meinte aber, sie sei stark entzündet. Wir hoffen jetzt, dass das Antibiotikum schnell anschlägt. Sonst …«

Lea war froh, dass Ray nicht weitersprach. Sie wollte gar nicht hören, was »sonst« war.

»Komm«, sagte Ray, griff nach ihrer Hand und zog sie mit sich in die dunkle Stallgasse, von der auf beiden Seiten mehrere Boxen abgingen. Lea versuchte sich nicht anmerken zu lassen, wie sehr sie die Selbstverständlichkeit, mit der Ray sie berührte, verunsicherte. Er selbst schien sich gar nichts dabei zu denken.

Lea kannte das Gebäude bereits und wusste, dass der Fuchs das letzte Stallabteil auf der linken Seite zugewiesen bekommen hatte. Hier war es ruhiger als an den vorderen Boxen, an denen jeder vorbeiging, der den Stall betrat. Allerdings war es im hinteren Teil des alten Gemäuers auch recht dunkel und ihre Augen brauchten eine Weile, bis sie sich an das Dämmerlicht gewöhnt hatten.

Ray hatte nichts beschönigt. Der Fuchs versteckte sein Gesicht in der hintersten Ecke der Box, als hätte er mit der Welt um sich herum abgeschlossen. *Sprich mich nicht an und schau mich nicht an,* schien er sagen zu wollen und Leas Herz zog sich schmerzhaft zusammen, als sie ihr Pferd jetzt so sah.

»So steht er die ganze Zeit da«, erzählte Ray, während er den oberen Teil der Stalltür öffnete.

»Hallo, mein Kleiner«, sprach Lea das Pferd leise an, aber außer einem Ohrzucken deutete nichts darauf hin, dass das Tier sie gehört hatte.

»Brian meinte, wir sollten ihm Zeit lassen anzukommen«,

sprach Ray weiter. »Die Wunde tut sicher noch sehr weh, deshalb bekommt er weiterhin Schmerzmittel.«

»Kann ich zu ihm rein?«, erkundigte sich Lea.

»Ich denke schon«, sagte Ray. »Er reagiert aber auch dann nicht.«

Vorsichtig öffnete Lea die Stalltür einen Spaltbreit und betrat die mit Stroh ausgelegte Box. Sie wollte das Pferd nicht erschrecken oder bedrängen und ging nah am Eingang langsam in die Hocke. Sie wusste nicht, warum sie das tat, welche Reaktion sie erhoffte oder was sie dabei dachte. Sie folgte einfach nur ihrem Instinkt, ihrem Bedürfnis, die Nähe des Pferdes zu spüren.

Ray lehnte über der unteren Boxentür und beobachtete sie schweigend. Lea war ihm dankbar, dass er nicht redete oder sie fragte, was sie bezweckte, denn sie hätte es ihm nur schwer erklären können. Sie wollte einfach nur ein paar Minuten hier ausharren und die Freude darüber noch einmal spüren, dass *ihr* Pferd nun eine Chance auf ein Leben hatte. Eine Zukunft. Die Freude, die sie gestern gespürt hatte, als die Rettungsaktion glücklich zu Ende gegangen war. Die Freude, die sie heute Morgen direkt nach dem Aufwachen gespürt hatte.

Aber es gelang ihr nicht.

Der Anblick des zutiefst traumatisierten Pferdes erstickte jeden Funken Hoffnung in ihr im Keim. Selbst wenn die furchtbare Wunde am Kopf des Tieres heilte – würden die inneren Verletzungen jemals heilen können? Würde der Fuchs irgendwann wieder Vertrauen zu einem Menschen fassen?

»Lass ihm Zeit«, sagte Ray leise, als hätte er ihre Gedanken gelesen.

Lea erhob sich und bahnte sich mit bedächtigen Schritten an der Wand entlang einen Weg zurück zur Tür. Ray ließ sie durchschlüpfen und verriegelte den unteren hölzernen Teil der Tür wieder. Dann legte er ihr den Arm um die Schultern und zog sie sacht an sich.

Lea genoss seinen Trost und seine Nähe, hielt aber den Blick unverwandt auf das Pferd gerichtet, das sich im hinteren Teil seiner Box zu verstecken suchte.

»Komm«, sagte Ray sanft. »Ich möchte dir jemanden vorstellen.«

Er führte sie aus dem Stall und zu den Koppeln, die hinter dem alten Gebäude lagen.

Apple und Ciri blickten nur einmal auf, als die beiden Menschen an ihnen vorbeigingen. Sie standen ganz dicht an dem Zaun, der ihre Weide von der des kleinen Schecken abgrenzte. Und auf der anderen Seite des Zauns entdeckte Lea Bella, die ebenfalls die Nähe ihrer beiden neuen Freundinnen zu suchen schien.

»Schau mal, die drei verstehen sich gut«, sagte Ray und deutete auf die Ponys. »Bald werden wir sie zusammen auf eine Weide lassen. Und wenn dein Fuchs wieder fit ist, kommt er vielleicht dazu.«

Lea lächelte und fühlte sich tatsächlich schon wieder ein kleines bisschen besser. »War es das, was du mir zeigen wolltest?«

Ray schüttelte den Kopf und zog sie weiter.

Erst jetzt merkte Lea, dass es hier auf dem hinteren Teil des weitläufigen Geländes noch mehr eingezäunte Flächen gab. Die Koppel hinter Bella wurde nicht benutzt, aber ganz am Ende des Grundstücks standen zwei Pferde auf einer leicht hügeligen Weide, die so groß war, dass Lea kaum erkennen konnte, wo sie endete – zumal im hinteren Teil einige Bäume standen, die den Tieren Schatten spendeten. Ein bisschen fühlte sich Lea an die Wiese erinnert, auf der sie Bella und den Hengst gefunden hatte.

Ray blieb am Gatter stehen und es dauerte nur wenige Sekunden, bis sich ein stattlicher Falbe aus dem Schatten löste und neugierig auf sie zukam. Sein Fell glänzte im Sonnenlicht. Er brummelte freundlich, als er schließlich vor ihnen stand, und legte seinen großen Kopf auf Rays Schulter.

»Hey, mein Großer«, begrüßte Ray das Pferd und auf seinem Gesicht erschien ein Ausdruck, den Lea bislang noch nicht an ihm wahrgenommen hatte.

»Das ist Donn«, erklärte Ray. »Vor mittlerweile mehr als zwei Jahren im Winter erhielten wir abends einen Anruf von einem Nachbarn ... nicht Schorsch, sondern ein anderer ..., der auf seinem Grundstück ein totes Pferd gefunden hatte, einen Kadaver.«

Lea runzelte die Stirn, denn Rays Stimme klang brüchig, als müsse er gegen Tränen ankämpfen.

»Er wusste nicht, an wen er sich wenden sollte, und bat Eireen um Hilfe. Wir sind sofort hingefahren, um uns die Sache anzuschauen. Das Pferd, das wir vorfanden, sah in der Dunkelheit wirklich aus, als wäre es tot. Es waren nur Haut und Knochen übrig. Doch als ich mich über den leblosen Körper beugte, konnte ich im Schein der Taschenlampe sehen, wie sich der Brustkorb ganz langsam hob und senkte. Es war nicht tot.« Ray schluckte. »Wir haben es in einer Baggerschaufel hierher gebracht.« Er strich dem stattlichen Falben liebevoll über den Hals. Das Pferd genoss die Berührung sichtlich und schloss die Augen. »Zwei Wochen lang sah es nicht gut aus«, fuhr Ray fort. »Donn konnte nicht aus eigener Kraft stehen. Die meiste Zeit lag er einfach in seiner Box und hat geschlafen. Wir haben ihm mit Spänen und Stroh ein Lager eingerichtet, damit er keine Druckstellen bekam, und eine Konstruktion mit Seilen und Tüchern gebaut, damit er zwischendurch stehen konnte, um die Organe zu entlasten. Ehrlich gesagt ...«, Ray schluckte erneut und seine Stimme krächzte, »... keiner von uns hat geglaubt, dass er es schafft. Aber nach etwa drei Wochen hat Donn versucht aufzustehen.« Jetzt lächelte er bei der Erinnerung an diesen besonderen Moment seines Lebens. »Ich habe gerade nach ihm gesehen ... wir waren jede Stunde bei ihm, auch nachts ... und er hat den Kopf gehoben, mich angeschaut und dann hat er versucht, die Beine unter seinen Körper zu bekommen.« Ray lachte. »Er ist hin und her gekugelt, bei dem Versuch, sich aufzurichten, aber immer wieder umgefallen. Ich habe ihn angefeuert und nach mehreren Minuten hat er es geschafft. In dem Moment wusste ich, dass er durchkommen wird.«

Lea betrachtete das kräftige Pferd. Sie konnte sich kaum vorstellen, dass die Geschichte, die Ray hier erzählte, seine war.

»Mum hat noch Fotos von Donn aus dieser Zeit. Wenn du willst, bitte ich sie, sie dir zu zeigen.«

Jetzt schnupperte der Falbe an Lea und sie hob die Hand, um ihn zu streicheln. »Ihn wolltest du mir also vorstellen?«

»Nein, eigentlich nicht«, antwortete Ray. »Donn hat sich nur mal wieder vorgedrängelt.« Er lachte. »Bekannt machen möchte ich dich mit Skyrim.«

Ein bildhübscher schwarz-weißer Schecke, der sie bereits neugierig beobachtete, spitzte die Ohren, als er seinen Namen jetzt hörte.

»Skyrim, komm!«, rief Ray.

Der Schecke blickte sich um, als wollte er sichergehen, dass er gemeint war, dann setzte er sich zaghaft in Bewegung. Nicht so forsch wie zuvor Donn, aber dennoch unaufhaltsam näherte er sich den zwei Menschen.

»Der ist aber hübsch«, staunte Lea. Auf der Stirn des Schecken prangte eine große sternförmige Blesse und selbst die Mähne war wie mit einem Lineal gezogen an den Stellen schwarz, an denen auch der Hals schwarz war, und wurde am Widerrist weiß, wo auch Flanke, Bauch und Rücken des Tieres weiß wurden. Der Schweif war entsprechend der schwarzen Kruppe wieder pechschwarz. Und die weißen Abzeichen an allen vier Gliedmaßen erweckten den Eindruck, das Pferd trüge Stiefel.

Skyrim blieb einen guten Meter vor dem Zaun stehen.

»Ach komm, Dicker«, sagte Ray, »jetzt tu nicht so.« Er drehte sich zu Lea um. »Manchmal habe ich das Gefühl, Pferde können Gedanken lesen. Jetzt wollte ich dir Skyrim zeigen, damit du siehst, dass selbst die Tiere, die Schreckliches durch uns Menschen erfahren haben, wieder Vertrauen fassen können, und nun hat Skyrim offenbar keine Lust, sich vorführen zu lassen.«

Während Ray gesprochen und sich von dem Schecken abgewendet hatte, um Lea anzublicken, war Skryrim näher an den Zaun herangetreten und schnupperte nun von hinten ausgiebig an seinen Haaren.

»Na? Hast du es dir anders überlegt?«, fragte Ray und streichelte ausgiebig den Hals des Tiers. Skyrim genoss die Zuwendung sichtlich.

»Was hat er denn Schreckliches erfahren?«, erkundigte sich Lea und war zugleich unsicher, ob sie die Geschichte wirklich hören wollte. So viel Leid, so viel Schmerz! Wer konnte all das aushalten?

»Er wurde schon als Einjähriger vor den Sulky gespannt und bei illegalen Straßenrennen eingesetzt.«

»Sulky?«

»Ja, ein Einspanner mit nur einem Sitz. Die Jungs liefern sich damit Rennen und bringen sich selbst, die Pferde und die Leben anderer in Gefahr, jagen wie die Bekloppten über die Autobahn ohne Rücksicht auf irgendjemanden.« Ray schnaubte und schüttelte wütend den Kopf. »Die Pferde sind reine Rennmaschinen. Skyrim wurde allein auf einem Hinterhof gehalten. Er war die meiste Zeit angebunden, bekam nur wenig Futter und wurde geschlagen, wenn er nicht parierte. Er wurde beschlagnahmt, als die Polizei eins der illegalen Rennen stoppte, und in ein Pound gebracht.«

»Was ist denn ein Pound?«

»So eine Art Tierheim.« Ray lachte zynisch. »Dort bleiben die Tiere ein paar Tage und wenn niemand kommt, der sie dort rausholt, werden sie eingeschläfert.«

Lea fühlte sich wie gelähmt. Am liebsten hätte sie Ray angeschrien, er solle sofort aufhören, ihr all diese schlimmen Dinge zu erzählen, aber noch nicht einmal dafür hatte sie noch Kraft.

»Skyrim reagierte von Anfang an freundlich auf menschliche Ansprache«, erzählte Ray weiter. »Aber er ließ sich kaum berühren und bekam regelrecht Panik, wenn man ihn an bestimmten Stellen anfassen wollte. Ich nehme an, er hatte Angst, man würde ihn schlagen. Die ersten Male, als der Hufschmied kam, waren deshalb nicht gerade lustig. Er versuchte gezielt nach uns zu treten.« Skyrim schien aufmerksam zuzuhören, während Ray sprach und ab und an seinen Namen fallen ließ. »Wir haben dann mit ihm mit dem Kontaktstock geübt, ihn immer und immer wieder damit vom Kopf bis zu den Hufen abgestrichen, bis er kapiert hat, dass wir ihm keine Schmerzen zufügen werden.«

Skyrim wirkte jetzt vollkommen entspannt. Seine Unterlippe hing locker nach unten, die Augen hielt er halb geschlossen und die Ohren kippten zur Seite weg, während Ray ihm weiterhin beruhigend über den Hals strich und den Widerrist massierte. »Als er dann das erste Mal zu den anderen auf die Weide durfte, das werde ich nie vergessen. Er galoppierte, so schnell er konnte, stolperte mehrmals fast über seine eigenen Beine und steckte alle anderen Pferde mit seiner Lebensfreude an. Ich glaube, es war das erste Mal für ihn, dass er sich vollkommen frei bewegen und nichts anderes als Gras unter seinen Hufen spüren durfte.«

Lea schüttelte fassungslos den Kopf. »Wie kann man nur einen Einjährigen vor einen Wagen spannen! Und Rennen laufen lassen! Das ist doch …«

»Hier gibt es nicht viel Aufregendes, was man als Jugendlicher machen kann«, versuchte sich Ray an einer Erklärung. »Und Geld für irgendwelche teuren Freizeitaktivitäten haben die wenigsten. Manche machen sich einen Sport daraus, eins der ausgesetzten und verwilderten Pferde einzufangen und auf ihm gegen andere in Rennen anzutreten. Und wenn es nicht mehr kann, nimmt man halt das nächste.«

»Meinst du, ich darf ihn anfassen?«, erkundigte sich Lea.

Als hätte Skyrim sie verstanden, öffnete er jetzt die Augen wieder und sah sie an. Lea hielt ihm ihren Handrücken hin, damit er sie beschnuppern konnte, und genoss das warme weiche Gefühl von Skryrims Nüstern auf ihrer Haut.

»Ich glaube, das heißt ja«, antwortete Ray grinsend.

Vorsichtig streichelte Lea Skyrims samtenes Fell.

»Heute ist Skyrim eins der gelassensten Pferde, die wir haben«, erzählte Ray weiter, während Lea mit dem Schecken Freundschaft schloss.

»Wie läuft das eigentlich?«, wollte Lea wissen. »Ihr könnt doch nicht alle Pferde, die ihr rettet, behalten, oder? Ich meine, dann ist ja irgendwann gar kein Platz mehr hier.«

»Natürlich vermitteln wir auch Pferde, wenn wir sicher sind, dass sie es in ihrem neuen Zuhause gut haben und nicht wieder ausgesetzt werden. Aber das ist gar nicht so leicht. Manchmal unterstützt uns eine Organisation, die Auslandsadoptionen anbietet. Ich glaube, wir haben auch schon einmal eins unserer Pferde nach Deutschland vermittelt, wenn ich mich richtig erinnere. Wenn die eine gezielte Anfrage für ein bestimmtes Pferd erhalten, dann fragen sie auch bei uns nach, zum Beispiel ob wir gerade einen Schimmel mit einem Stockmaß über eins fünfzig haben oder so etwas. Aber das kommt selten vor.«

»Dabei gäbe es in Deutschland bestimmt viele Menschen, die sich für ein solches Pferd interessieren«, stellte Lea fest.

»Kann sein, aber wir haben da keine Kontakte.«

Lea kraulte Skyrim nach wie vor am Mähnenansatz. Doch jetzt runzelte sie die Stirn. Irgendetwas war mit Skyrims Lippen nicht in Ordnung! Er wackelte mit der Oberlippe, zog sie hoch und ließ sie wieder sinken. Es sah aus, als würde er lautlos plappern.

»Was macht er da?«

Ray lachte. »Er sagt, dass du ganz hervorragende Kraularbeit leistest und bitte, bitte genau so weitermachen sollst.«

»Ach, das gefällt dir?« Lea lächelte. Es war ein gutes Gefühl zu sehen, wie schnell sie das Vertrauen des Pferdes hatte gewinnen können, und das nach all den schlimmen Dingen, die es in seinem Leben bereits durchgemacht hatte.

»Ist es nicht erstaunlich, dass diese geschundenen Kreaturen bereit sind, uns Menschen noch einmal zu vertrauen, nach dem, was ihnen angetan wurde? Auch dein Fuchs wird eines Tages wieder Vertrauen fassen. Wir müssen ihm nur etwas Zeit lassen.«

Schwupps, war das gute Gefühl wieder weg. Sie hätte Ray so gerne geglaubt, dass sogar *ihr Fuchs* in einer nicht allzu fernen Zukunft mit den Lippen wackelte, wenn sie ihn kraulte. Aber das Bild des Hengstes, der versuchte sich in einer Ecke seiner Box unsichtbar zu machen, ließ sich nicht so leicht verdrängen.

»Ich wollte gerade die Stallabteile sauber machen, solange ihre Bewohner alle auf der Weide sind«, sagte Ray nun. »Hast du Lust, mir zu helfen? Vielleicht erlaubt uns Eireen dann, heute Nachmittag ein paar Stunden freizumachen, und wir können an den See zum Schwimmen. Wie wär's?«

»Großartig!«, antwortete Lea. Aber dann verdunkelte sich ihre Miene. »Ich habe keine Badesachen dabei!«

»Kein Problem«, meinte Ray augenzwinkernd. »Quatsch«, fuhr er dann fort, »die fahren wir natürlich vorher noch bei Schorsch holen.«

Lea wandte sich ab, damit Ray nicht bemerkte, dass sie ein zufriedenes Lächeln nicht verbergen konnte.

10

… mögest du die Kraft haben, die Richtung zu ändern,
wenn du die alte Straße nicht mehr gehen kannst

Irischer Segensspruch

Es roch angenehm nach Pferd und Stroh. Lea hatte Schweißperlen auf der Stirn. Aber das störte sie nicht.

Was für ein Urlaub!

Anstatt Erfrischungsgetränke am Pool serviert zu bekommen, schaufelte sie mit einer Mistgabel Pferdeäpfel auf eine rostige Schubkarre und hatte sich nie besser gefühlt.

Ray schuftete im Stallabteil neben ihr. Sie konnte ihn durch die Gitterstäbe sehen.

Zum ersten Mal hatte er zu erkennen gegeben, dass er sie durchaus auch als Mädchen wahrnahm, nicht nur als Mensch. Und sie hatte schon geglaubt, es sei ihm vielleicht noch gar nicht aufgefallen, dass sie kein Junge war.

Zwischendurch versuchte sie auch einen Blick auf den Fuchs zu erhaschen, der als Einziger in seiner Box stand. Aber das Pferd hatte sich nun die von ihnen abgewandte Ecke seines Stallabteils zum Anstieren ausgesucht, sodass sie nur seine knochige Kruppe zu sehen bekam.

War er vielleicht beleidigt? Und sauer, dass sie ihn hierhergebracht hatten? Hatte sie sein zögerlich in sie gesetztes Vertrauen damit endgültig verspielt?

❤

Er hatte geglaubt, von diesem einen Menschen, dem, der jetzt auch hier war, ginge keine Gefahr für ihn aus. Aber das war falsch ge-

wesen. Vieles hier erinnerte ihn unbestimmt an etwas, das er hinter sich gelassen hatte. Er war wieder eingesperrt. Ein Gefühl machte sich in ihm breit, das er kannte, das er schon einmal gehabt hatte: Hilflosigkeit. Hoffnungslosigkeit.

Er hatte aufgegeben. Er hatte sich *aufgegeben. Sie hatten ihn gefangen. Sie hatten ihm Schmerzen zugefügt. Sein Gesicht schmerzte unerträglich. Er wollte nicht essen. Er wollte nichts sehen. Er wollte nichts. Er wollte nicht mehr sein.*

♥

»So«, sagte Ray und stützte sich auf die Mistgabel. »Ich fege noch schnell die Stallgasse aus und dann ab zum Schwimmen, oder?«

Lea nickte. Ja, auch sie wollte gerne schwimmen gehen. Und vor allem wollte sie noch einmal zu dem atemberaubend schönen See, den Ray ihr auf ihrer ersten gemeinsamen Mofafahrt gezeigt hatte.

Ray ächzte, als er die übervolle große Schubkarre anhob und nach draußen schob.

»Wo kommt die denn hin?«, erkundigte sich Lea, umfasste die Griffe ihrer nicht weniger vollen Schubkarre und hob sie an. Um einen Zentimeter.

O Gott, war das schwer!

»Lass mal, ich mach das gleich«, antwortete Ray. »Vielleicht kannst du schon mal den Besen holen?«

»Okay.« Lea ließ dankbar die Griffe los und sah sich suchend um. Wo war denn der Besen?

Sie suchte die Stallgasse ab. Und fand sich auf einmal vor der Box des Hengstes wieder. Er stand immer noch mit dem Kopf zur Wand, als wollte er mit der Welt nichts mehr zu tun haben.

»Hey, du«, flüsterte Lea dem Pferd zu und lehnte ihre Stirn an die kalten Gitterstäbe der oberen Stalltür.

Nur die Ohren des Tiers zuckten, der Rest seines Körpers blieb regungslos.

»Wie ist dein Name?« Lea erwartete keine Antwort auf ihre Frage. Aber mit einem Mal wurde ihr bewusst, dass das Pferd einen Namen brauchte. Einen neuen Namen, einen, der klarmachte, dass sein altes Leben vorbei war und er nun ein neues bekam.

Leben.

»Life!«

Keine Reaktion.

»Mr Life!«

Das Pferd starrte die Ecke an, als erwartete es, dass die Mauer sich gleich öffnen würde

»Lea?« Ray stand hinter ihr und sein Mund verzog sich zu einem leicht spöttischen Grinsen. »Was machst du? Alles in Ordnung?«

Lea fühlte sich ertappt. Klar, Ray musste es komisch vorkommen, sie hier irgendetwas von einem gewissen *Herrn Leben* faseln zu hören. Sie lachte etwas verlegen.

»Findest du nicht, er braucht langsam mal einen Namen?«, fragte sie dann. »Wie soll er sein neues Leben beginnen ohne einen Namen?«

»Ach so …« Ray kratzte sich am Kopf. »Neues Leben, Mister Life, ich verstehe …« Er sah aber gar nicht so aus, als verstünde er wirklich.

»Hört sich bescheuert an, oder?«

Ray zuckte mit den Schultern. »Ein bisschen«, gab er zu. »Aber deinen Gedankengang kann ich verstehen«, fügte er versöhnlich hinzu.

»Was heißt denn Leben auf Irisch?«, wollte Lea wissen.

»Saol«, antwortete Ray. »Beo bedeutet ›lebendig‹.«

»Beo«, wiederholt Lea nachdenklich. »Beo.«

Die Ohren des Fuchs' waren die ganze Zeit nach hinten gerichtet, als wollte er jedes Wort mitbekommen. Jetzt drehte er den Kopf und starrte zum ersten Mal, seit seiner Ankunft, nicht gegen die Wand, sondern ließ den Blick durch das Stallabteil schweifen.

Ray und Lea sahen einander überrascht an.

»Beo scheint er gut zu finden«, meinte Ray.

»Beo«, sprach Lea leise vor sich hin. »Beo.« Der Klang des Wortes gefiel ihr. Und offenbar sah das Pferd es genauso, denn nun drehte es den Kopf so weit nach hinten, dass es sie anschauen konnte.

Lea war wie elektrisiert. Der Blick des Fuchs' aus seinen traurigen, fast schwarzen Augen hatte etwas Mystisches. Es fühlte sich an, als blickte der Hengst bis auf den Grund ihrer Seele. Was er dort wohl sah? Traurigkeit, Einsamkeit, Unsicherheit? Aber auch Hoffnung, Loyalität, Wärme … und den unbändigen Wunsch, wieder an eine lebenswerte Zukunft glauben zu können. Lea hoffte, dass sie nicht nur die unglücklichen Gedanken miteinander teilten und dass ihr Gefühl, der Hengst prüfe in diesem Moment ihre Glaubwürdigkeit, richtig war, denn jede Faser ihres Körpers verspürte nur einen Wunsch: Beo zu helfen und ihm seinen Lebensmut zurückzugeben. Wenn es eine Verbindung zwischen ihnen gab, so wie Lea sie zu spüren meinte, dann würde der Hengst sehen, dass er ihr bedingungslos vertrauen konnte.

Mit einem Mal war der magische Augenblick vorbei. Beo wandte sich ab und starrte wieder gegen die Wand. Und Lea fühlte sich, als hätte er sie verlassen. Hatte sie sich das alles nur eingebildet? War ihr Wunsch nach einer Verbindung zu diesem Lebewesen so groß, dass ihre Sinne ihr Streiche spielten?

Ray war die ganze Zeit schweigend neben Lea stehen geblieben, als wüsste er, dass er diesen besonderen Moment auf keinen Fall unterbrechen durfte. Jetzt atmete er laut aus. »Puh«, machte er und grinste Lea an. »Da läuft doch was zwischen euch beiden«, scherzte er und zwinkerte ihr zu. »Mir machst du nichts vor.«

Das Lachen befreite Lea von ihrer Anspannung. Wenn Ray auch etwas gemerkt hatte, dann war es wohl nicht nur Einbildung gewesen.

»Ich brauche dringend ein erfrischendes Bad im See, und du?«

Lea nickte, den Blick unverwandt auf Beos Hinterteil gerichtet, das er ihr nun wieder entgegenstreckte. Ihr Gefühl sagte ihr, dass dies nicht der richtige Augenblick war und der Hengst noch etwas Zeit brauchte.

»O ja«, stimmte sie zu. »Ein Bad wäre jetzt genau das Richtige.«

Eine knappe halbe Stunde später folgte Lea Ray zu seinem auf dem Hof abgestellten Mofa. Als sie im Stall geschuftet hatten, war der Himmel strahlend blau gewesen und die Sonne hatte geschienen, was das Zeug hielt, und es damit auf nahezu sagenhafte 25 Grad gebracht, wie das Thermometer an der Stallwand verriet.

Und jetzt?

Der Himmel war wolkenverhangen und grau, die Luft wirkte neblig wie in Deutschland höchstens mal am Morgen und Lea fröstelte.

»Bist du sicher, dass wir an den See fahren sollen?«, erkundigte sich Lea. »Es sieht so aus, als würde es gleich in Strömen regnen.«

Ray legte den Kopf in den Nacken und begutachtete den Himmel. »Ach was«, behauptete er, »das ist gleich wieder vorbei.«

Lea zog skeptisch die Augenbrauen hoch.

»Wegen so ein paar Wolken kann man sich bei uns nicht von seinen Plänen abhalten lassen«, fuhr Ray gut gelaunt fort. »Sonst ist der ganze Tag im Eimer.«

»Das ist mir allerdings auch schon aufgefallen«, nuschelte Lea.

»It never rains in a pub, sagen die Iren. Vermutlich verbringen deshalb so viele ihre Zeit da.« Ray steckte den Schlüssel ins Zündschloss, setzte sich auf sein altersschwaches Mofa und trat schwungvoll die Pedale nach unten. Der Motor erwachte knatternd zum Leben.

Lea schwang sich hinter ihm auf die kurze schmale Sitzbank.

Na ja, dachte sie, was soll's. Nass würde sie so oder so werden.

Schorsch hatte das Cottage abgeschlossen, aber Lea wusste, in welchem Blumentopf der Schlüssel versteckt war, und fischte ihn unter Balous und Rakshas strenger Aufsicht heraus. Es dauerte nur wenige Minuten, bis sie mit Handtuch und Bikini im Rucksack zu Ray zurückkehrte, der vor der Tür auf sie gewartet hatte. Länger dauerte es, die beiden Hunde wieder an ihre Pflicht als Wachhunde zu erinnern: Beide zogen lange Gesichter, als Lea sie streng ermahnte, ihren Platz *vor* der Tür einzunehmen, anstatt sich gemütlich unter den Esstisch oder vor den Sessel am Kamin zu legen. Sie meinte, das »Och, Menno« zu hören, als Balou sich direkt vor der Tür in den Kies fallen ließ, sodass sie Mühe hatte, den Schlüssel über seinen massigen Körper hinweg wieder zurück in den Blumentopf zu verfrachten.

Verfolgt von den vorwurfsvollen Blicken der beiden Hunde nahm sie ihren Platz hinter Ray auf der Sitzbank erneut ein und versuchte, sich von den immer dunkler werdenden Wolken am Himmel nicht verunsichern zu lassen …

… bis der erste Tropfen, verstärkt durch den Fahrtwind, schmerzhaft ihre Stirn traf.

»Ray!«

Aber Ray hörte nicht. Stattdessen drehte er den Gashahn am Lenker noch weiter auf und das kleine Mofa dröhnte über den Asphalt der Straße.

Als Ray endlich auf eine schmale Schotterpiste abbog, war Lea bereits ziemlich durchnässt und ihre Lust auf ein erfrischendes Bad im See hatte sich deutlich reduziert. Sie zitterte vor Kälte, bis ihre Zähne aufeinanderschlugen.

Ray hielt an einer kleinen Ansammlung von Bäumen, hinter

denen Lea das jetzt grau wirkende Wasser des großen Sees schimmern sah. In diesem Augenblick konnte sie kaum verstehen, was ihr das letzte Mal an dem See so reizvoll vorgekommen war.

Ray zog ein großes Handtuch aus seiner Tasche, legte es Lea über die Schultern und rieb kräftig über ihre nackten Oberarme.

»Gleich wird dir wieder warm«, versprach er, aber Lea hatte Schwierigkeiten, ihm zu glauben.

Die Bäume boten etwas Schutz vor den Regentropfen, die – das musste Lea zugeben – gar nicht so zahlreich waren, wie sie während der Fahrt angenommen hatte. Und tatsächlich konnte sie jetzt am Himmel bereits wieder erste hellblaue Flecke erkennen.

»Komm«, sagte Ray und zog Lea mit sich, raus aus dem Schutz der Bäume ans Ufer des Sees. Auf der Wasseroberfläche waberten Nebelschwaden in der nun wieder wärmer werdenden Luft und am entgegengesetzten Ufer des Sees zeichnete sich ein dünner, verwaschener Regenbogen am Himmel ab und verschwand hinter der Hügelkette. Hatte der Leprechaun vielleicht dort seinen Schatz vergraben? Lea hätte sich jedenfalls nicht gewundert, wenn in diesem Augenblick irgendein Seeungeheuer seinen Kopf aus dem Wasser gestreckt hätte. Es war eine sagenhafte Stimmung.

Ray ließ seine Umhängetasche auf den Boden fallen, zog sein T-Shirt aus und warf es achtlos daneben. Genauso schnell hatte er sich seiner Jeans entledigt und zögerte nicht eine Sekunde, bevor er schreiend ins Wasser rannte und untertauchte. Prustend und keuchend kam er wieder hoch und rief Lea zu: »Komm, worauf wartest du?«

Lea wickelte sich noch enger in Rays Badetuch und schüttelte den Kopf. »Mir ist immer noch kalt!«

Ray reichte das Wasser bis zum Bauchnabel und Leas Blick glitt über seinen schlanken, aber muskulösen Oberkörper. »Das Wasser ist warm«, behauptete Ray. »Komm schon!«

Lea zögerte. Sie hatte Lust zu schwimmen und der Himmel wurde von Minute zu Minute blauer. »Okay, ich zieh mich schnell um!«

Sie rupfte ihren Bikini aus dem Rucksack und suchte Schutz hinter einem der Bäume.

Mit klappernden Zähnen kam sie schließlich zurück ans Ufer, warf ihre Klamotten neben Rays auf den Boden und streckte zaghaft einen Zeh ins Wasser, nur um ihn augenblicklich wieder zurückzuziehen. »Willst du mich umbringen?«, rief sie Ray zu, der sie grinsend beobachtete. »Da werde ich ja bei lebendigem Leib eingefroren!«

»Quatsch«, widersprach Ray. »So warm wie heute war das Wasser noch nie!« Er lachte. »Komm oder ich hole dich!«

Lea schüttelte stumm den Kopf. Ihr Herz raste. Ein wenig aus Angst, dass Ray seine Drohung wahrmachen könnte, und ein wenig aus Angst, er würde sie *nicht* wahrmachen.

Ray kam mit ausgestreckten Armen auf sie zu und fixierte sie mit seinem Blick. »Du musst dich deinen Ängsten stellen«, sagte er tonlos wie einer dieser Super-Coaches, die überall im Netz ihre Hilfe anpriesen. *Zwei Sekunden in meiner Praxis und Sie sind ein ganz neuer Mensch* und all dieser Mist. »Wachse über dich hinaus und sieh, wozu du fähig bist.«

Lea lachte, doch dann begann sie zu schreien, denn Ray war ganz plötzlich bei ihr, hob sie hoch, als wäre sie lediglich ein weiterer Kraftfuttersack für die Pferde, und lief mit ihr auf dem Arm zurück in den See, wo er sich wie zuvor einfach ins Wasser fallen ließ. Lea schlang die Arme um Rays Schultern und schnappte nach Luft, als das kalte Wasser sie umfing. Doch sie spürte Rays warmen Körper (na ja, halbwegs warmen) an ihrem und ihre Empörung war nur gespielt.

Ray umschlang ihre Taille. Er war ihr so nah wie zuletzt nur Kaa und Lea spürte, wie ihr Herz kräftig gegen ihre Rippen schlug. Sein Gesicht war nur wenige Zentimeter von ihrem entfernt, sodass sie die goldbraunen Sprenkel in der grünen Iris seiner Augen sehen konnte. In ihren Ohren rauschte es, als befände sie sich unter Wasser, und die Umgebung verschwand wie hinter einem Schleier. Für einen kurzen Moment glaubte sie, Ray würde sie küssen. Und ein wenig überrascht stellte sie fest, dass sie sich genau das wünschte.

Aber dann war dieser Moment wieder vorbei. Rays Grinsen wurde breiter, sein Griff um ihre Taille lockerte sich. Er ließ sie los und tauchte unter.

Lea war froh, dass sie auf diese Weise einen kurzen Augenblick für sich hatte, bevor Ray prustend wieder auftauchte. Ein bisschen gequält war ihr Lächeln vielleicht noch, aber immerhin brachte sie eins zustande.

Rays Lächeln glich ihrem, aber Lea hatte gerade viel zu viel mit sich selbst zu tun, als dass ihr das auffallen konnte. Sie war verwirrt und hatte Schwierigkeiten, ihre Gefühle zu sortieren und einzuordnen. Klar, Ray war nett, sehr nett sogar. Ihr gefiel seine Souveränität, seine unaufgeregte Art, sich um alles zu kümmern. Er stand irgendwie über den Dingen. Unter keinen Umständen hätte Lea sich vorstellen können, dass Mattis zum Beispiel einen Stall ausmistete, dass er ohne blöden Kommentar eine Schubkarre voller Pferdäpfel vor sich herschob, dass er liebevoll mit seiner kleinen Schwester sprach oder seinem dementen Großvater umsichtig und mit Wertschätzung begegnete. Mattis hatte seine kleine Schwester immer »Nervensäge«, »Heulsuse«, »Idiotin«, »Klette«, »Pestbeule« oder Schlimmeres genannt und sich bei Lea darüber beschwert, wenn seine Mutter ihn gebeten hatte, die Großmutter, die nicht mehr sicher auf den Beinen war, zum Arzttermin zu begleiten. Er fand es »peinlich« und hatte Angst, dass einer seiner »Bros« ihn dabei zu Gesicht bekam. Und ja, auf seine eigene Weise sah Ray auch verdammt gut aus, obwohl – oder vielleicht gerade deshalb – er so wenig Wert auf sein Äußeres legte. Und doch war das erste Wort, das ihr zu Ray einfiel: »nett«. Nicht etwa »sexy« oder »interessant«. Vielleicht war er *zu* nett für sie? Vielleicht stand sie einfach auf Arschlochtypen? Auf *bad boys*? Aber am Anfang hatte sich Mattis auch nicht wie ein Arschloch benommen. Und vielleicht würde Ray ja eines Tages ebenfalls zum *bad boy* werden? Bei dieser Vorstellung musste Lea beinahe kichern. Ray ein *bad boy*? Never ever.

Aber warum benahm sich der eine wie ein Arschloch, um cool zu sein, und der andere nicht? Und warum war der andere trotzdem … cool?

»Lea?«

»Hä?«

»Träumst du?«

»Nein.«

»Du stehst seit einer Minute zitternd hier rum, hast blaue Lippen und reagierst nicht, wenn ich dich anspreche. Alles in Ordnung?«

»Ja, ja, klar.«

»Also mir wird langsam kalt, ich geh raus, kommst du mit?«

»Okay.«

Ray reichte ihr das Handtuch, als sie schlotternd hinter ihm aus dem Wasser kam. Dabei schien er darum bemüht, ihr nicht noch einmal körperlich nah zu kommen.

»Danke.«

»Worüber hast du denn gerade so intensiv nachgedacht?«

»Ach, nichts.«

»Beeindruckend, wie lange du über *nichts* nachdenken kannst.«

Lea schwieg. Was hätte sie auch sagen sollen? Ich denke über meine Gefühle zu dir nach? Ich weiß nicht, ob ich gerade dabei bin, mich in dich zu verlieben? Ich weiß nicht, ob du mich attraktiv findest, wüsste es aber gern? Nein!

Ray breitete sein Handtuch auf dem Boden aus, setzte sich

darauf und zog sein T-Shirt über. Dann klopfte er mit der Hand neben sich und sagte: »Hier ist noch Platz.«

Lea wickelte sich fester in ihr Handtuch und ließ sich neben ihm fallen. Da war sie wieder: Die körperliche Nähe, die ihr angenehm und unangenehm zugleich war.

»Die Sache mit deinem Hengst nimmt dich ganz schön mit, oder?«

»Mit *meinem* Hengst? Du meinst Beo?«

»Aha, der Name ist also beschlossene Sache.«

»Ja und ja. Ich meine, wie kann jemand nur so grausam zu einem Lebewesen sein? Wieso nimmt man ein Tier zu sich und beschließt dann kurzerhand, es auszusetzen und seinem Schicksal zu überlassen … Ich verstehe das einfach nicht.«

»Als die Wirtschaft bei uns in Irland boomte und es den Leuten gut ging, kauften sich viele Iren ein Pferd. Manche als Statussymbol, andere einfach, weil der Nachbar auch eins hatte. Als die Wirtschaft dann zusammenbrach, die Leute reihenweise arbeitslos wurden, hatten sie kein Geld mehr, um die Tiere zu versorgen. Ein Pferd kannst du hier manchmal schon für zehn Euro kaufen …«

»Zehn Euro?« Lea schüttelte fassungslos den Kopf.

»Ja, aber du musst es trotzdem füttern. Und so wurden viele einfach sich selbst überlassen. Doch auch auf einer grünen Insel wie Irland hat das Gras nicht das ganze Jahr über genügend Nährstoffe, um die Pferde zu ernähren, und viele Rassen sind nicht dafür geschaffen, wild zu leben. Die Tiere verenden elendig. Sie werden krank, sie verhungern, sie verletzen sich. Das ist ein paar Jahre her, aber bis heute haben wir viel zu viele dieser Pferde auf der Insel. Und immer noch machen es sich manche Menschen einfach, wenn sie merken, dass sie sich mit der Haltung eines Pferdes übernommen haben, und setzen die Tiere einfach aus. Solange man hier ein Pferd für ein paar Euro kaufen kann, wird sich daran auch nichts ändern.«

»Aber das Halfter!«

»Da hat wohl jemand nicht nachgedacht. Oder es war ihm egal. Wenn man arbeitslos ist, nicht weiß, wie man seine Familie am Leben erhalten soll und von morgens bis abends Probleme wälzt, dann ist es für manche vielleicht zu viel, sich auch noch Gedanken über ein Lebewesen zu machen, das sich nicht über die ungerechte Behandlung beschweren kann.«

Lea schwieg. Ja, sie wusste, wie es sich anfühlte, von Problemen überrollt zu werden. Auch wenn ihre Probleme vielleicht nicht vergleichbar waren mit denen, von denen Ray sprach. Aber sie wusste, wie ohnmächtig man sich fühlen konnte und dass man dann wie gelähmt war. Handlungsunfähig.

Emmy.

»Als wir Donn fanden«, fuhr Ray fort, »da ging es mir so wie es dir jetzt mit Beo geht. Ich konnte es nicht glauben, dass Menschen einem Tier so etwas antun können. Sein Leid hat mich so berührt, dass ich mich wie gelähmt fühlte.«

Lea musste lächeln, als Ray dasselbe Wort für seine Gefühle benutzte, das ihr in den Sinn gekommen war.

»Aber in solchen Situationen, da hat man nur zwei Möglichkeiten: Vor der Aufgabe davonlaufen oder sie anpacken.«

Emmy.

Es wäre ihre Aufgabe gewesen, Emmy zu unterstützen. Aber sie war davongelaufen, weil sie ihr zu groß und zu schwer erschienen war.

»Donn ist mein Pferd«, sprach Ray weiter. »Wir zwei haben diese schwere Zeit zusammen durchgestanden. Ohne meinen Glauben an ihn und sein Vertrauen in mich hätten wir das nicht geschafft.«

»Aber Beo vertraut mir nicht. Nicht mehr.«

»Lass ihm Zeit«, sagte Ray. »Du spürst doch, dass da eine Verbindung zwischen euch besteht und dass er grundsätzlich bereit ist, sich auf dich einzulassen. Wenn einer es schafft, sein

Vertrauen zu gewinnen, dann du.« Er seufzte. »Bei Donn und mir war es damals ähnlich. Ich hatte einfach das Gefühl, der Einzige zu sein, der ihm helfen kann. Und wenn nur einer das kann, dann liegt es auch in dessen Verantwortung, es zu tun. Findest du nicht?«

Wenn nur einer helfen kann … Rays Worte hörten sich sehr schön an, fand Lea, regelrecht heroisch. Dennoch schüttelte sie entschieden den Kopf.

»Du irrst dich«, widersprach sie, »ich kann das nicht. Ich kann niemandem helfen. Und mir kann auch niemand vertrauen.«

Ray legte die Stirn in Falten. »Wieso sagst du so etwas?«

Aber Lea schüttelte nur den Kopf.

»Ich vertraue dir!«

Emmy.

Lea kämpfte gegen die Tränen an. »Ich … ich …«

Ray tat nichts. Er widmete ihr seine Aufmerksamkeit, ohne sie zu bedrängen oder irgendwelche inhaltslosen Beschwichtigungsformeln zu murmeln. Als schließlich die ersten Tränen über Leas Wangen liefen, legte er den Arm um ihre Schulter, ließ es zu, dass sie den Kopf an seine Brust lehnte, und wartete schweigend.

Warum hatte sie es nicht genauso bei Emmy gemacht? Wieso hatte sie geglaubt, sie müsse irgendwelche tröstenden und Mut machenden schlauen Sprüche aufsagen, die ihr aber partout nicht einfallen wollten? Wieso war sie nicht einfach bei ihrer Freundin geblieben und hatte die Trauer mit ihr zusammen ausgehalten?

11

Möge nach jedem Gewitter
ein Regenbogen über deinem Haus stehen
Irischer Segensspruch

Emmy.

»Und seitdem hätte ich am liebsten keinen Menschen mehr gesehen. Jedenfalls keinen, den ich kenne und der mich fragen könnte, wie es mir geht, denn ich wüsste nicht, was ich darauf antworten sollte. Wollen nicht alle sowieso immer nur hören, dass man sagt ›gut, und dir‹?« Lea schniefte und wischte sich mit dem Handrücken über die Nase.

Ray hatte ihr die ganze Zeit zugehört, ohne sie auch nur ein einziges Mal zu unterbrechen. Kein »Ach, das wird schon wieder« oder »Nimm es dir nicht so zu Herzen« oder »Sei nicht traurig …« Als könnte man ein Gefühl wie Traurigkeit oder Wut einfach so abschalten, wenn man es will. Als gäbe es dafür irgendwo einen An- und Ausknopf, den man nur zu drücken braucht.

»Ich bin so wütend, verstehst du? Die ganze Zeit frage ich mich warum? Warum ausgerechnet Emmy? Warum ausgerechnet meine Eltern? Warum ausgerechnet ich? Und dann schäme ich mich, denn es geht hier ja gar nicht um mich.«

»Doch, es geht auch um dich.«

Es war der erste Satz, den Ray in der letzten halben Stunde gesagt hatte, seit die Worte aus Lea nur so herausgesprudelt waren. Und es war der erste, den Lea in all den Monaten gehört hatte, der ihr das Gefühl gab, von jemandem verstanden zu werden. Aber wenn sie ehrlich war, hatte sie bislang auch mit niemandem wirklich darüber geredet. Klar, mit ihrer Mutter hatte sie über Emmy gesprochen, aber das war lange her. Und keiner ihrer Freunde wusste bislang, dass ihre Eltern sich getrennt hatten. Sie hatte auch keine Lust, irgendjemandem davon zu erzählen. Mit Emmy wäre das etwas anderes gewesen, aber Emmy konnte sie im Augenblick auch nicht mit solchen Problemen kommen – zumal sie seit Monaten keinen Kontakt mehr hatten. Und mit ihrer Mutter konnte sie nicht über Emmy reden, weil die gerade ihre eigenen Sorgen hatte. Irgendwie war halt im Augenblick niemand da, dem Lea sich hätte anvertrauen können, weil alle noch schlimmer dran waren als sie selbst.

»Ich habe hier zum ersten Mal seit Monaten endlich mal wieder eine Nacht durchgeschlafen«, fuhr Lea jetzt fort. »Die meiste Zeit bin ich einfach unendlich müde. Ich schlafe schlecht und doch ist es eigentlich in den letzten Wochen das Einzige gewesen, was ich tun wollte: Schlafen, damit ich weder denken noch fühlen muss. Einfach nur schlafen. Aber wenn ich dann schlafe, träume ich wieder von dem ganzen Zeug …«

»Hast du es schon mal mit Schreien und Toben versucht?«

»Wie bitte?«

Ray griff nach Leas Hand und hielt sie fest. Mit dem Daumen strich er ganz sacht über ihren Handrücken. »Pferde fliehen, wenn sie bedroht werden oder sich bedroht fühlen, stimmt's?«

Lea nickte und versuchte die verwirrenden Gefühle zu ignorieren, die Rays Berührung auslöste.

»Sie machen das natürlich, um sich in Sicherheit zu bringen, dabei verbrauchen sie aber auch die Energie, die ihnen der Körper für die Flucht zur Verfügung gestellt hat. Adrenalin wird durch Bewegung abgebaut und gleichzeitig werden Glückshormone wie zum Beispiel Endorphine ausgeschüttet.«

»Ja und?«

»Wenn wir Menschen Stress haben, wenn wir Angst spüren, dann verhalten wir uns oft eher ganz still und unbeweglich, wir verbrauchen die Energie nicht, die unser Körper uns für eine

Reaktion zur Verfügung gestellt hat. Sie bleibt in uns und sorgt dafür, dass wir uns schlecht fühlen. Tiere schütteln sich häufig, wenn sie einer Gefahr entkommen sind. Sie bauen dadurch Stresshormone ab, die sonst im Körper bleiben würden.«

»Woher weißt du das alles?«

Ray zuckte mit den Schultern. »Es interessiert mich einfach. Deshalb lese ich viel darüber … Also?«

»Also was?«

»Toben und schreien?«

Lea grinste. »Du willst, dass ich hier rumschreie und tobe?«

»Ja.«

Das war das Verrückteste, was Lea je gehört hatte. Sie war sich nicht sicher, ob Ray sie auf den Arm nehmen wollte. Sonst hieß es immer »Lass uns darüber reden« oder »Bleib ganz ruhig«. Noch nie hatte sie jemand aufgefordert laut zu schreien oder gar herumzutoben.

Sie zuckte zusammen, als Ray neben ihr nun plötzlich anfing so laut zu schreien, dass alle Wasservögel auf und davon flogen. Jetzt ließ er ihre Hand los, stellte sich breitbeinig hin und schrie, so laut er konnte, über den See hinweg. Lea hätte sich nicht gewundert, wenn die Hügelkette am gegenüberliegenden Ufer in sich zusammengestürzt wäre, und schwankte zwischen Fremdscham (zum Glück war außer ihnen niemand hier) und dem Wunsch, es Ray gleichzutun. Noch nie zuvor hatte sie einen Menschen wie Ray kennengelernt, der einfach das tat, was er für richtig hielt, ohne sich darum zu kümmern, was andere deswegen über ihn dachten. Und wenn sie ehrlich zu sich selbst war, dann imponierte ihr das nicht nur, sondern sie wünschte, sich ebenfalls etwas unabhängiger von der Meinung anderer zu fühlen und sich nicht permanent selbst zu hinterfragen: Zu dick? Zu kindisch? Cool genug? Richtiges Outfit?

»Komm!« Ray streckte Lea die Hände entgegen und zog sie hoch.

Lea ließ es geschehen, schüttelte aber lachend den Kopf und hielt den Blick gesenkt.

»*Ahhhhhhh…*«, schrie er und führte ihre Arme wie Flügelschläge auf und ab.

Lea musste an sich halten, um nicht laut zu lachen.

Ray hüpfte im Kreis um sie herum und da er sie immer noch an den Händen hielt, blieb ihr nichts anderes übrig, als sich mitzudrehen. Aber so albern sich Ray in diesem Moment auch benehmen mochte, sein Selbstbewusstsein, es einfach zu tun, imponierte ihr.

»Hör auf«, forderte sie. Doch selbst in ihren Ohren klang es halbherzig, denn wenn sie ehrlich zu sich war, dann genoss sie gerade tatsächlich die Bewegung und das Gefühl, mit Ray zu tanzen.

Tanzen?

Ray zog sie an sich, legte eine Hand auf ihren Rücken, hob die andere in die Luft und wiegte sich in einer Art Walzerschritt hin und her.

»Na gut«, sagte er, »dann fangen wir eben mit kleineren Bewegungen und leiseren Stimmen an. *Believe in yourself and you will see …*«

Lea riss vor Staunen Augen und Mund auf. Rays Singstimme ging ihr unter die Haut. Noch nie hatte sie einen Menschen live so wunderschön singen gehört. Und das Gefühl, Ray sänge mit seiner tiefen Stimme nur für sie, sorgte für eine ausgewachsene Gänsehaut. Sie versank in seinen Augen und spürte den unbändigen Wunsch, er würde sich zu ihr hinunterbeugen und sie küssen.

Doch Ray küsste sie nicht. Stattdessen begann er zu lachen und zog sie an sich, sodass ihr Blickkontakt unterbrochen wurde.

Lea schmiegte sich an seine Brust und schloss die Augen.

Wollte er sie nicht küssen? Traute er sich nicht? Wie konnte es sein, dass sie in so vielen Situationen das Gefühl hatte, ihn küssen zu wollen, und dann immer und immer wieder auf den Boden der Tatsachen zurückgeworfen wurde, dass sie mit diesem Wunsch offensichtlich allein war? Wie schaffte es Ray, ihr das Gefühl zu geben, dass sie wichtig für ihn war, dass er sie mochte, *sehr* mochte, und sich dann immer wieder nur wie ein Freund zu verhalten?

»Dir ist kalt«, stellte Ray fest und Lea, die bis jetzt nicht auf ihre körperliches Befinden geachtet hatte, merkte, dass er recht hatte. Wieder einmal recht hatte. »Eireen macht die beste heiße Schokolade«, fuhr Ray fort und ließ sie los. »Was hältst du davon?«

»Das ist eine sehr gute Idee«, stimmte Lea zu. »Dann kann ich auch noch mal nach Beo sehen.«

Jetzt lachte Ray wieder. »Na, gegen den hat zurzeit wohl kein Typ eine Chance bei dir.«

Lea, die sich gerade nach ihren Klamotten gebückt hatte, um sich anzuziehen, verharrte in der Bewegung. »Wie kommst du darauf?«, fragte sie und drehte sich zu Ray um. »Du hast es ja noch gar nicht versucht.«

Bildete sie sich das nur ein? Oder wurde Rays Gesichtsausdruck tatsächlich für einen Augenblick ernst, bevor er sich wortlos abwandte und in seine Jeans schlüpfte.

Schweigend suchten sie ihre Sachen zusammen.

Schweigend startete Ray den Motor.

Schweigend setzte sich Lea hinter ihm auf die Sitzbank.

Sie schmiegte sich an Rays Rücken und versuchte sich vor dem Fahrtwind zu verstecken, während in ihrem Kopf ein heilloses Durcheinander herrschte. Wollte Ray nun etwas von ihr oder nicht? Und sie? War sie in Ray verliebt? Oder wünschte sie sich nicht mehr als Freundschaft? Auf jeden Fall lief es mit Ray anders als mit den Typen, für die sie sich bislang interessiert hatte. Fast hatte sie das Gefühl, sie müsse sich um ihn bemühen – nicht er sich um sie. Und das war eine vollkommen neue Erfahrung für Lea, von der sie nicht wusste, ob sie ihr gefiel.

Lea saß in der Fensternische am Esstisch und umklammerte mit beiden Händen einen großen Becher. Wenn sie hineinblies, um den Kakao abzukühlen, waberte heißer Dampf in ihr Gesicht, sodass sie die Augen zusammenkneifen musste.

»Ah, köstlich!«, freute sich Grandpa, der direkt neben ihr saß und gerade geräuschvoll einen großen Schluck aus seinem Becher genommen hatte.

Lea wunderte sich, denn das Getränk hatte die Bezeichnung »*heiße* Schokolade« wahrlich verdient. Sie hatte bis jetzt nur einmal vorsichtig daran genippt und ihre Zungenspitze brannte immer noch.

»Das schmeckt, was?«, wandte sich Mr Nolan an Lea. »Da wird man gleich noch einmal zum Kind! Ich fühle mich wie damals mit acht oder neun Jahren, wenn meine Mutter uns heißen Kakao gemacht hat. Der war allerdings zur Hälfte mit Wasser aufgefüllt.« Er hob den Becher in die Höhe, als wollte er ihn lobpreisen. »Nicht so wie der hier!« Er setzte die Tasse wieder an seine Lippen und schlürfte lautstark. »Ja, das waren noch Zeiten …«, sagte er versonnen, als spräche er mit sich selbst. »Wie lang ist das jetzt her?« Er sah Ray an, der ihnen gegenüber auf der anderen Seite des Tisches in der Raummitte saß. »Wie alt bin ich jetzt eigentlich?«

»Du wirst 92, Grandpa«, antwortete Ray.

»Ist nicht dein Ernst!« Mr Nolan war so entsetzt, dass er vor Schreck etwas von seinem Kakao verschüttete. Gedankenverloren wischte er die Flüssigkeit vom Handrücken an seinem Hemd ab. »92! Bist du dir da ganz sicher, mein Junge?«

Ray nickte stumm und zwinkerte Lea zu.

»92 …«, murmelte der Alte, als könnte er es immer noch nicht glauben.

»Ja, ja«, sagte Eireen vom Herd aus, wo sie gerade in einem großen Topf rührte, »fromm in der Jugend, ein Teufel im Alter.«

»Tz«, machte der alte Mann. »Wenn du wüsstest …«

Eireen blickte zur Küchenuhr, die über der Tür hing. »Dad, hast du deine Tabletten dabei? Es ist Zeit für die rote.«

Mr Nolan verdrehte die Augen. »Tabletten, Tabletten, Tabletten, weiße, blaue, rote, ich kann dir gar nicht sagen, wie mir das auf die Nerven geht.«

»Mag sein«, antwortete Eireen und drehte sich jetzt doch zu ihrem Vater um. »Aber du weißt, dass du sie nehmen musst.«

Der alte Mann verzog das Gesicht und äffte seine Tochter nach wie ein Teenager.

Eireen sah ihn streng an und Lea unterdrückte ein Kichern. Die Umkehrung der Rollen hatte schon etwas Witziges.

»Schon gut, schon gut«, lenkte der Alte ein, »ich hol sie ja gleich, aber zuerst trinke ich meinen Kakao aus, sonst wird er noch kalt.«

Lea war der festen Überzeugung, dass diese Sorge unbegründet war – zumindest ihr Kakao war immer noch glühend heiß –, aber Mr Nolan kippte den Inhalt seines Bechers mit einem Schluck hinunter und stand anschließend mühsam auf, indem er sich mit beiden Händen auf der Tischplatte abstützte.

»Machst du mir noch einen, Liebes?«, wandte er sich an seine Tochter, »ich bin gleich wieder da.«

Eireen nickte stumm.

Lea und Ray sahen einander über den Tisch hinweg schweigend an, während Grandpa durch die große Küche Richtung Tür schlurfte.

»Beo«, sagte Eireen und lächelte Lea mütterlich zu. »Das ist ein sehr schöner Name, finde ich. Hoffentlich wirkt er.« Sie führte einen Löffel des Essens in den Mund, das sie gerade für den Abend vorbereitete, und salzte die Masse im Topf anschließend nach.

»Ich wollte gleich noch einmal nach ihm schauen«, antwortete Lea über den Rand ihres Bechers hinweg. Sie hatten Eireen bereits von der Namensfindung berichtet, bevor sie an den See gefahren waren, und Eireen hatte zugesagt, bei Gelegenheit Fotos von Donn herauszusuchen. Obwohl sich Lea, wenn sie ehrlich war, auch ein wenig davor fürchtete, was sie darauf zu sehen bekommen würde.

»Och«, machte Eireen angestrengt, als in diesem Augenblick das Telefon klingelte, »gehst du mal bitte ran, Ray? Ich kann hier jetzt nicht weg, sonst brennt mir alles an.«

Ray kippelte auf den Beinen seines Stuhls und angelte nach dem Telefon, das hinter ihm auf einer Anrichte lag. »Ray Nolan?«, meldete er sich und dann breitete sich ein Lächeln auf seinem Gesicht aus, während er Lea anblickte und lautlos den Namen »Schorsch« formulierte. »Ja, sie ist noch hier«, sagte er.

Lea runzelte fragend die Stirn.

»Ich denke, das ist kein Problem«, fuhr Ray fort. »Warte, ich frag mal nach.« Er ließ das Telefon sinken und erklärte: »Das ist Schorsch. Er ist noch in Galway und hat dort einen alten Freund getroffen, mit dem er noch etwas essen gehen will. Er fragt, ob es okay ist, wenn Lea länger hierbleibt, denn er wird wohl nicht vor Mitternacht zu Hause sein.«

»Aber natürlich!« Eireen klang regelrecht begeistert. »Ich mach gerade Sheperd's Pie für heute Abend. Da kommt es auf einen Esser mehr oder weniger nicht an. Was meinst du, Schätzchen?«

Lea zuckte mit den Schultern. »Wenn es nichts ausmacht? Ich bleib gerne noch zum Essen.«

»Warum bleibst du nicht gleich bis morgen hier?«, schlug Eireen vor. »Dann bist du nicht mutterseelenallein im Cottage. Und Platz haben wir ja mehr als genug. Du könntest zum Beispiel einfach in Stellas Zimmer schlafen, sie übernachtet heute bei einer Freundin.«

Lea warf Ray einen prüfenden Blick zu. Fand er den Vorschlag seiner Mutter ebenfalls gut?

»Ja?«, fragte er. »Willst du hierbleiben? Dann können wir die Pferde noch gemeinsam versorgen, wenn du Lust hast.«

Es klang so, als gefiele ihm die Idee, und Lea nickte. »Klar, warum nicht …«

Ray nahm das Telefon wieder auf und erklärte Schorsch, dass er sich keine Gedanken machen müsse, Lea würde über Nacht bei ihnen bleiben.

Lea hörte Schorschs tiefe Stimme am anderen Ende der Leitung, dann beendete Ray das Gespräch.

Sheperd's Pie hatte Lea noch nie gegessen. Eireen erklärte ihr, dass das deftige Gericht aus einer Schicht Hackfleisch und einer Schicht Kartoffelbrei traditionell aus Lammfleisch gemacht wurde. *Logisch*, dachte Lea, deshalb hieß es »Schäferkuchen«. Es schmeckte fantastisch, war aber auch unglaublich sättigend, sodass sich Lea bereits nach einer kleinen Portion stöhnend den Bauch hielt.

»Du machst doch wohl nicht etwa schon schlapp?«, fragte Ray grinsend. »Es gibt noch Crumble zum Nachtisch, oder, Mum?«

»Natürlich«, antwortete Eireen.

Conor und Ray füllten sich bereits zum zweiten Mal ihre Teller, während Mr Nolan zufrieden schmatzend seine dritte Portion aß und von dem Rest der Tischgesellschaft nicht viel mitzubekommen schien.

Lea und Ray hatten ihn, Smokie zu seinen Füßen liegend, schlafend im Lesesessel des Salons gefunden, als Eireen sie auf der Suche nach ihm durchs Haus geschickt hatte. Denn von dem Auftrag, die roten Tabletten zu holen, war er nicht wieder zurückgekehrt. Jetzt aber schien er mit sich und seinem Leben überaus zufrieden zu sein und Lea wunderte sich, wie der bereits vom Alter eingefallene Mann so große Portionen essen konnte.

Grandpa schien zu merken, dass Lea ihn beobachtete. Er blickte kurz von seinem Teller zu ihr auf und zwinkerte ihr zu. »Wo man den Kerl sieht, frisst er«, nuschelte er mit vollem Mund. »Hat schon meine Mutter über mich gesagt. Sie hat immer über meine Essgewohnheiten geschimpft und behauptet, sie sei schon froh, wenn ich mir nicht mit der Gabel am Kopf kratze …«, sagte er – und kratzte sich mit der Gabel die Kopfhaut.

»Dad!«, schimpfte Eireen empört, aber Ray und Conor prusteten vor Lachen.

Auch Lea spürte, wie ihr ganz leicht ums Herz wurde. Sie fühlte sich hier so wohl! Eireens warmherzige mütterliche Art, der ruhige Conor, der kaum einmal ein Wort sprach und vor allem niemals laut oder unbeherrscht wurde, Grandpa, der mit seiner Schrulligkeit immer wieder für heitere Momente sorgte, Stella, die ihr sofort das Gefühl gegeben hatte, sie vorbehaltlos zu mögen, und natürlich Ray …

Ray, der ihr in diesem Augenblick einen seiner undurchdringlichen Blicke zuwarf, die zugleich alles oder nichts bedeuten konnten, und die Lea in einen zunehmend verwirrteren Zustand versetzten.

»Von dem Crumble *musst* du noch etwas probieren!«, beharrte er.

Lea lächelte. Genau solche Momente meinte sie: Rays Blick aus seinen geheimnisvollen grünen Augen, die sie an alles Mögliche denken ließen – nur nicht daran, den Crumble zu probieren.

Eireen begann den Tisch abzuräumen, als Rays und Conors Teller leer waren und sie sich zufrieden zurücklehnten.

Grandpa hingegen wurde hektisch. Als Eireen die Auflaufform anhob, protestierte er mit vollem Mund und versuchte sie daran zu hindern, die Essensreste abzuräumen.

»Dad, du hattest schon drei volle Teller!«, erinnerte Eireen.

»Na und? Wird einem hier jetzt schon jeder Bissen vorgezählt?«

»Es gibt noch Crumble zum Nachtisch, Fergal.« Conors Stimme war mindestens so tief wie die seines Sohnes. Und er hatte die gleiche beruhigend wirkende Art zu sprechen.

Augenblicklich ließ der Alte den Rand der Schale, die er bislang festgehalten hatte, um Eireen daran zu hindern, sie wegzustellen, los. »Sag das doch gleich«, knurrte er vorwurfsvoll.

»Lea, Schätzchen, holst du mal die Sahne aus dem Kühlschrank?«

Lea freute sich, dass Eireen sie wie ein Familienmitglied behandelte, und sprang auf.

Ray erhob sich zeitgleich und räumte die benutzten Teller ab, während Eireen den warmen Crumble aus dem Ofen holte und auf den Tisch stellte. Obwohl die Küche so groß war, mussten sie auf ihren unterschiedlichen Wegen umeinander herummanövrieren.

Grandpa schnupperte genießerisch, als der Apple Crumble schließlich vor ihm auf dem Tisch stand, und er war auch der Erste, der sich einen großen Berg des warmen, mit Streuseln überbackenen Obstes auf den Teller lud und unter einem Berg Schlagsahne vergrub.

Lea lief das Wasser im Mund zusammen. Sie war pappsatt, ließ es aber zu, dass Eireen ihr eine mittelgroße Portion auffüllte.

Während sie aßen, war außer dem Klimpern des Bestecks auf dem Porzellan und Fergals Schmatzen nichts zu hören. Jeder gab sich ganz dem Genuss des warmen süßen Desserts hin.

»Ich glaube, ich platze«, sagte Lea schließlich beglückt, nachdem sie den letzten Löffel genießerisch abgeleckt hatte.

»Das musst du leider auf später verschieben«, scherzte Ray. »Erst einmal müssen wir die Pferde versorgen.«

»Was? Jetzt? Ich kann mich kaum bewegen!«

»Tja«, machte Ray. »Trotzdem müssen wir die Weidepferde einsammeln, Kraftfutter verteilen, Hufe und Läufe kontrollieren …«

»Und ihr müsst mit Flicka und Blue spazieren gehen«, fügte Eireen hinzu. »Die beiden sind heute dran.«

»Siehst du?« Ray klopfte sich auf seinen nicht vorhandenen Bauch. »Dann ist danach vielleicht wieder Platz für einen kleinen Nachschlag vom Crumble.«

»Möglich«, sagte Conor. »Allerdings ist dann kein Crumble mehr da.« Und er wies mit einer Kopfbewegung auf seinen Schwiegervater, der sich in diesem Augenblick die letzte Portion des Nachtischs auf den Teller lud.

Der Alte verharrte mit dem Löffel in der Luft. »Was starrt ihr mich denn alle so an?«

Lea war aufgeregt. Eireen hatte ihnen erlaubt, Bella nach dem Spaziergang mit Flicka und Blue von der Weide zu holen und in das Stallabteil neben Beo zu bringen. Sie erinnerte sich an ihr Gespräch mit Rays Mutter, das sie vorhin geführt hatten:

»Vielleicht lassen wir die anderen noch eine weitere Nacht draußen, das Wetter soll ja gut bleiben.« Sie standen vor Beos Stallabteil und blickten beide ein wenig hilflos auf den Hengst, der sich nach wie vor von ihnen abwandte. Er schien sie nicht einmal sehen zu wollen, so als wären sie gar nicht da, wenn er nur nicht hinschaute. »Hoffen wir, dass seine kleine Freundin ihn aus seiner hoffnungslosen Stimmung herausholen kann«, hatte Eireen gesagt.

Und Lea hatte genickt. Ja, genau das hoffte sie auch.

Sie mussten Eireen versprechen, so lange bei Beo und Bella zu bleiben, bis sie sicher waren, dass die beiden Pferde nicht vor lauter Wiedersehensfreude die Stallwände einrissen und Beo sich nicht zu sehr aufregte.

»Holt ihr die Pferde nachts sonst immer alle rein?«, erinnerte sich Lea jetzt an Eireens Worte vorhin im Stall. Sie ging dicht neben Ray den schmalen Trampelpfad entlang, der durch den an den Hof angrenzenden Wald führte. Ihnen folgten zwei Grauschimmel, von denen der eine deutlich heller war als der andere. Der kleinere der beiden, Flicka, ließ keine Gelegenheit aus, die Nase in irgendwelche besonders köstlich duftenden Kräuter am Wegesrand zu stecken. Die zierliche hübsche Stute lief wie ein Hund, der eine Fährte aufgenommen hat, mit bis zum Boden gesenktem Kopf, um auch ja nichts Essbares zu übersehen.

Ray merkte, dass Lea sich immer und immer wieder irritiert zu dem dunkelgrauen Pferd umdrehte. »Flicka ist unser amtlich geprüfter Geländestaubsauger«, erklärte er. »Sie ist unglaublich verfressen und wir müssen immer aufpassen, dass sie es nicht übertreibt. Keine Sorge«, fügte er hinzu, als er Leas ängstliches Gesicht bemerkte, »sie findet hier nichts, was ich nicht vor ihr gefunden habe. Aber ja, Flicka zum Beispiel ist nachts im Stall besser aufgehoben, damit sie sich nicht überfrisst. Brian meint, sie habe vermutlich als Fohlen Hunger leiden müssen. Das ist dann wie ein Trauma und sie muss fressen, sobald sie was Fressbares sieht. Aber das ist nicht der eigentliche Grund, warum Eireen will, dass die Pferde nachts drin sind.« Er wurde ernst. »Es gibt Banden, die die Tiere nachts von den Wiesen einsammeln und als Schlachtpferde ins Ausland verkaufen.«

Lea konnte ihr Entsetzen kaum verbergen. »Aber braucht man dafür nicht entsprechende Papiere?«

Ray schnaubte. »Die werden gefälscht. Nichts leichter als das.«

Inzwischen waren sie auf einer kleinen Lichtung angekommen. Die Abendsonne ließ die Schatten der Bäume über die Wiese tanzen. Nun hatte nicht mehr nur Flicka die Nase am Boden, sondern auch Blue, der zweite deutlich hellere Grauschimmel, der ein gutes Stück größer und kräftiger war. Lea fand seinen Namen außerordentlich passend, denn sein beinahe weißes Fell hatte tatsächlich einen bläulichen Schimmer.

Ray setzte sich unter einen der Bäume, lehnte sich gegen den knorrigen Stamm, rupfte einen Grashalm aus dem Boden und kaute nachdenklich darauf herum.

Lea blieb stehen. Sie verschränkte die Arme vor der Brust und betrachtete die beiden Pferde, die einträchtig nebeneinander grasten.

Auch Rays Blick ruhte nun auf Flicka und Blue.

»Bevor Eireen vor etwa zehn Jahren das erste misshandelte Pferd aufnahm, hatte ich keinen besonderen Bezug zu Tieren«, begann er unvermittelt. »Klar, ich mochte sie, so wie eigentlich jedes Kind Tiere mag. Unser damaliger Hofhund Shanty war mein bester Freund, als ich sieben war. Stella war noch ein Kleinkind und bekam viel Aufmerksamkeit von Mum und Dad. Also bin ich mit Shanty durch die Gegend gezogen. Hier im Wald waren wir häufig.« Er spuckte den Grasham aus. »Eireen hatte als Kind immer Pferde und eines Tages stand da dieses halb verhungerte Pferd mitten auf der Straße vor unserem Hof und war so entkräftet, dass es noch nicht einmal floh, als wir vorbeifahren wollten. Es stand nur da und zitterte.« Ray schüttelte den Kopf bei der Erinnerung. »Wir waren damals eigentlich auf dem Weg nach Galway, um irgendwelche Einkäufe zu erledigen, aber Conor wendete sofort den Wagen und Eireen kümmerte sich um das Pferd. Es dauerte mindestens eine Stunde, bis sie das verängstigte Tier bis zu unserem Hof geführt hatte, weil es so zitterte und immer wieder stehen blieb. Dabei waren es gerade mal zweihundert Meter.« Ein Lächeln huschte jetzt über Rays Gesicht. »Mir kam es noch viel länger vor, denn Stella schrie und schrie und schrie und ich sollte mich um sie kümmern, während Eireen und Conor mit dem Pferd beschäftigt waren. Aber ich war ja selbst noch ein Kind. Stella schien zu spüren, dass irgendetwas nicht in Ordnung war, und egal, welche Faxen ich für sie machte, sie schrie, als würde ich sie über Feuer rösten.« Ray zupfte den nächsten Grashalm aus. »Damals gab es das Stallgebäude noch nicht und wir haben First Lady, wir nannten sie später Lady, einfach auf die einzige Wiese gestellt, die damals schon umzäunt war. Dann kam Brian zum allerersten Mal. Er hat Lady versorgt und festgestellt, dass sie trächtig war. Wir haben im Nullkommanichts unsere Scheune in einen Stall umfunktioniert, Kraftfutter, Heu und Stroh besorgt und versucht, die kleine Stute aufzupäppeln.« Jetzt blickte Ray zu Lea hinüber, die sich beinahe nicht traute zu atmen, um jedes seiner Worte mitzubekommen. »Weißt du, es tut richtig körperlich weh, wenn du so ein zutiefst verstörtes Pferd siehst.« Seine Stimme zitterte. »Wir haben nie herausgefunden, was mit Lady geschehen ist, wieso sie damals ausgerechnet vor unserem Hof stand oder wem sie gehörte, aber sie war der Beginn von *Lost Horses Rescue.* Es hat Wochen gedauert, bis sie uns so weit vertraut hat, dass wir sie anfassen konnten. Selbst zu ihr in die Box zu gehen, damals ja noch die umgemodelte Scheune, war ein Abenteuer. Aber wenn dir ein derart misshandeltes Pferd dann sein Vertrauen schenkt …«, er stockte und Lea konnte sehen, dass er mit seinen Gefühlen rang, »… dann ist das etwas ganz Besonderes, das Großartigste, das du dir vorstellen kannst.«

Lea schluckte. Und ob sie sich das vorstellen konnte.

»Und was wurde aus Lady?«

»Sie hatte, obwohl sie noch gar nicht so alt war, eine fortgeschrittene Arthrose. Vermutlich durch eine zu frühe, falsche Belastung der Gelenke. Wir haben alles versucht, aber zum Schluss waren ihre Schmerzen so stark, dass wir sie gehen lassen mussten.« Ray seufzte. »Sie hatte noch zwei schöne Jahre bei uns. Ihr Fohlen wurde geboren und ich denke, sie hat die Zeit hier genossen, vielleicht sogar ein wenig Frieden mit den Menschen geschlossen.«

»Und ihr Fohlen?«

»Jackson? Der wurde von einer ganz tollen Frau aufgenommen, die bereits einige Pferde hatte, und die ihn perfekt ausgebildet hat. Es geht ihm gut dort.«

Lea deutete mit einer Kopfbewegung auf Flicka und Blue. »Und die beiden?«

Ray lachte. »Flicka und Blue? Ihre Geschichten erzähle ich dir ein andermal. Jetzt müssen wir nämlich allmählich zurück, bevor es dunkel wird und bevor Flicka platzt.«

Es dämmerte bereits, als Lea und Ray mit Flicka und Blue im Schlepptau wieder auf dem Hof eintrafen. Ein wenig hatte Ray Lea auf dem Rückweg über die beiden Grauschimmel erzählt: Dass Blue am Anfang extrem scheu und ängstlich, fast schon hysterisch gewesen sei, aber irgendwie auch neugierig und offen und dass er sich vom Feuer speienden Drachen, der bei der geringsten Unsicherheit nervös wurde, zum völlig gechillten Allrounder gewandelt hatte, nachdem sie ihn in die Herde integriert hatten. Und dass Flicka sich bis heute ungern anbinden ließe, zum Beispiel beim Putzen, dass sie aber wie ein Hund käme, wenn man sie rief und überhaupt sehr kooperativ sei, weil sie immer klar zeigte, wenn ihr irgendetwas nicht gefiel oder Angst machte.

Lea war immer noch beeindruckt, wie Ray ihr die unterschiedlichen Charaktere der Pferde beschreiben konnte, als sie wieder bei *Lost Horses Rescue* eintrafen. Jedes hatte seinen eigenen Kopf, seine eigene Art, nicht eins war wie das andere. Selbst wenn sie ähnliche Erfahrungen gemacht hatten, hatte jedes der Pferde seinen eigenen Charakter.

Bob trat soeben aus dem Stallgebäude und hob grüßend die Hand, als er sie sah. »Die Pferde sind alle versorgt«, sagte er. »Eireen meinte, ihr wollt Bella reinholen?«

»Ja, wir bringen Flicka und Blue zurück und schauen dann, wie es mit Bella und Beo läuft.«

Flicka und Blue waren stehen geblieben, sobald Ray stehen geblieben war. Jetzt spitzten beide die Ohren, als sie ihre Namen hörten.

»Prima«, meinte Bob, »dann hab ich jetzt Feierabend. Bis morgen!«

»Danke, Bob.«

Lea lächelte dem jungen Mann zu, der pfeifend zu seinem auf dem Hof abgestellten Auto ging.

»Bob ist ein feiner Kerl«, sagte Ray zu Lea, während sie weitergingen und die Pferde ihnen augenblicklich wieder folgten. »Wenn Stella und ich Ferien haben, so wie jetzt, dann hat er hier wenig zu tun, aber zu Schulzeiten und wenn der Hof mal wieder voller Pferde ist, ist er einfach unentbehrlich.«

»Das kann ich mir vorstellen«, nuschelte Lea. Dabei fiel es ihr, wenn sie ehrlich war, schwer, Ray wirklich zuzuhören. Sie hatte jetzt nur noch einen einzigen Gedanken im Kopf: Bella zu Beo zu bringen.

»Du hast jetzt nur noch einen einzigen Gedanken im Kopf, oder?« Ray lachte auf seine ganz eigene Ray-Art, die Lea jedes Mal schwindelig machte. »Bella zu Beo zu bringen, stimmt's?«

Und auch das ließ Lea schwindelig werden, dass Ray immer zu wissen schien, was sie dachte und wie es in ihr aussah.

»Stimmt«, gab sie zu. »Was glaubst du, wie er reagieren wird?«

»Wie würdest *du* reagieren?«

»Ich weiß nicht. Ich versuche schon die ganze Zeit mir vorzustellen, was passieren wird. Wird Beo Bella erkennen? Wird er sich aufregen? Oder eher ruhiger werden? Was wird geschehen?«

»Lass es uns rausfinden.«

Flicka und Blue schauten einen Moment irritiert, als Ray und Lea am Stallgebäude vorbeigingen und sie zurück zu den Weideflächen führten. Aber sobald Ray das Gatter für sie geöffnet hatte, trabten sie in gemütlichem Tempo auf die Koppel.

Auf der angrenzenden Wiese standen Apple und Ciri dicht am Zaun und schienen ebenfalls darauf zu warten, dass sie für die Nacht in den Stall geführt wurden. Neugierig beobachteten sie, wie Ray und Lea zu Bellas kleinerer abgetrennten Weide gingen und das Pony holten.

Bella blickte ihnen entgegen und blieb entspannt stehen, als Lea auf sie zuging und einen Führstrick an ihrem Weidehalfter befestigte. Es war ein bestärkendes Gefühl für Lea, dass Bella ihr ohne das geringste Zögern bereit war zu vertrauen und ihr zu folgen. Vielleicht hatte sie nicht nur einen besonderen Draht zu Hunden? Vielleicht spürten auch Pferde, dass sie es gut mit ihnen meinte?

Mit zehn hatte Lea einmal ein Wochenende mit einer Freundin bei deren Vater verbracht, weil die Eltern bereits getrennt waren. Sie waren frühmorgens durch das Zweihundertseelendorf gelaufen und dabei einem Dalmatiner begegnet, der aus einer Toreinfahrt heraus auf sie zulief. Er hatte sie einfach begleitet, war stundenlang mit ihnen durch den Wald gestreift und es hatte sich so angefühlt, als gehöre der Hund zu ihnen. Auf dem Rückweg war er dann einfach wieder in der Toreinfahrt verschwunden, aus der er zuvor entwischt war.

Am nächsten Morgen wollten Lea und ihre Freundin Sara den Hund wieder zu einem Spaziergang abholen. Sie blieben vor der Toreinfahrt stehen und blickten hinein. Jetzt erst sahen sie den Zwinger und darin einen Dalmatiner, der genauso aussah wie der, mit dem sie am Tag zuvor im Wald unterwegs gewesen waren. Aber nun sprang der Hund zornig an den Gitterstäben hoch und kläffte so wild und wütend, dass ihm dabei Spucke aus dem Maul flog. Ein dicker Mann kam auf Lea und Sara zu und fragte sie, was sie wollten. »Wir möchten mit Ihrem Hund spazieren gehen«, erklärte Lea, doch der Mann lachte nur. »Niemals!«, antwortete er barsch. »Ihr seht doch, was das für ein Teufel ist, den kann ich nicht mit zwei Kindern losziehen lassen.«

»Aber wir waren gestern stundenlang mit ihm im Wald!«, widersprach Sara.

Der Mann runzelte die Stirn, behauptete dann aber, das könne gar nicht sein. Das müsse ein anderer Hund gewesen sein, aber auf keinen Fall seiner.

Noch heute, wenn sie daran dachte, tat Lea der Hund unendlich leid.

Bella jedoch folgte ihr jetzt, als hätte sie in ihrem ganzen Leben nichts anderes getan. Aber warum funktionierte das dann nicht bei Beo? Was hatte er erlebt, erleben *müssen*, dass sein Vertrauen in die Menschen so nachhaltig zerstört war?

»Beo war wohl noch sehr jung, als er ausgesetzt wurde. Das sieht man ja an seinem viel zu kleinen Halfter und daran, dass es eingewachsen ist, während er größer wurde. Bella ist deutlich älter als Beo. Vermutlich hat sie irgendwann in ihrem Leben auch gute Erfahrungen mit Menschen machen dürfen, an die sie jetzt wieder anknüpfen kann«, überlegte Ray, nachdem Lea ihre Frage laut ausgesprochen hatte.

Inzwischen waren sie vor der Stalltür angekommen und Lea spürte ihr Herz schneller schlagen. Ob es an ihrer Aufregung lag, die Bella spürte, oder ob das Pony bereits ihren Freund riechen konnte, war schwer zu sagen, auf jeden Fall wurde der Schecke unruhig, sobald Ray die Tür öffnete. War Bella bis jetzt brav hinter Lea hergelaufen, schien es ihr plötzlich nicht mehr schnell genug zu gehen.

Ray erfasste die Situation rasch. Er drängte sich in der Stallgasse an Lea und Bella vorbei und öffnete bereits die Boxentür, sodass Lea das Pony sofort in das Stallabteil neben Beo führen konnte. Die kleine Stute schnaubte und brummelte aufgeregt und reckte ihre Nüstern über die Trennwand, was in Anbetracht ihrer geringen Körpergröße nicht recht gelingen wollte.

Aber es dauerte nur wenige Sekunden, bis auch Beo merkte, wer da soeben in die Nachbarbox eingezogen war. Und zum ersten Mal, seit die Menschen ihn in diesen Stall gebracht hatten, drehte er den Kopf in Richtung des Geschehens, anstatt sich davon abzuwenden.

Mit hoch erhobenem Kopf, gestrecktem Hals und gespitzten Ohren näherte er sich der Trennwand.

Lea hielt den Atem an. Und dann hätte sie schwören können, dass Beo Tränen in den Augen hatte. Er brummelte und Bella antwortete ihm, Nüstern an Nüstern standen die beiden da, zwischen sich die Trennwand, und pusteten einander schnaubend ihren Atem ins Gesicht.

Lea strahlte Ray an und er legte ihr den Arm um die Schultern und zog sie für einen Moment an sich.

Bella und Beo schienen nicht genug voneinander zu bekommen. Sie knabberten zärtlich aneinander und ließen sich davon auch nicht durch die Querstangen im oberen Teil der Trennwand abhalten.

»Das ist wahre Pferdefreundschaft«, sagte Ray leise. »Die zwei gehören einfach zusammen. Es war gut, dass wir Bella hergebracht haben.«

Lea nickte. Ja, das war nicht zu übersehen, dass es die richtige Entscheidung gewesen war, Bella zu Beo zu stellen, um ihm etwas mehr Sicherheit zu geben. Klar, sie hatten vorher nicht mit Gewissheit sagen können, ob die Wiedersehensfreude so groß werden würde, aber sie hatte es gehofft.

»Beo macht direkt einen viel wacheren Eindruck, oder?«

»O ja«, bestätigte Ray. »Ich denke, dass auch das Antibiotikum, das Brian ihm gegeben hat, allmählich seine Wirkung entfaltet.«

Leas Blick ruhte auf Beo. Jetzt konnte sie endlich einmal die wirklich tiefe Wunde auf seinem Nasenrücken in Ruhe betrachten: Die dicke weiße Salbe, die Brian auf das rohe Fleisch gestrichen hatte, die immer noch entzündeten wulstigen Wundränder und das viel zu lange, zottelige Fell des Braunen, das voller Schmutz war, seine verknotete Mähne und Schweif. Das alles schrie danach, geputzt und gestriegelt zu werden, aber bislang hätte es für Beo viel zu viel Stress bedeutet, ihn dieser Prozedur auszusetzen. Und für die Menschen entsprechend eine zu große Gefahr.

Lea seufzte. »Ich könnte die ganze Nacht hier stehen und den beiden zusehen«, sagte sie.

»Wir können uns Schlafsäcke und Kissen holen und hier im Stall übernachten, wenn du möchtest«, schlug Ray vor. »Es sind ja genug Boxen frei!«

»Das ist eine großartige Idee!«, platzte es aus Lea heraus und erst im zweiten Moment fiel ihr ein, was das bedeutete: eine Nacht mit Ray im Stroh.

♥

Die Schmerzen ließen allmählich nach und er fühlte sich ruhiger, seit seine kleine Freundin wieder da war. Es war hier doch nicht alles so wie früher. Und er war nicht länger allein. Es war nicht mehr nötig, sich vor der Außenwelt zu verschließen, denn jetzt war sie *wieder da! Er konnte sie hören, er konnte sie riechen, er konnte sie sogar spüren.*

Er stellte sich so nah an sie heran, wie es möglich war, und vergewisserte sich immer wieder, dass sie tatsächlich da war.

Eingesperrt zu sein, fiel ihm immer noch schwer. Es fühlte sich zu sehr an wie früher, als er allein im Dunklen gestanden hatte und nur das Tageslicht sehen durfte, wenn die Menschen ihn rausließen. Aber sie ließen ihn nur raus, um ihn zu quälen und Dinge von ihm zu verlangen, die er nicht tun konnte, die ihm Schmerzen verursachten und ihn bis zum Zusammenbruch erschöpften. Erst dann ließen sie ihn in Ruhe und brachten ihn zurück in die Dunkelheit.

Bis jetzt hatte hier noch keiner der Menschen etwas von ihm verlangt. Bis jetzt …

12

Mögest du immer einen Freund an deiner Seite haben,
der dir Vertrauen gibt,
wenn es dir an Licht und Kraft gebricht

Irischer Segenswunsch

Lea hatte die Augen geöffnet und blickte in die Dunkelheit. Sie lauschte dem Schnauben der Pferde und Rays gleichmäßigem Atem neben sich, der darauf schließen ließ, dass er bereits tief und fest schlief.

Hier war sie nun. Am Ende der Welt. Irgendwo im Nirgendwo – lag auf einem harten Boden, der lediglich mit etwas Einstreu gepolstert war, in einem Stall, in dem es nach Pferd, nach Heu und nach Stroh roch. Und war noch nie in ihrem Leben glücklicher gewesen. Dass Beo nun in guten Händen war, dass seine Wunde behandelt wurde und abheilen konnte, dass er keinen Hunger leiden musste, dass er in Sicherheit war, dazu hatte sie beitragen können. Und das war ein unglaublich schönes Gefühl. Sie hatte etwas wirklich Sinnvolles und Gutes getan! Wäre ihr in diesem Augenblick eine Fee erschienen und hätte sie nach ihren Wünschen gefragt, so hätte sie nur einen einzigen geäußert: »Ich will hier nie wieder weg.«

»Dann bleib doch einfach.«

Lea zuckte zusammen. Ihr war nicht bewusst gewesen, dass sie ihre Gedanken laut geäußert hatte. Aber nun wusste sie zumindest, dass Ray gar nicht schlief. Sie wandte den Kopf zur Seite und konnte lediglich seine Umrisse neben sich erahnen.

»Ich dachte, du schläfst.«

Sie wusste, dass Ray neben ihr lächelte, obwohl sie nichts sehen und nichts hören konnte. Merkwürdig, zu welchen Leistungen menschliche Sinne fähig waren. Ob es sich ungefähr so für Tiere anfühlte, die die Stimmungen ihrer Menschen erahnten?

»Ich vermisse nichts aus Deutschland. Ist das nicht merkwürdig?«, fuhr sie fort. »Natürlich möchte ich meine Mum wiedersehen und meine Freundin Emmy, aber sonst?«

»Deinen Freund?«

Jetzt war es Lea, die still lächelte.

»Gibt es nicht«, antwortete sie und drehte sich auf die Seite, das Gesicht Ray zugewandt. Sie konnte Rays Augen im Dunkeln auf sie gerichtet sehen. Und dann spürte sie seine Hand nach ihrer tasten. Er fand sie und strich ihr zärtlich mit den Fingerspitzen über den Handrücken.

Ihr Herz klopfte und die kleinen Härchen an ihren Unterarmen richteten sich auf. Es fühlte sich so gut an, Ray an ihrer Seite zu wissen. Er schenkte ihr Vertrauen und sorgte dafür, dass es sich in ihrem Herzen nicht mehr so dunkel anfühlte.

»Komm her«, sagte Ray leise und zog sie in seinen Arm.

Lea bettete ihren Kopf auf seine Schulter und genoss das Gefühl, von Ray gehalten zu werden. Sie hätte sich gerne noch länger an diesem Gefühl erfreut, doch der Tag war so lang und ereignisreich gewesen, dass ihr die Augen zufielen.

Die Sonne stand bereits so tief, dass sie hinter den Hügeln nicht mehr zu sehen war. Aber ihr Licht ließ die Wolken rötlich glimmen, als besäßen sie selbst Strahlkraft. Das leuchtende Grün der hügeligen Wiese ließ Lea mit ihrem Faltenwurf an die gigantische Bettdecke eines Riesen denken. Es sah aus, als hätte jemand nachlässig ein gigantisches grünes Tuch über den felsigen Untergrund geworfen.

Die Wellen schlugen rhythmisch gegen die zerklüftete Felsenklippe, die hier und da von Moos und von einem rotbraunen Gestrüpp überwuchert wurde, und brachen am Gestein. Die weiße Gischt spritzte meterhoch. Diese Steilküste war einfach atemberaubend. Und das nicht nur, weil ein kräftiger Wind vom Meer herüberwehte. Lea schätzte ihre Höhe auf mindestens 100 Meter. An manchen Stellen konnte man sogar die einzelnen Gesteinsschichten im Fels erkennen.

Die Sonnenstrahlen tauchten diesen außergewöhnlichen Ort in ein magisches Licht. Sie brachen sich in der feuchten Luft an den Rändern der Hügel und beschienen wie ein Spotlight eine Gruppe von drei Pferden, die nah am Rand der Klippe standen.

Füchse. Wie Beo. Lea kniff die Augen zusammen, um im Gegenlicht der Sonne besser sehen zu können. Diese drei Pferde sahen tatsächlich haargenau so aus wie Beo! Sie wandte den Kopf zur Seite und schaute fragend zu Ray hinüber, der neben ihr auf dem Rücken seines Pferdes saß und ebenso wie sie die spektakuläre Landschaft zu genießen schien. Und jetzt bemerkte sie es erst: Ray saß auf Beo!

Lea runzelte verwirrt die Stirn und senkte den Blick auf ihr Pferd, auf dem sie ritt. Auch das war Beo, der in diesem Augenblick laut schnaubte. Vor Schreck stieß sie einen spitzen Laut aus.

»Was ist?«, fragte Ray alarmiert.

Lea schlug die Augen auf und blickte an die Decke des Stalls.

Ray hatte sich auf einen Ellbogen gestützt und schaute ihr ins Gesicht. »Was ist?«, wiederholte er. »Du hast geschrien, als hättest du einen Albtraum.«

»Nein, ein Albtraum war es nicht gerade.«

»Ich kenne einen Ort, der genauso aussieht, wie du ihn beschreibst«, sagte Ray, nachdem Lea ihm von ihrem Traum berichtet hatte. »Er ist gerade einmal einen halben Tagesritt von hier entfernt. Wenn du magst, zeige ich ihn dir.«

Lea war mit einem Mal hellwach. Ein Tagesritt mit Ray zu einer Steilküste! »Das klingt traumhaft!«, antwortete sie.

Ray grinste sein typisches Ray-Grinsen. »Na, dann los!«

Lea sprang auf und zupfte ein paar Strohhalme aus ihren

Haaren. Jetzt, im Stehen, konnte sie über die Trennwände hinweg Beo und Bella in ihren Boxen sehen.

Beo stand nicht mehr mit dem Gesicht zur Wand in seinem Stallabteil, sondern beobachtete sie mit wachem, offenem Blick.

»Da scheint einer allmählich hier anzukommen«, bekräftigte Ray.

Lea nickte zustimmend. »Ja, und die Wundränder sehen auch nicht mehr so geschwollen aus.«

»Das Antibiotikum wirkt.«

Lea klopfte sich den Staub aus ihrer Kleidung und stellte sich vor Beos Box. »Hallo, mein Hübscher«, flüsterte sie und spürte ihr Herz klopfen.

Beos Ohren zuckten.

Lea streckte ihre Hand über die untere Stalltür, aber Beo wich zurück und wandte den Kopf ab.

»Man sollte vielleicht nicht zu viele Wunder für einen Tag erwarten«, sagte Ray, der Lea beobachtet hatte.

»Wieso vertraut er mir nicht?«

»Vertraust du dir?«

»Wie meinst du das?«

»Glaubst du an dich?«

Lea runzelte die Stirn. »Ich verstehe nicht, was du meinst. Was hat das damit zu tun?«

»Pferde spüren, wie wir uns fühlen. Wenn du zuversichtlich bist, wenn du an dich glaubst, dann glaubt dein Pferd auch an dich. Wenn du an dir zweifelst, dann wird dein Pferd auch an dir zweifeln. Pferde wollen uns vertrauen, sie wollen dem Menschen folgen, aber sie tun es nur, wenn sie uns auch vertrauen können.«

»Und wann können sie uns vertrauen?«

»Wenn du weißt, was du willst.«

Leas Blick ruhte auf Beo. »Bis vor Kurzem habe ich noch geglaubt, dass ich immer wüsste, was ich will. Aber mittlerweile bin ich mir da gar nicht mehr so sicher. Ich weiß nicht einmal mehr, wem oder auf was ich vertrauen kann. Am wenigsten vielleicht mir selbst.«

»Da habt ihr zwei, du und dein Pferd, eine ganze Menge gemeinsam.«

Du und dein Pferd. Das hörte sich in Leas Ohren gut an. Wie gerne hätte sie Beo als ihr Pferd gehabt. »Und jetzt?«

Ray lachte. »Und jetzt satteln wir zwei die Pferde und erkunden Irlands magische Orte.«

Es war erst kurz nach sechs am Morgen, die Sonne bahnte sich noch ihren Weg an den Himmel, und trotzdem stand Eireen bereits am Herd in der großen Küche und rührte in irgendwelchen Töpfen, aus denen ein appetitanregender Duft strömte.

Conor saß mit einem großen Becher Kaffee in der Hand am Tisch und las in einer Zeitschrift. Zu seinen Füßen lag Smokie. Der Greyhound schaute kurz auf, klopfte zur Begrüßung zweimal müde mit dem Schwanz auf den Boden und ließ den Kopf mit einem Grunzen wieder sinken, als wäre er ihm um diese Uhrzeit noch viel zu schwer.

»Guten Morgen, Darlings«, rief Eireen fröhlich und schenkte Lea und Ray ihr freundlichstes Lächeln. »Wie habt ihr geschlafen?«

»Gut«, sagte Ray, goss aus einer Kanne Kaffee in einen Becher und reichte ihn Lea, bevor er sich selbst auch eine Tasse nahm. »Ich habe Lea versprochen, ihr die Klippen zu zeigen. Würde es gehen, dass wir zwei heute mit Donn und Skyrim einen Ausritt machen?«

Eireen zuckte mit den Schultern. »Warum nicht? Bob ist ja da und es steht nichts Besonderes an«, antwortete sie, »allerdings ist das eine ganz schöne Strecke, sowohl für die Pferde als auch für euch.« Eireen sagte zwar »euch«, sah aber Lea dabei an und es war klar, dass Eireen sich vor allem Sorgen um sie machte.

»Deshalb dachte ich, ihr könntet uns vielleicht heute Abend dort mit dem Anhänger wieder einsammeln«, schlug Ray vor.

Eireen wandte sich zu ihrem Sohn um und sah ihn mit hochgezogenen Augenbrauen an.

»Ich kann das machen«, brummelte Conor vom Tisch aus, ohne von seiner Lektüre aufzublicken.

»Danke, Dad!«, freute sich Ray. »Du bist der Beste!«

»Aha!«, sagte Eireen und grinste. »Darf ich zuvor noch ein Schälchen Porridge servieren?«

»Danke, Mum«, sagte Ray artig, »Du bist die Beste!«

»Ja, vielen Dank, Mr und Mrs Nolan«, bestätigte auch Lea.

»Jetzt ist es aber genug«, sagte Eireen und stellte den großen dampfenden Topf in die Mitte des Tisches.

Lea wünschte, sie hätte nicht so viel Porridge gegessen. Wenn sie noch länger hierblieb und Eireens Küche genoss, würde sie auf dem Rückflug für »Übergepäck« zahlen müssen.

Sättel und die übrige Ausrüstung lagen am Putzplatz hinter den Stallungen bereit. Nun mussten nur noch Donn und Skyrim von der Weide geholt und aufgesattelt werden, damit es losgehen konnte.

Lea war aufgeregt. Zwar war sie mit Emmy bereits einige Male im Gelände geritten, aber eine so lange Strecke?

»Na ja, ein bisschen Muskelkater wirst du morgen wohl haben«, bestätigte Ray ihre Bedenken. »Aber das ist es wert.«

Mittlerweile hatten sie den Weidezaun erreicht und Ray wandte den Blick von Lea ab und den Pferden zu, die wie beim letzten Besuch im hinteren Teil der großen Wiese nah an den Bäumen standen.

Ray öffnete den Mund, um nach Donn und Skyrim zu rufen, schloss ihn aber sofort wieder.

»Nanu?«, sagte er nach einer Schrecksekunde und erst jetzt bemerkte auch Lea, was ihn so aus der Fassung brachte: Am

Waldrand standen nicht nur zwei Pferde, Donn und Skyrim, sondern noch ein weiteres, ein kräftiger Rappe, der respektvollen Abstand zu den beiden anderen hielt.

»Wer ist das?«, wollte Lea wissen und erwartete nun eine weitere von Rays Geschichten über ein *lost horse.*

Aber der junge Mann zuckte nur mit den Schultern und hob die Arme in einer Geste der Unwissenheit. »Ich hab keine Ahnung!«, gestand er.

»Was soll das heißen, du hast keine Ahnung?«

»Ich kenne dieses Pferd nicht, es ist keins von unseren.«

»Aber es steht auf eurer Weide …«

Ray nickte. »Unbestritten.« Er kratzte sich am Hinterkopf. »Lea?«

»Ja?«

»Ich glaube, das wird heute nichts mit unserem Ausritt. Ich geh Eireen und Conor holen. Kommst du mit?«

Lea horchte in sich hinein. Da war nicht nur Enttäuschung, da war auch ein Stück Erleichterung in ihr. »Vielleicht ist es sowieso besser, wenn wir erst einmal mit einem kleineren Ausritt anfangen.«

Ray grinste, legte den Arm um ihre Schultern und drehte sich mit ihr gemeinsam um. »Das ist mein Mädchen«, sagte er. »May your glass always be half full.«

Lea schlang ihren Arm um Rays Hüfte und schmiegte sich auf dem Rückweg zum Haus eng an ihn.

»Sieht aus wie ein Tinker.«

»Und er steht bei Donn und Skyrim auf der Wiese?« Eireen räumte soeben die Kaffeebecher in die Spülmaschine und fragte ihrem Sohn währenddessen Löcher in den Bauch. »Was hast du denn für einen Eindruck?«

»Pfff«, machte Ray. »Warum kommst du nicht einfach mit und siehst es dir an?«

»Ich komme ja, aber du kannst mir doch schon mal sagen, was du gesehen hast?«

Ray seufzte. »Donn und Skyrim sehen eigentlich recht entspannt aus. Der Rappe hält respektvoll Abstand zu den beiden. Mehr haben wir nicht gesehen, wir wollten erst einmal euch Bescheid sagen, bevor wir auf die Weide rennen und alle aufmischen.«

»Ehrlich gesagt dachten wir, ihr wüsstet vielleicht was über das Pferd?«, mischte sich Lea in die Unterhaltung ein.

»Ja, genau«, bestätigte Ray. »Ich habe Lea gegenüber behauptet, du sagst uns bestimmt, das sei der Rappe Pipapo von einem gewissen Herrn Sowieso und ihr hättet abgesprochen, dass er sein Pferd in der Nacht hier abliefert.«

Eireen schüttelte den Kopf. »Ich kenne keinen Pipapo von Herrn Sowieso ...« Ray sah Lea an und verdrehte die Augen »Vorsicht, mein Sohn, ich bin zwar alt, aber ich kann immer noch gut sehen«, mahnte Eireen, aber sie lächelte dabei. »Nein, jetzt mal im Ernst. Ich habe keine Ahnung, wessen Pferd das ist und wieso es auf unserer Weide steht und je länger ich darüber nachdenke, desto wütender werde ich. Wie kann man ein fremdes Pferd einfach so auf eine Weide zu anderen Pferden stellen? Was da alles passieren kann!«

»Ja, eben«, insistierte Ray. »Und deshalb sollten wir jetzt da vielleicht noch mal hin?«

»Wo bleibt denn Conor? C O N O R!«

Rays Vater streckte den Kopf durch den Türrahmen. »Was ist?«

»Wo bleibst du denn? Wir warten auf dich, um nach diesem ominösen Pferd zu sehen!«

Conor deutete auf seine Füße, die bereits in schlammverkrusteten Gummistiefeln von mindestens Größe 47 steckten.

»Bist du verrückt, mit den dreckigen Dingern hier rumzulaufen?«

»Du hast mich doch gerufen?«

»Ach«, zischte Eireen und quetschte sich an ihrem Ehemann vorbei durch den Türrahmen.

Conor breitete die Arme in einer Geste der Hilflosigkeit aus und sah seinen Sohn fragend an.

Ray zuckte mit den Schultern.

Auf dem Weg zur Weide schritt Eireen wieder in ihrer gewohnten Art voran, sodass die anderen kaum hinterherkamen.

Lea grübelte über die neue Seite von Eireen nach, die sie gerade kennengelernt hatte, während sie dem kleinen Trupp, bestehend aus Eireen, Conor, Ray und Smokie folgte. Für Grandpa war es an diesem Morgen offenbar noch zu früh, Bobs Dienst begann erst später, und Stella war von ihrem Übernachtungsbesuch bei einer Freundin noch nicht zurückgekehrt.

Jetzt drehte sich Ray zu ihr um und wartete, bis Lea zu ihm aufgeholt hatte. »Was ist los? Du siehst nachdenklich aus?«

»Wieso war Eireen gerade so sauer?«, platzte es aus Lea hervor.

»Ich würde sagen, meine Mum ist der liebevollste Mensch, den ich kenne. Aber wenn es um ihre Pferde geht, kennt sie kein Pardon. Du hast sicher schon gemerkt, dass sich unser aller Leben um *Lost Horses Rescue* dreht. Wenn man einmal damit angefangen hat, Pferde zu retten, dann kommt man aus der Nummer nicht mehr raus. Aber angefangen hat das alles mit Eireen. Sie ist unser Motor. Sie hat Power für zehn und ja, diese Power hat halt zwei Seiten.«

»Aber sie wirkt sonst immer so gelassen!«

»Das stimmt«, gab Ray zu. »Solange sie alles im Griff hat und solange es ihren Schützlingen gut geht. Aber mach dir keinen Kopf. Conor ist für Eireen ein guter Gegenpol. Ich glaube, er erdet sie mit seiner unerschütterlichen Ruhe. Du wirst sehen, sobald Eireen den Neuzugang einschätzen kann und alles gemanagt hat, ist sie wieder die Alte.«

»Okay, aber … was meinst du damit, ›wenn man einmal angefangen hat, Pferde zu retten, kommt man aus der Nummer nicht mehr raus‹ ?«

Ray grinste. »Die Leute hier wissen, dass wir uns um die Tiere kümmern. Sobald irgendwo ein Pferd in Not ist, rufen sie hier an oder stellen ihr Pferd einfach bei uns ab.«

»Also ist das nicht das erste Mal, dass ihr plötzlich ein fremdes Pferd auf euren Weiden findet?«

»Dass jemand sein Pferd einfach auf unsere Weide stellt, ist so noch nicht vorgekommen. Die krasseste Geschichte war, dass jemand mal versucht hat, sein Pferd hier abzuladen, das ist aber gewaltig in die Hose gegangen.«

»Erzähl!«

»Wir waren gerade beim Frühstück, als wir plötzlich lautes Wiehern hörten und dann ein Motorgeräusch. Natürlich sind wir alle sofort rausgestürzt, um nachzusehen, was da los ist. Wir dachten, dass jemand die Pferde stehlen will …«

»Eine dieser Banden, von denen du mir erzählt hast?«

»Ja, zum Beispiel. Aber dann sahen wir ein fremdes Pferd, angebunden an einem unserer Zäune und einen Wagen mit Anhänger, der sich gerade vom Acker machen wollte. Das Pferd schrie regelrecht vor Panik, versuchte sich loszureißen und schaffte es schließlich auch. Es rannte dem Wagen hinterher und holte ihn auch ein, denn hier auf dieser unbefestigten Straße kannst du ja mit dem Anhänger nicht so brettern.«

»Das Pferd lief also demjenigen hinterher, der es gerade bei euch ausgesetzt hatte?«

»Genau. Und der Wagen stoppte. Ein Typ stieg aus und fing das Pferd ein, das sofort ruhig stehen blieb. Wir rannten hin und der Typ heulte Rotz und Wasser, sein Gesicht war tränenüberströmt.«

»Wieso heulte er denn? Weil er sein Pferd nicht losgeworden war?«

Ray schüttelte den Kopf. »Im Gegenteil. Er heulte so, weil er keine andere Möglichkeit mehr gesehen hatte, als das Pferd zu uns zu bringen. Er hatte seinen Job verloren, seine Frau war schwer krank und brauchte ständige Pflege. Er konnte das Pferd nicht mehr versorgen. Aussetzen wollte er es nicht, zum Schlachter bringen wollte er es auch nicht. Er hatte über Freunde von *Lost Horses Rescue* gehört und gehofft, wir würden uns gut darum kümmern.«

»Aber warum hat er sich nicht einfach an euch gewendet?«

»Die ganze Angelegenheit war ihm total peinlich. Ich denke, er wollte einfach niemandem erzählen müssen, dass sein Leben gerade den Bach runterging. Aber da hatte ihm sein Pferd einen Strich durch die Rechnung gemacht.«

»Und was ist dann passiert?«

Ray blickte sich um, als wollte er sich vergewissern, dass ihn niemand hörte. »Also, das darf eigentlich niemand wissen, weil Eireen Angst hat, dass es sich rumspricht und wir dann Dutzende solcher Fälle kriegen.«

»Was denn für Fälle?«

»Wir haben den Mann finanziell unterstützt. Er hat sein Pferd wieder mitgenommen und wir haben die Futterkosten getragen. Eireen meinte, es sei egal, ob das Pferd hier im Stall steht und von uns versorgt wird, oder ob es in seinem Zuhause bleibt und von uns unterstützt wird. Natürlich haben wir uns vorher vergewissert, dass der Mann ansonsten gut für sein Pferd gesorgt hat. Und das Schöne ist, der Mann bekam ein halbes Jahr später einen neuen Job und seine Frau wurde wieder gesund, sodass er nicht länger auf unsere Unterstützung angewiesen war.«

»Was für eine schöne Geschichte«, fand Lea.

»Ja, aber du siehst, die Leute hier in der Gegend wissen alle, was wir machen und dass wir kein Pferd im Stich lassen. Also rufen sie bei uns an, wenn sie irgendwo ein ausgesetztes Tier sehen oder wenn sie wissen, dass irgendwo jemand mit seinem Pferd schlecht umgeht oder, oder, oder. Und du glaubst doch nicht, dass man dann irgendwann sagt ›nö, jetzt kümmern wir uns nicht mehr drum‹. Wenn man weiß, dass irgendwo ein Lebewesen dringend Hilfe braucht, dann kann man doch nicht einfach wegschauen, oder?«

»Das meinst du also damit, dass ihr aus der Nummer nicht mehr rauskommt. Verstehe.«

Inzwischen hatten sie zu Eireen und Conor aufgeschlossen, die am Weidezaun standen und die drei Pferde beobachteten, die einträchtig nebeneinander grasten.

»Sieht eigentlich ganz fit aus«, sagte Eireen gerade. »Für einen Tinker etwas zierlich, aber nicht unterernährt.«

»Und die drei scheinen sich gut zu verstehen«, stellte Conor fest.

Donn hob den Kopf und kam in gemütlichem Tempo auf sie zu, um Hallo zu sagen. Dabei brummelte und wieherte er leise, als müsse er seinen Menschen erzählen, was in der vergangenen Nacht Aufregendes passiert sei.

Als Skyrim sah, dass sich sein Freund ein paar Streicheleinheiten abholte, kam er schnurstracks hinterher.

Der Rappe blickte seinen beiden neuen Weidekollegen nach, blieb aber in gebührendem Abstand stehen.

Donn und Skyrim kamen dicht an den Zaun heran, fragten höflich nach Möhrchen oder anderen Leckereien und begnügten sich, nachdem sie eingesehen hatten, dass jetzt nicht der richtige Zeitpunkt dafür war, damit, gekrault zu werden.

Conor streichelte Skyrim und Ray liebkoste »seinen« Donn, während Eireen weiterhin ihr Augenmerk auf den Neuzugang gelegt hatte.

»Er sieht fast ein bisschen neidisch aus, oder?«, fragte Lea. »So, als würde er auch gerne kommen, sich aber nicht trauen.«

Eireen nickte. »Ja, das Gefühl habe ich auch. Aber ich glaube, das ist kein Er, sondern eine Sie.« Sie bückte sich und kletterte unter dem Zaun hindurch. »Ich schau mir die Dame mal aus der Nähe an.«

»Sei vorsichtig!«, mahnte Conor.

Seine Frau antwortete nicht. Sie schlenderte über die große Wiese, als wollte sie Pilze suchen oder Blumen pflücken. Dabei ging sie in einem großen Bogen auf den Tinker zu, der jeden ihrer Schritte genau beobachtete.

Nicht ein einziges Mal schaute Eireen das Pferd dabei direkt an.

In einem Abstand von etwa acht oder neun Metern zu dem Rappen blieb Eireen einen Augenblick lang stehen und sah sich um, als würde sie die Lage überprüfen wollen. Dann setzte sie ihren Weg fort.

»Warum ist sie stehen geblieben?« Lea flüsterte, obwohl die Entfernung so groß war, dass eigentlich keine Gefahr bestand, dass ihre Stimme das Tier verunsichern würde.

»Sie hat den Individualabstand des Pferdes erreicht«, erklärte Ray ebenso leise. »Man könnte sagen, sie steht vor der Tür und hat freundlich gefragt, ob sie reinkommen dürfte.«

»Und was hat das Pferd gesagt?«

»Es war einverstanden«, sagte Ray und grinste.

»Und warum schaut sie sich so demonstrativ um?«

»Sie zeigt dem Pferd, dass sie aufpasst, dass sie die Umgebung checkt, ob alles sicher ist. Das ist eine Aufgabe der ranghöheren Tiere und so weiß das Pferd, dass da jemand kommt, der stark ist und ihm Schutz anbietet.«

Jetzt war Eireen noch etwa drei Meter von dem fremden Pferd entfernt. Sie blieb erneut stehen und wandte sich um, sodass sie in die gleiche Richtung wie der Tinker blickte.

Der Tinker drehte den Kopf, spitzte die Ohren und guckte Eireen jetzt direkt an. Zuerst hielt er den Kopf dabei noch oben, dann ließ er ihn sinken.

»Sieht so aus, als würde sich das Pferd die Lippen lecken«, stellte Lea fest.

»Ja, das machen Pferde häufig, wenn sie angespannt waren und sich anschließend entspannen. Das ist ein gutes Zeichen. Der Tinker fühlt sich von Eireen nicht bedroht. Er hat verstanden, dass sie ihm ein Freundschaftsangebot unterbreitet.«

Und wie geht es jetzt weiter?, wollte Lea gerade fragen, als sie sah, dass Eireen sich nun wieder ein wenig von dem Pferd abwandte und einige gemächliche Schritte von dem Tier weg machte. Sie runzelte die Stirn, doch dann sah sie, dass der Rappe Eireen folgte! Als die Frau nach wenigen Metern erneut stehen blieb, blieb auch das Pferd stehen. Jetzt stand es aber so dicht hinter Eireen, dass sie sich nur umzudrehen brauchte, um es mit ausgestrecktem Arm berühren zu können.

»Es hat gemerkt, dass Eireen in Ordnung ist«, übersetzte Ray. »Sie hat das Pferd eingeladen, ihr zu folgen und es hat geantwortet, dass das okay sei. Jetzt darf Eireen den Tinker berühren, siehst du? Sie hält ihm die Hand hin, damit er ihren Geruch aufnehmen kann, und wenn er dann einwilligt, kann sie ihn anfassen. Jetzt.«

Während Ray sprach, beobachtete Lea weiter das Geschehen. Eireen stand dicht an der Seite des unbekannten Pferdes und streichelte es vorsichtig.

»Das sieht alles sehr gut aus«, schaltete sich Conor ein. »Offensichtlich ist das Tier an Menschen gewöhnt und bereit, ihnen zu folgen. Aber warum hat es jemand hier ausgesetzt?«

Eireen kam nun zu ihnen zurück an den Zaun und der Tinker folgte ihr, blieb aber in gebührendem Abstand zu den beiden anderen Pferden und den fremden Menschen stehen.

»Ein tolles Pferd«, sagte Eireen, während sie sich wieder unter dem Zaun durchquetschte. »Es scheint gut sozialisiert zu sein, kommt mit unseren beiden Wallachen hier und mit Menschen gut zurecht.«

»Warum wollte es dann jemand loswerden?«, fragte Lea.

Eireen zuckte mit den Schultern. »Tinker werden bei uns häufig als Kutschpferde verwendet. Bei Touristen hier in Irland ist es sehr beliebt, sich die Insel per Kutsche zeigen zu lassen. Vielleicht ist es zu alt, um seine Arbeit noch zu verrichten und wurde deshalb aussortiert. Die Zähne habe ich mir jetzt noch nicht angeschaut. Ich wollte der Stute erst einmal Zeit lassen, hier anzukommen, bevor ich zudringlich werde.« Sie grinste und sah dabei fast ein wenig aus wie Ray. »Aber siehst du den Senkrücken und die vorstehenden Hüftbeine?«

Lea nickte. Ja, jetzt, wo Eireen sie darauf aufmerksam machte, bemerkte sie, dass der Rücken durchhing und das Pferd tatsächlich nicht mehr ganz jung aussah.

»Wenn das Tier nur noch Kosten verursacht und keine Leistung mehr bringt, kommen manche Menschen auf die Idee, es zu entsorgen.« Sie seufzte. »Im Grunde bin ich froh, wenn jemand sein Pferd, das ihm jahrelange gute Dienste geleistet hat, nicht einfach aussetzt oder zum Abdecker bringt. Aber was nun genau der Grund war, wird wohl für immer ein Geheimnis bleiben.«

»Mystery«, wiederholte Lea nachdenklich.

»Klingt eigentlich ganz schön, oder?«, überlegte Ray.

»Mystery?« Eireens Blick ruhte auf der Stute und ein Lächeln umspielte ihre Lippen. Lea hatte den Eindruck, dass Eireen bereits verliebt in den Neuzugang war. »Warum nicht? Mystery gefällt mir.«

Und Lea dachte, dass sich diese Aussage wohl nicht nur auf den neuen Namen der Stute bezog.

13

Ich wünsche dir die Kraft,
neue Wege guten Mutes voranzuschreiten

Irischer Segenswunsch

Sie wartete auf Brian. Der Tierarzt hatte zugesagt, im Verlauf des Vormittags noch einmal nach Beo zu schauen. Bei der Gelegenheit sollte er sich auch um Mystery kümmern.

Die Tinker-Stute durfte solange bei Skyrim und Donn auf der Weide bleiben. Die zwei Wallache und die Pferdedame kamen offensichtlich gut miteinander zurecht und Eireen hatte gesagt, sie hoffe einfach mal, dass die Stute keine ansteckenden Krankheiten habe und wenn doch, dann sei es jetzt vermutlich ohnehin zu spät, da die Pferde ja auch die Nacht schon miteinander verbracht hatten.

Ray hatte plötzlich irgendeinen Termin. Er hatte nicht gesagt, bei wem oder warum und Lea hatte sich nicht getraut zu fragen. Es kam ihr aber merkwürdig vor, denn vorher hatten sie doch geplant, den Tag zusammen zu verbringen? Sie hatte ihn vorhin mit Eireen reden sehen und einige Wortfetzen aufgeschnappt. »Du musst sowieso zu ihr«, hatte Eireen gesagt. »Wieso dann nicht direkt heute?«

Jetzt grübelte sie darüber nach, ob es sich vielleicht um eine Verabredung mit einem Mädchen handelte? Sie ermahnte sich selbst, nicht so albern zu sein. Was ging es sie an, mit wem Ray sich traf? Und wieso interessierte sie sich eigentlich dafür? Es konnte ihr doch ganz egal sein. Oder? Sie waren schließlich kein Paar! Sie hatten sich nicht einmal geküsst! Aber warum bekam sie dann weiche Knie, wenn sie an ihre Nacht mit Ray im Stroh dachte? Und warum hatte sie sich in Rays Armen so wohlgefühlt? Da war doch was zwischen ihnen! Oder bildete sie sich das alles nur ein?

Ray hatte ihr angeboten, sie zu Schorsch zu bringen, bevor er sich auf den Weg zu seinem geheimnisvollen Termin machte. Aber Lea wollte unbedingt noch erfahren, was Beos Untersuchung durch den Tierarzt ergab.

»Natürlich, Liebes«, hatte Eireen ihr Einverständnis gegeben. »Du kannst so lange hierbleiben, wie du möchtest.«

Wenn Brian sein Okay gab, durfte Beo vielleicht heute bereits zusammen mit Bella in den kleinen Paddock umziehen, der unmittelbar an das Stallgebäude angrenzte.

Und so saß Lea jetzt auf einem Strohballen in Beos Box und wartete auf die Ankunft des Tierarztes. Zum ersten Mal seit Tagen dachte sie, dass es jetzt vielleicht ganz schön wäre, wenn sie ihr Smartphone zur Hand hätte. Dann hätte sie Mum eine Nachricht schicken oder mit ihr telefonieren können. Vielleicht hätte sie sich sogar getraut, Emmy ein paar Urlaubsgrüße zu senden. Aber ihr Handy lag irgendwo ganz unten in ihrem Koffer in Schorschs Haus. Vergessen. Unwichtig geworden.

Unwichtig schien sie auch Beo zu sein. Er hatte zunächst etwas nervös reagiert, als sie zu ihm ins Stallabteil gekommen war. Aber seit sie ruhig auf dem Strohballen in der Ecke saß, hatte er sie offensichtlich vergessen und stand wie zuvor so nah wie möglich an der Trennwand zu Bellas Box und döste.

Leas Blick ruhte auf ihrem Pferd. Ja, es war komisch, aber sie betrachtete Beo als ihr Pferd. Nicht, dass sie sich jemals ein eigenes Pferd gewünscht hätte, aber seit sie ihr Spiegelbild in Beos braunen Augen gesehen hatte, spürte sie eine nicht näher erklärbare Bindung an dieses Lebewesen.

Sie dachte an Eireen und Mystery. Eireen, die so abgeklärt war und sich seit Jahren um so viele verschiedene hilfsbedürftige Pferde gekümmert hatte und die dann plötzlich aus heiterem Himmel auf sonderbare Weise von innen heraus strahlte, als gäbe es eine ganz besondere Verbindung zwischen ihr und der Tinker-Stute.

Und Ray, der Tränen in den Augen hatte, wenn er von Donn sprach. Der einen ganz weichen Gesichtsausdruck bekam, wenn er den Falben berührte.

Sie selbst war kein Pferdeprofi. Noch nicht. Aber trotzdem hatte sie das Gefühl, Beo sei *ihr* Pferd. Als gäbe es eine ganz besondere Bindung zwischen ihnen. Eine Bindung über Artengrenzen hinweg. Und zum ersten Mal konnte sie verstehen, warum manche Menschen so pferdeversessen waren.

Aber einen Unterschied gab es dennoch: Mystery hatte sich Eireen augenblicklich vertrauensvoll angeschlossen. Und dass Donn Ray liebte, war nicht zu übersehen. Er kam, sobald er ihn am Zaun erblickte. Er brummelte ihm zur Begrüßung zu, er suchte körperliche Nähe zu Ray.

Und Beo?

Er wandte ihr den Hintern zu und schien sie auch ansonsten nicht weiter zu beachten.

Lea seufzte und schloss die Augen. Was hatte Ray heute Morgen zu ihr gesagt?

Pferde spüren, wie wir uns fühlen. Wenn du zuversichtlich bist, wenn du an dich glaubst, dann glaubt dein Pferd auch an dich. Wenn du an dir zweifelst, dann wird dein Pferd auch an dir zweifeln. Pferde wollen uns vertrauen, sie wollen dem Menschen folgen, aber sie tun es nur, wenn sie uns auch vertrauen können.

Was bedeutete das also? Wandte sie sich quasi selbst den Hintern zu? Beachtete sie sich selbst nicht genug? Oder was sollte Beos Verhalten ihr spiegeln?

»Here we are.«

Ein Lichtstrahl erhellte die Stallgasse und Lea hörte die schweren Schritte des riesenhaften Tierarztes und die nicht weniger prägnanten Eireens näher kommen.

Eireen strahlte sie über die Boxentür hinweg an. »Darling!«

Leas Herz begann augenblicklich schneller zu schlagen und auch in Beo kam Bewegung.

Hatte er bislang mehr oder weniger geschlafen, so versuchte er nun, sich im hintersten Winkel der Box in Luft aufzulösen.

Brian ließ dem Fuchs genügend Raum. »Okay«, sagte er, nachdem er die Wunde aus der Distanz begutachtet hatte. »Das sieht gut aus. Erstaunlich gut sogar. Ich bin überrascht, dass die Verletzung so schnell ausheilt.«

»Meinst du, wir können ihn mit seiner kleinen Freundin schon aufs Paddock rauslassen?«

Der Tierarzt nickte. »Die Wunde ist, wenn auch oberflächlich, geschlossen. Paddock sollte kein Problem sein. Auf die Weide würde ich ihn allerdings noch nicht lassen. Da ist die Infektionsgefahr zu groß. Und er braucht dringend etwas Fellpflege, oder?«

»Und wie«, stimmte Eireen zu. »Aber er lässt uns nicht an sich ran! Bislang hatten wir noch keine Chance, ihn zu scheren und zu waschen.«

Brian schüttelte den Kopf. »Diese armen Kreaturen«, sagte er. »Sie haben niemandem etwas getan. Ich hoffe, ihr schafft es, dem bedauernswerten Kerl wieder Vertrauen in die Menschen zurückzugeben.«

»Wie bekommen wir Beo denn in den Paddock?«, erkundigte sich Lea bei Eireen, nachdem der Tierarzt gegangen war. Er hatte Mystery untersucht und Eireens Einschätzung, dass die Stute schon älter, aber dennoch gesund war, zugestimmt. »Die Zähne sind vermutlich durch falsche Ernährung scharfkantig. Die solltet ihr machen lassen, aber ansonsten sieht sie altersentsprechend gut aus.«

»Ja, darüber habe ich auch schon nachgedacht«, antwortete Eireen jetzt auf Leas Frage. »Normalerweise würde ich sagen, er wird Bella folgen, wenn wir sie voranführen. Aber in seinem Fall bin ich mir da nicht so sicher.«

»Das hat ja auch beim Einfangen schon nicht funktioniert«, gab Lea zu bedenken.

»Genau. Deshalb wird uns wohl nichts anderes übrig bleiben, als den mobilen Zaun zu Hilfe zu nehmen. Das macht zwar Arbeit, aber lieber gehen wir auf Nummer sicher.«

»Mobiler Zaun?«

»Ja, ein Zaunsystem, das variabel aufgebaut werden kann. Es ist zwar nicht besonders stabil, aber das Einzige, was mir einfällt. Lass uns hoffen, dass es klappt und Beo die Absperrung respektiert.« Leiser, fast als würde sie zu sich selbst sprechen, fügte sie hinzu: »Hoffentlich haben wir genügend Material zur Verfügung. Ich sage Bob Bescheid, vielleicht kannst du ihn beim Aufbau unterstützen?«

»Klar«, sagte Lea. »Das mache ich gerne.«

Eireen ließ Lea und Beo allein zurück und machte sich auf die Suche nach Bob.

Lea lehnte sich gegen die Stallwand und beobachtete den Fuchs. Seine traurigen, fast schon toten Pferdeaugen, die sie nicht einmal anschauten. Teilnahmslos, als habe er sich völlig aufgegeben. Hoffnungslos und ohne jeden Lebensfunken.

Sie kämpfte noch gegen die aufsteigenden Tränen an, als sie erneut das Quietschen der Stalltür vernahm und Bob auf sie zukam.

»Hey!«, grüßte er sie. »Da bist du ja! Eireen sagt, du hilfst mir, den Zaun aufzubauen, damit Beo ins Paddock umziehen kann?«

Lea schluckte und nickte. Zu mehr war sie im Augenblick nicht in der Lage.

»Fein«, sagte Bob. Seine optimistische Art ließ Lea neue Hoffnung schöpfen.

Einen Schritt nach dem anderen, ermahnte sie sich selbst. Beo war in Sicherheit. Seine Wunde verheilte. Und sowie es ihm physisch besser ging, würden auch seine seelischen Wunden heilen. Zumindest war sie bereit, alles, was in ihrer Macht stand, dafür zu tun.

Bob war äußerst geschickt. Umso mehr fühlte sich Lea wie ein Klotz am Bein. Obwohl ihre Aufgabe lediglich darin bestand, den einen oder anderen Pfosten festzuhalten oder Bob weiteres Zaunmaterial zu bringen, stolperte sie über das zu spannende Seil zwischen den Pfählen oder ließ die Pfosten zu früh los, sodass sie umfielen und erneut aufgerichtet werden mussten. Aber schließlich hatten sie es geschafft und sogar die letzten Meter des Weges vom Stallgebäude zum Paddock mit improvisierten Mitteln links und rechts begrenzt.

Bob hob die Hand zum High five und Lea schlug ein.

Schon der Versuch, Beo einen Führstrick anzulegen, scheiterte. Der Fuchs drehte sich jedes Mal zitternd von ihnen weg, sobald sich jemand seinem Kopf näherte.

»Also gut«, sagte Eireen schließlich. »Wenn wir es nicht mit Gewalt machen wollen, müssen wir es anders versuchen. Lea, am besten übernimmst du Bella und gehst vorneweg, Bob und ich versuchen Beo dazu zu bringen, euch zu folgen.«

Leas Herz klopfte bis zum Hals, während sie Bella den Führstrick anlegte. Was sollten sie tun, wenn Beo die Absperrung einfach ignorierte? Bob hatte gesagt, es mache keinen Sinn, Strom auf die Drähte zu geben, weil Beo das Prinzip der Stromzäune vermutlich gar nicht kenne. Und wenn er es kannte, war auch kein Strom nötig, um ihn von einem Ausbruch abzuhalten. Denn dann würde er ja glauben, dass der Zaun Strom führe, und es gar nicht erst ausprobieren. »Die Arbeit können wir uns also sparen«, hatte er abschließend gesagt.

Lea konnte sich nicht vorstellen, dass die dünnen Seile in Brusthöhe des Pferdes irgendeinen zurückhaltenden Einfluss auf Beo ausüben würden. Er brauchte einfach nur hindurchzulaufen und die Bänder würden im Wind hinter ihm herflattern, während er das Weite suchte.

Bella hatte wenigstens kein Problem damit, sich den Führstrick anlegen zu lassen. Brav folgte sie Lea die Stallgasse entlang.

Bob öffnete die Tür zu Beos Box und Eireen wollte soeben das Stallabteil betreten, als der Fuchs bereits an ihr vorbeistürmte.

»Vorsicht!«, riefen Bob und Eireen Lea hinterher und sahen hilflos zu, wie das Pferd durch die Stallgasse preschte.

Einem Instinkt gehorchend drehte Lea sich um und hob abwehrend die Arme. Lieber wäre es ihr gewesen, sie hätte sich zu irgendeiner Seite in Sicherheit bringen können, aber dafür war in der Stallgasse schlicht und ergreifend kein Platz.

Beo raste auf sie zu, als wäre der Teufel hinter ihm her. Die Stallgasse war so schmal, dass zwei Pferde kaum nebeneinander stehen konnten.

Lea ahnte Schlimmstes und kämpfte gegen den Drang an, ihre Augen zu schließen, doch dann bremste Beo abrupt ab. Bremsen war das Wort, das Lea als Erstes dazu einfiel und sie fühlte sich augenblicklich an die Comics erinnert, die sie in ihrer Kindheit gelesen hatte, in denen der Held auf seinem Pferd durch die Prärie rauscht. So wie dieses Pferd in dem Comic aus vollem Galopp stoppte, so stoppte auch Beo in diesem Augenblick. Er stemmte die Hufe in den Boden und streckte die Vorderläufe durch, während die Hinterläufe einknickten und die Kruppe sich absenkte. Hätte er sich nicht gerade in einer irischen Stallgasse befunden, sondern in der Prärie, so wäre jetzt hinter ihm eine Staubwolke zu sehen gewesen.

Einen halben Meter vor Lea kam Beo zum Stehen. Er zitterte und Lea konnte das Weiße in seinen Augen erkennen. Aber er stand.

»Okay«, ertönte Eireens Stimme von hinten. »Dreh dich wieder um und geh langsam weiter!«

Lea gehorchte. Sie hörte das Klappern von Beos Hufen hinter sich und ihr Herz raste.

Beo hingegen schien jetzt, nachdem er wieder in Bellas Nähe war, ruhiger zu werden. Er hielt den Abstand von etwa einem Meter ein und folgte Lea und Bella durch den links und rechts mit dem mobilen Zaun vorgezeichneten Weg.

Das Gatter zum Paddock stand bereits offen. Lea führte Bella hinein und Beo folgte.

Eireen und Bob hatten sich, nachdem sie sahen, dass Beo keinen zusätzlichen Antrieb benötigte, zurückfallen lassen, um den Fuchs nicht weiter zu bedrängen. Jetzt schloss Eireen das Gatter und atmete erleichtert aus.

Lea löste den Führstrick von Bellas Halfter. Das Pony hatte den Paddock schnurstracks durchquert und Lea dabei mit sich gezogen. Jetzt stand es bereits vor der Heuraufe und Lea fühlte sich an Flicka erinnert. Bella hatte ja ebenso wie der Grauschimmel die Erfahrung machen müssen, was es hieß zu hungern. Im Gegensatz zu ihr war es bei Bella auch bitter nötig, noch etwas mehr auf die hervorstehenden Rippen zu bekommen.

Beo hingegen war in der Mitte des Paddocks stehen geblieben und schien den Himmel zu betrachten, als sähe er ihn zum ersten Mal.

Irgendetwas im Ausdruck seiner Augen hatte sich verändert. Er wirkte … *ruhiger*, dachte Lea. Wie gern hätte sie das Pferd jetzt berührt, es gestreichelt und ihm versichert, dass alles wieder gut werden würde. Aber allein ihr Gedanke schien dafür zu sorgen, dass Beo nervös wurde. Er wich zurück, als Lea jetzt auf dem Weg zum Gatter an ihm vorbeiging.

Bob hatte den mobilen Zaun überraschend schnell wieder abgebaut. Eireen kümmerte sich um die anderen Pferde. Und Lea lehnte am Gitter des Paddocks.

Ab und zu kam Smokie auf seinen Streifzügen an ihr vorbei und schnupperte, ob es sich immer noch nur um eine Möhre handelte, die Lea in der Hand hielt. Nachdem er sich vergewissert hatte, dass die Möhre nicht plötzlich zu etwas Fleischigem geworden war, wandte er sich verächtlich ab und zog weiter.

Auch Beo wandte Lea verächtlich den Hintern zu. Auch ihn schien die Möhre in ihrer Hand nicht zu interessieren. Bella hingegen hatte sich bereits zwei bei ihr abgeholt und machte keinen Hehl daraus, dass sie einer dritten gegenüber ebenfalls nicht abgeneigt war.

Leas Beine wurden allmählich müde. Sie hatte das Gefühl, in einer Zeitschleife festzuhängen. Es ging nicht vor und nicht zurück.

Ray hatte offensichtlich viel Spaß bei seinem Rendezvous, jedenfalls war er noch nicht wieder aufgetaucht, und Lea überlegte, ob sie sich vielleicht auf den Heimweg zu Schorsch machen sollte. Hier schien jedenfalls niemand mehr Interesse an ihrer Gesellschaft zu haben.

Eireen hatte sie darin bestärkt, bei Beo zu bleiben. »Das ist die größte Unterstützung, die du im Augenblick leisten kannst. Bleib einfach bei ihm, damit er sich wieder an die Gesellschaft von Menschen gewöhnt und sieht, dass ihm keine Gefahr von uns droht.« Aber Lea kam sich zunehmend überflüssig und nutzlos vor. Sie konnte einfach absolut keine Veränderung in Beos Verhalten sehen. Ob sie nun hier rumstand oder nicht – das schien ihm völlig gleichgültig zu sein.

Seufzend drehte sie sich um und schlurfte mit hängenden Schultern und gesenktem Kopf in Richtung des Wohnhauses. Sie würde Eireen Bescheid sagen, dass sie morgen noch einmal wiederkam. Oder übermorgen. Oder …

Ein merkwürdiges Gefühl im Rücken ließ sie noch langsamer werden. Einem inneren Drang folgend, blickte sie über die Schulter zurück auf Beo.

Und da stand er. Unmittelbar am Zaun, an dem sie bis eben ausgeharrt hatte. Und schaute ihr hinterher.

Er konnte den Himmel sehen!

Der Mensch war gekommen, der Mensch, der ihm Schmerzen verursacht hatte. Vor ihm fürchtete er sich am meisten. Aber er spürte auch, dass dieser Mensch sehr mächtig war. Und er strahlte viel Ruhe aus. Er war stark und er wusste das.

Und sein *Mensch war auch dabei gewesen. Dieser Mensch war nervös, unruhig, ängstlich. Aber er war ungefährlich und er spürte, dass dieser Mensch ihm nichts tun wollte.*

Dann hatten sie seine Freundin wieder wegbringen wollen! Er wollte nicht, dass sie sie wegbrachten! Er wollte da sein, wo sie war! Und sobald er die Chance bekam, hatte er sie genutzt. Er war einfach seiner Freundin hinterhergelaufen und jetzt war er hier. Mit ihr. Hier fühlte es sich schon viel besser an als in der Dunkelheit. Hier konnte er die Gegend überblicken.

Sein Mensch stand immer noch am Zaun. Er wirkte traurig. Hoffnungslos. Unsicher. Und ungefährlich. Alles andere als mächtig. Eher schutzbedürftig. Er spürte seine Traurigkeit und er erkannte einen Teil von sich darin wieder.

Er fühlte sich dem Menschen auf unbestimmte Weise verbunden. Vielleicht einfach, weil er immer da war. Vielleicht, weil dieser Mensch ihm bis jetzt noch keine Schmerzen zugefügt hatte. Vielleicht, weil er spürte, dass dieser Mensch ihn mochte. Es war ganz gut, dass er da war. Dass er dort stand, gefiel ihm. Er konnte ruhig da stehen bleiben.

Aber huch? Er drehte sich um? Er ging?

Der große Fuchs trat näher an den Zaun heran. Er blickte dem Menschen hinterher, spürte dessen Traurigkeit, seine Verzweiflung, fast wie seine eigene.

Leas Herz wurde ganz groß in ihrer Brust. Sie schnappte nach Luft und konnte sich gerade noch beherrschen, ihrer Freude nicht lautstark Ausdruck zu verleihen.

Und jetzt?

Was sollte sie jetzt tun? Weitergehen? Stehen bleiben? Zurückgehen? Würde Beo dann erneut vor ihr zurückweichen? Ach, warum war es so verdammt schwer zu wissen, was das Richtige war.

Hör auf dein Herz, sprach Lea sich selbst Mut zu. Sie dachte an Ray, der ihr immer und immer wieder gut zuredete, an sich selbst zu glauben. An ihre eigene Kraft.

Langsam, mit gesenktem Blick und nicht direkt auf Beo zugehend, schlich sie zurück zum Zaun.

Beo blieb stehen. Den Kopf hatte er hoch erhoben und schien mit steifem Hals sehr darum bemüht, bei ihr zu bleiben und zugleich so weit, wie es ihm möglich war, vor ihr zurückzuweichen.

In Zeitlupe hob Lea ihre Hand und streckte sie aus, jederzeit bereit, sie wieder zurückzuziehen, wenn Beo ihr zu verstehen gab, dass er nicht von ihr berührt werden wollte.

Aber Beo bewegte sich nicht. Er atmete schnell und heftig, als wäre er furchtbar aufgeregt, während Leas Hand näher und näher kam. Lediglich mit den Fingerspitzen berührte Lea den Hals des Pferdes und spürte dennoch das Zittern seiner Muskeln. Es schien eine Art übernatürlicher Anstrengung für ihn zu bedeuten, seinen Fluchtinstinkt zu unterdrücken. Aber er schaffte es – bis sich aus Leas Kehle vor lauter Rührung ein Schluchzen löste.

Beo zuckte zusammen und wich zurück. Der magische Moment war vorbei. Aber jetzt wusste Lea, dass ihr Kämpfen sich lohnte.

14

Mögest du lernen,
dir selbst eine gute Freundin zu sein
Irischer Segenswunsch

»Na, wie war dein *Date*?« Lea hievte schwungvoll den aufgesammelten Pferdeapfel mit der Mistgabel auf die Schubkarre.

Ray verzog das Gesicht und fasste sich an den Mund. »Mir tut alles weh.«

»Zu viel geknutscht?« Der Satz war raus, bevor Lea ihn zurückhalten konnte. Aber Ray lachte nur. Und in Lea explodierte etwas. Sie wollte es sich nicht länger gefallen lassen, dass alle mit ihren Gefühlen spielten. War es nicht Ray selbst gewesen, der ihr gut zugeredet hatte, sie müsse mehr an sich glauben? Sie müsse besser auf ihre Gefühle hören? Sich selbst wichtig nehmen? Und jetzt? War es etwa korrekt, was er machte?

»Wie sieht sie denn aus?«

»Wer?«

»Dein Date! Ist sie blond?«

»Ach so … Ja, sie ist blond, aber ich glaube nicht echt.«

»Gefärbt?«

Ray nickte.

»Sie legt also viel Wert auf ihr Äußeres, ja?«

Ray runzelte die Stirn. »Ja, ich glaube schon.«

Lea schnaubte und erntete dafür erschreckte Blicke von Apple und Ciri.

Na, toll, schalt sich Lea. Da war sie doch glatt schon wieder reingefallen. Dabei war sie fest davon überzeugt gewesen, dass Ray anders war. Aber da hatte sie sich wohl gewaltig geirrt. Mal wieder. Er war auch nur einer von denen, die auf blond gefärbte, geschminkte Tussis standen.

»Was ist los?«, wollte Ray wissen. »Warum bist du plötzlich so zickig?«

»Zickig? Ich bin zickig?« Lea stützte sich auf die Mistgabel und funkelte Ray wütend an. »Wieso …«

»Hallo! Da seid ihr ja!« Stella hüpfte, ein Brot in der Hand, in das sie während des Laufens biss, am Zaun entlang. »Na, Bruderherz? Wie war's beim Zahnarzt?«

»Wie erwartet«, nuschelte Ray, den Blick unverwandt auf Lea gerichtet. »Ich erzähle gerade Lea davon.«

Leas Mund stand offen. Sie spürte, wie ihr die Schamesröte ins Gesicht stieg.

»Hat es wehgetan?«, wollte Stella wissen.

»Nein, eigentlich nicht.« Er fasste sich wieder an die Lippen. »Aber jetzt tut mir alles weh, weil ich den Mund so lange aufsperren musste.«

»So wie Lea jetzt?«, fragte Stella ungeniert nach.

Ray grinste. »Ja, ungefähr so.«

»Ich finde ja, Frau Dr. Burke sieht so gruselig aus, dass man schon ganz von selbst den Mund aufsperrt, wenn man sie sieht. Diese toupierten Haare und der grelle Lippenstift, den sie immer trägt …« Stella schüttelte sich. »Dabei ist sie eigentlich ganz nett.«

Rays Grinsen wurde noch breiter. »Ja, nett ist sie. Wie war's denn bei Abbie?«

»Gut.« Stella schob Apple von sich, die gerade versuchte, etwas von ihrem Brot zu stibitzen. »Du bekommst kein Brot, das weißt du doch.« Sie schob sich schnell das letzte Stück in den Mund. »Mum sagt, ihr könnt in zehn Minuten zum Essen kommen. Es gibt Quiche!«

»Danke, Schwesterherz«, antwortete Ray. »Wir machen noch schnell die Weide, dann kommen wir.«

»Okay«, flötete Stella und hüpfte davon.

Lea traute sich nicht, Ray in die Augen zu schauen. Sie kam sich so albern vor! Stattdessen starrte sie auf die halbvolle Schubkarre.

»Ich könnte jetzt sagen, ich stehe gar nicht auf blond, aber das wäre wohl auch falsch, oder?«

Über Leas Gesicht huschte ein Lächeln. »Probier es doch aus«, forderte sie und hob in einer drohenden Geste die Heugabel.

»Lieber nicht.« Ray lachte.

Das Stück Quiche, das Eireen ihr neben den Riesensalatberg auf den Teller legte, war gigantisch. Aber Lea protestierte nicht. Die Arbeit auf dem Hof machte hungrig. Sie schaute auf, als das Schlurfen von Pantoffeln näher kam.

Grandpa, heute mal wieder in seinen gestreiften Morgenmantel gekleidet, betrat die Küche und starrte mit angestrengtem Blick auf einen zerfetzten Plastikklumpen in seiner Hand.

»Was hast du da, Dad?«, fragte Eireen geistesabwesend, während sie weiter Teller auffüllte.

Wortlos streckte der alte Mann die Hand aus und präsentierte seine völlig zerfledderte Medikamentenschachtel.

»O mein Gott!«, entfuhr es Eireen. »Was hast du gemacht?«

»Das verdammte Ding geht nicht auf«, sagte der alte Mann verzweifelt.

»Und dann hast du es mit der Axt zerlegt, oder was?«, erkundigte sich Ray und griff nach der Plastikschachtel.

»Nein, mit der Säge«, antwortete der Alte und schaute dabei todernst.

Ray musterte die längliche blauweiße Form, aus der überall scharfkantige Plastiksplitter hervorragten. Vorsichtig versuchte er den Deckel zu verschieben, ohne sich zu verletzen. »Es hakt«, stellte er fest.

»Sag ich doch«, bestätigte Mr Nolan.

»Ja, aber es hakt, weil du es komplett zerstört hast«, schimpfte Eireen. »Seit wann hast du denn deine Tabletten jetzt nicht mehr genommen?«

Der alte Mann zuckte mit den Schultern und schaute seine Tochter verzweifelt an.

»Ach, Dad«, seufzte Eireen. »Wenigstens hast du dich nicht verletzt.«

»Ich hab's«, rief Ray und hielt den völlig zerstörten Deckel in der einen Hand und die Schachtel mit 7 kleinen Fächern in der anderen. »Sieht so aus, als wären alle Tabletten von heute noch drin.«

»Also hast du weder heute Morgen noch heute Mittag deine Tabletten genommen?«, wollte Eireen wissen, erntete aber wieder nur ein Schulterzucken.

»Komm, Grandpa«, sagte Stella und klopfte auf den Stuhl neben sich. »Wir essen zusammen, dann kannst du deine Tabletten nehmen.«

Der Alte lächelte ihr dankbar zu und ließ sich auf den freien Platz sinken.

»Ich hab noch einen Medikamentendosierer in meiner Schreibtischschublade in Reserve«, ließ sich Conor vernehmen. »Den hol ich dir gleich nach dem Essen.«

Lea betrachtete die Menschen, die sich hier um den Tisch versammelt hatten und die zurzeit so etwas wie ihre Familie waren. Jeder auf seine Weise nahm Anteil an den anderen und kümmerte sich.

Lea spürte ein Gefühl der Zuneigung zu jedem Einzelnen von ihnen. Es fühlte sich warm und geborgen an, ein Teil von ihnen zu sein. Wenn auch nur für eine kurze Zeit.

»Das ist doch ein super Fortschritt!«

»Ja, es hat sich auch toll angefühlt«, bestätigte Lea. »Aber ich frage mich, wie ich Beo helfen kann zu verstehen, dass er hier in Sicherheit ist und ihm von uns keine Gefahr droht.«

Sie lehnten am Zaun des Paddocks und beobachteten Beo und Bella, die friedlich nebeneinander an der Heuraufe standen. Leas Stimme hatte gezittert, als sie Ray berichtet hatte, wie Beo sie mit seinem Blick zurück zu ihm an den Zaun gerufen hatte und wie sie ihn berühren durfte.

Jetzt wandte sich Ray zu Lea um und sah sie direkt an. »Wenn wir versuchen, den Tieren etwas beizubringen, dann vergessen wir oft, dass sie nicht wie wir Menschen denken. Und andererseits vertrauen wir manchmal zu wenig darauf, dass sich die grundlegenden Gefühle von Tieren gar nicht so groß von unseren unterscheiden. Sie sprechen eine andere Sprache, sie kommunizieren anders, aber ihre Bedürfnisse sind unseren im Grunde ganz ähnlich. Stell dir vor, dich hätte jemand furchtbar enttäuscht.«

Lea spürte einen Stich im Herzen. Vorstellen? Sie brauchte sich nicht vorzustellen, wie es sich anfühlte, enttäuscht zu werden – oder wie es sich anfühlte, jemanden zu enttäuschen.

»Und nun kommt einer an«, fuhr Ray fort, »und will dich davon überzeugen, dass du ihm vertrauen kannst. Was würdest du brauchen, um ihm zu glauben?«

Lea zuckte mit den Schultern. »Ich würde mir wohl genau anschauen, wie er sich mir gegenüber verhält. Ich bräuchte Zeit und das Gefühl, dass er für mich da ist, ohne etwas von mir zu fordern, dass ich nicht oder noch nicht bereit bin zu geben.«

Auf Rays Gesicht breitete sich ein zufriedenes Grinsen aus und Lea verstand: Ray hatte ihr nicht nur erklärt, dass sie darauf warten musste, bis Beo ihr seine Freundschaft von sich aus anbot, sondern auch, dass er, Ray, darauf wartete, dass sie den ersten Schritt auf ihn zumachte.

Lea biss sich auf die Unterlippe und nickte stumm. War sie dazu bereit?

Ray atmete hörbar ein und aus. »Wie sieht's aus?«, wollte er wissen. »Es wird allmählich dunkel. Soll ich dich zu Schorsch fahren? Oder bleibst du noch eine Nacht hier?«

Lea fühlte sich zerrissen zwischen dem Wunsch zu bleiben und dem Bedürfnis nach Ruhe, nach Klarheit. In ihrem Kopf drehte sich alles. Ray, Beo, Emmy, Mum und Dad …

»Ich glaube, ich sollte nach Hause … also zu Schorsch.«

»Okay.«

Ray wirkte niedergeschlagen. Oder bildete sie sich das nur ein? Hatte er gehofft, sie würde bleiben? Bei ihm bleiben? Und hatte sie selbst das nicht auch irgendwie gehofft?

Vertrauen.

Konnte sie Ray vertrauen?

Konnte sie sich selbst vertrauen?

Sie genoss es, sich während der Fahrt an Rays Rücken zu schmiegen. Und sie bereute es, sich dafür entschieden zu haben, diese Nacht nicht bei ihm zu verbringen.

Balou und Raksha stürmten, aufgeschreckt durch das knatternde Motorgeräusch, auf sie zu, als Ray sein Mofa vor Schorschs Haus zum Stehen brachte. Aber sobald sie Lea und Ray erkannten, verwandelte sich ihr warnendes Kläffen in ein freudiges Junkern und Bellen. Die Sonne stand bereits tief und tauchte den Himmel in ein purpurnes Farbenspiel.

Lea stützte sich auf Rays Schultern und stieg von der Sitzbank. Die Bewegungen fielen ihr schwer. Als wäre sie mindestens 70 Jahre alt. Mit steifen Knochen und zitternden Gliedern. Als wehre sich ihr Körper gegen die Entscheidungen ihres Geistes.

Ray sah nicht weniger unglücklich aus. Lea blieb neben dem Mofa stehen und wartete. Auf was sie wartete, hätte sie selbst nicht sagen können.

»Kommst du morgen?«, wollte Ray wissen.

»Kann ich morgen wieder zu euch kommen?«, fragte Lea gleichzeitig.

Ray lächelte. »Klar«, antwortete er. »Beo braucht dich.« Er machte eine kurze Pause. »Und nicht nur er.«

Jetzt war es Lea, die lächelte. Sie streckte, einem Impuls folgend, die Hand nach Ray aus. Sie wollte ihn einfach irgendwie spüren, ihm nah sein.

Seine Hand kam ihrer entgegen. Es war elektrisierend, als ihre Fingerspitzen sich berührten, und die Welt ringsum versank im Nebel. Ihre Finger verschränkten sich ineinander und dann waren da nur noch Rays grüne Augen und die dunklen Haare, die ihm in die Stirn fielen, sein Mund, der immer noch zu einem Lächeln verzogen war.

Jetzt, dachte Lea. Jetzt müsste sie sich vorbeugen und Ray küssen. *Jetzt ...*

Aber sie rührte sich nicht.

Und dann war auch dieser Moment wieder vorbei.

Ray räusperte sich. Er zog seine Hand zurück und umschloss den Gashahn am Lenker. »See you«, sagte er und bevor Lea Gelegenheit hatte, etwas zu erwidern, wendete er und knatterte, ein paar Meter von Balou und Raksha verfolgt, davon.

Lea stand mit dem Rücken zum Cottage auf dem Kiesvorplatz. Sie blickte Ray hinterher und fühlte sich auf einmal sehr einsam. Als sie sich umdrehte, schaltete Schorsch gerade das Licht im Haus an. Ein warmer einladender Schein ergoss sich wie ein Weg durch die offen stehende Tür nach draußen zu Lea.

Perfektes Timing, dachte Lea, und folgte dem Weg.

»Ich habe deiner Mutter gesagt, dass alles in Ordnung ist.« Schorsch räumte gerade die benutzten Teller ins Spülbecken und drehte sich nun zu Lea um, die noch am Tisch saß und die Katze auf ihrem Schoß streichelte. »Das ist es doch, oder?«

Kaa schnurrte laut und Lea nickte. Schorsch hatte also mit ihrer Mutter telefoniert, während sie bei den Nachbarn gewesen war. »Ist es für dich denn okay, wenn ich tagsüber bei den Nolans bin?«

Schorsch lehnte mit dem Rücken an der Küchentheke und trocknete sich die Hände an einem Geschirrtuch ab. »Natürlich«, antwortete er. »Für mich ist alles okay, was sich für dich richtig anfühlt.« Er seufzte. »Aber vielleicht solltest du deine Mum mal anrufen?«

Lea horchte in sich hinein. Auf der einen Seite verspürte sie eine große Sehnsucht nach ihrer Mutter, nach ihrem Leben in Deutschland. Auf der anderen Seite genoss sie das Gefühl, gerade nur für sich selbst verantwortlich zu sein. Das Leben, das sie bislang geführt hatte, gab es nicht mehr. Ihre Familie war nicht länger ihre Familie. Klar, ihre Mutter war ihre Mutter und würde es immer bleiben. Und ihr Vater war und blieb ihr Vater. Aber ihr Verhältnis zueinander hatte sich geändert. Und Lea wusste im Augenblick nicht, wo ihr Platz in dieser Beziehung war. Der einzige Ort, an dem sie sie selbst sein konnte, war zurzeit *Lost Horses Rescue*.

»Lea?«

»Ich ruf sie morgen an«, antwortete sie.

Schorsch lächelte.

Kaa wich nicht von ihrer Seite. Lea lag im Bett und versuchte zu schlafen. Aber die Katze saß auf ihrer Brust und traktierte sie laut schnurrend mit ihren Vorderpfoten, stieß ihr Köpfchen gegen Leas Kinn und tat einfach alles, um weiterhin gestreichelt zu werden.

Lea war darüber glücklich und unglücklich zugleich. Es fühlte sich einfach gut an, dass jemand dringend ihre Liebe und Aufmerksamkeit suchte. Wenn sie nur nicht so müde gewesen wäre …

Ihr Vater hatte ihr nie so seine Zuneigung gezeigt. Klar, sie wusste, dass er sie liebte. Aber die meiste Zeit war er einfach nicht da gewesen. Und immer hatte er ihr das Gefühl vermittelt, sie sei noch verbesserungswürdig. Nie war etwas, das sie gemacht hatte, einfach mal gut so.

Und vielleicht hatte dieses Gefühl, dass sie sich immer bis zum Äußersten anstrengen musste, um für Dad halbwegs gut genug zu sein, auch damit zu tun, dass sie jetzt manchmal von Ängsten geplagt wurde, dass ihr Vater in Wahrheit nicht ihre Mutter, sondern sie verlassen hatte, dass die beiden vielleicht noch ein glückliches kinderloses Paar wären, wenn es sie nicht gegeben hätte, wenn sie ihren Vater nicht zu oft enttäuscht hätte.

»Quatsch«, schalt sie sich selbst und Kaa hörte für eine Millisekunde auf zu schnurren, nur um danach noch ein paar Dezibel lauter wieder loszulegen.

Hallo Dad!

Wahrscheinlich wäre es dir lieber, wenn ich dir einfach nur eine Postkarte aus Irland mit vielen Grüßen sende. Streit und Kritik hast du nicht so gerne. Jedenfalls dann nicht, wenn dich die Kritik trifft. Du verteilst sie lieber. Aber ich liege hier im Bett und kann nicht schlafen, weil meine Gedanken im Kopf Karussell fahren. Wenn ich an mein Leben in Deutschland in den letzten Wochen denke, habe ich das Bild eines gigantischen ungeordneten Steinhaufens vor Augen. Kein Stein steht mehr auf dem anderen. Es ist ein Berg aus Steinen, der mir die Sicht und den Weg versperrt. Übrigens gibt es hier auch

gigantische Steinhaufen. Die sehen toll aus, sie gehören hierher und es gibt immer einen Weg daran vorbei.
Ich weiß noch nicht, ob ich dieses Bild von einem Steinhaufen, an dem auch Wege vorbeiführen, mit nach Hause werde nehmen können, wenn meine Zeit hier vorbei ist. Aber ich werde es auf jeden Fall versuchen.
Wenn ich nach Deutschland zurückkomme, wirst du nicht da sein, um mich in Empfang zu nehmen. Das weiß ich. Ich weiß nicht, wo du sein wirst und wann wir uns das nächste Mal sehen. Und obwohl wir uns so oft gestritten haben, obwohl du mir nie das Gefühl gegeben hast, gut genug für irgendetwas zu sein, werde ich dich in meinem täglichen Leben vermissen. Weil du mein Papa bist und weil ich dich liebe. Ich hoffe, wir finden einen Weg um den Steinhaufen herum, der zwischen uns liegt. Vielleicht können wir ihn sogar gemeinsam wegräumen. Aber das schaffe ich nicht allein. Dafür brauche ich dich! Wirst du mir helfen?

Lea

Kaa hatte sich an den Bettrand zurückgezogen und etwas beleidigt geschaut, als Lea aufgestanden war, um das Briefpapier und den Stift zu holen. Jetzt öffnete sie ein Auge und blickte Lea prüfend an. Als hätte sie gemerkt, dass sich Leas Stimmung verändert hatte.

Und tatsächlich fühlte sich Lea jetzt befreiter. Als wäre ihr eine Last genommen worden, weil sie endlich mal wenigstens einen Teil ihrer Wut auf ihren Vater rausgelassen hatte. Aber das reichte irgendwie noch nicht.

Liebe Emmy,

ich vermisse dich. Du fehlst mir. Unsere Gespräche, dein Lachen, dein Übermut, deine Zielstrebigkeit, deine Vernunft und deine Unvernunft. All das fehlt mir.
Ich habe die ganze Zeit das Gefühl gehabt, ich dürfe gar nicht jammern. Ich müsse jetzt die Starke sein. Stark für dich. Ich habe mich geschämt, dass ich nicht die Freundin für dich sein konnte, die ich hätte sein müssen. Schließlich, ja, ich spreche es jetzt mal aus, sitze nicht ich im Rollstuhl, sondern du.
Aber hier wird mir allmählich klar, dass ich trotzdem auch jammern darf. Du hast viel verloren. Sehr viel. Aber ich habe auch etwas verloren. Ich habe jetzt keine Freundin mehr, die schneller rennt als ich, die besser reitet als ich, die lustiger ist, die genau weiß, was sie will, und die immer alle Herzen im Sturm erobert mit ihrer leichten, lustigen und trotzdem schlauen Art. Ich habe jetzt eine Freundin, die im Rollstuhl sitzt, die traurig ist, die keine erfolgreiche Leichtathletin werden wird und deren Leben plötzlich unklar erscheint.
Und dass ich mir jetzt selbst erlaube, darüber traurig zu sein, hilft mir hoffentlich, die Kraft zu finden, die ich brauche, um für dich da zu sein. Ich muss jetzt verdammt noch mal die

Starke von uns beiden sein. Und ja, vielleicht schaffe ich das sogar, wenn ich wieder bei dir bin!

Ich liebe dich!

Lea

Jetzt. Jetzt wurde das Gedankenkarussell in ihrem Kopf langsamer, kam allmählich zum Stehen. Lea seufzte. Sie legte den Briefblock und den Stift auf den Boden neben ihrem Bett und knipste das Licht aus.

»Kaa«, flüsterte sie in die Dunkelheit. Und es dauerte keine zehn Sekunden, bis sie die Pfötchen der kleinen roten Katze zuerst auf ihren Beinen, dann an ihrem Bauch und schließlich auf ihrer Brust spürte. Lea streckte ihre Hände nach Kaa aus, spürte das weiche Fell unter ihren Fingern und atmete tief durch.

Eine Sekunde später war sie eingeschlafen.

15

Nimm dir Zeit zum Freundlichsein,
das ist das Tor zum Glück
Irischer Segenswunsch

Lea war nie gerne spazieren gegangen. Mum und Dad hatten sie früher am Wochenende manchmal dazu gezwungen, mit ihnen stundenlang durch irgendwelche Wälder zu latschen. Bergauf und bergab. Gott, hatte sie das gehasst! Aber irgendetwas war seitdem offenbar geschehen. Heute jedenfalls genoss sie den Weg zu *Lost Horses Rescue.*

Hier war es so still, dass sie jeden ihrer Schritte auf dem Boden hören konnte, das Rauschen der Blätter im Wind, das Zwitschern der Vögel in den Baumkronen, das Plätschern eines Bächleins, das sie bei ihren Fahrten mit Schorsch oder Ray gar nicht bemerkt hatte, das Rascheln der Farne, wenn sich ein Tier durchs Unterholz schlängelte. Hier gab es nur Natur und sonst nichts. Natur pur. *Really nice.* Die feuchte Luft füllte ihre Lungen und ließ sie endlich wieder freier atmen. Tatsächlich, stellte sie in diesem Moment fest, war es schon einige Tage her, seit sie das letzte Mal das Gefühl gehabt hatte, sie bekäme keine Luft mehr, müsse ersticken.

Heute Morgen hatte sie ihr Handy aus dem Koffer hervorgekramt. Es lag ganz unten. Und als sie es anschalten wollte, war das Display schwarz geblieben. Der Akku war leer. Vielleicht hatte sie vergessen, es auszuschalten, vielleicht hatte sie es einfach zu lange nicht mehr benutzt. Lea grinste, als sie jetzt daran dachte, dass sie sich befreit gefühlt hatte, als sie feststellte, dass sie das Handy heute nicht mit zu Ray nehmen musste, weil es ohnehin leer war. Noch ein Tag Aufschub, bis sie es wieder anmachen und ihre Nachrichten checken konnte. Jetzt musste es erst einmal laden.

Das Schild *Lost Horses Rescue* tauchte wie der Zieleinlauf nach einem Halbmarathon hinter der nächsten Wegbiegung auf und löste ähnliche Euphorie bei Lea aus.

Niemand bemerkte ihr Eintreffen. Niemand außer Smokie, der ihr humpelnd, aber schwanzwedelnd entgegenkam.

Lea blickte sich um. Der Hof lag wie ausgestorben da, aber bereits von Weitem konnte sie den Paddock sehen. Doch wo war Beo? Von ihrer Position aus wirkte der Paddock leer. Ihr Herzschlag beschleunigte sich. Wo war ihr Pferd? Sofort malte sie sich die schrecklichsten Dinge in ihrem Kopf aus: Der Fuchs war wider Erwarten gestorben und Brian hatte den Kadaver abgeholt. Oder Beo war ausgebrochen und nun waren alle unterwegs, um ihn zu finden und wieder einzusammeln.

Sie eilte auf den Paddock zu. Smokie lief ihr hinterher, dann überholte er sie, duckte sich unter dem Zaun hindurch und betrat den Auslauf. Seine Bewegungen wirkten so geschmeidig und routiniert, als folge er einer täglichen Gewohnheit.

Atemlos vor Aufregung erreichte Lea den Zaun und stieß erleichtert die Luft aus, als sie endlich Beo und Bella sah, die dicht beieinander im hinteren Teil des Paddocks standen. Der hölzerne Unterstand hatte ihr die Sicht verdeckt und die beiden Pferde wirkten regelrecht überrascht, als sie Leas aufgewühlten Gesichtsausdruck sahen.

Smokie begrüßte Beo, als wären er und das Pferd seit Jahren miteinander vertraut, und der Fuchs schnupperte neugierig an dem Greyhound. Offensichtlich hatte sich zwischen ihnen unbemerkt eine innige Freundschaft entwickelt. Als gäbe es zwischen diesen beiden gequälten Geschöpfen einen Draht der Verbundenheit.

Smokie hatte bereits etwas geschafft, was sich Lea ebenfalls sehnlich wünschte: Er hatte Beos Vertrauen gewonnen und genoss es sichtlich, von dem großen Pferd beknabbert zu werden.

»Hi!«

Lea zuckte zusammen. Sie hatte Ray gar nicht kommen hören. Er lehnte sich neben sie an den Zaun und betrachtete ebenso wie sie die drei Tiere, die über Artengrenzen hinweg ihre Zuneigung zueinander bekundeten.

»Neidisch?«

Lea musste einmal mehr zugeben, dass Ray sie jedes Mal durchschaute. Er schien eine Art Röntgenbrille zu besitzen, die es ihm erlaubte, in ihr Inneres zu blicken.

»Irgendwie schon, ja.«

Ray lachte. »Als ich heute Morgen rauskam, lag Smokie hier im Unterstand. Ich glaube, er hat die ganze Nacht bei Beo und Bella verbracht.«

»Süß.« Lea schmunzelte. »Ich hätte gedacht, ein Pferd, das so zurückhaltend ist wie Beo, hätte eher Angst vor Hunden.«

»Vielleicht hat er ja auch früher schon einen Hundefreund gehabt«, überlegte Ray laut. »Es kommt ja immer darauf an, was für Erfahrungen wir mit anderen machen.«

»Mit Menschen hat Beo jedenfalls keine guten Erfahrungen gemacht.«

»Da hast du wohl recht. Wie sieht es aus«, wechselte Ray das Thema. »Heute Lust auf einen Ausritt?«

»Joa …«

»Joa? Also ja und nein?«

»Lust habe ich schon«, sagte Lea. »Ich weiß nur nicht, ob ich es mir zutraue.«

Ray lachte. »Das kriegen wir schon hin«, beruhigte er sie. »Du wirst sehen, Skyrim ist absolut zuverlässig und außerdem tut er sowieso immer das, was Donn macht. Du brauchst dich nur draufzusetzen und nicht runterzufallen. Der Rest läuft sozusagen von selbst.«

»Na, hoffentlich weiß Skyrim das auch«, sagte Lea.

»Ich sag noch schnell Mum und Dad Bescheid und hole die Sachen«, erklärte Ray. »Willst du solange hierbleiben? Oder kommst du mit?«

»Ich bleibe noch bei Beo, wenn es dir recht ist.«

Ray streckte den Daumen in die Luft und drehte sich bereits um.

Lea blickte ihm hinterher. Dann wandte sie sich wieder Beo zu und lächelte überrascht.

Der Fuchs beobachtete sie neugierig.

Lea konnte in aller Ruhe seine Verletzung betrachten. Die Einkerbung war immer noch tief, aber die Wundränder waren nicht mehr so geschwollen und die Wunde war trocken. Ihr Herz schlug vor Freude schneller. War das nicht ein gutes Zeichen? Bislang hatte sich das große Pferd immer abgewandt und war allen Blicken ausgewichen. Und nun stand es da und sah sie fast schon erwartungsvoll an!

Langsam öffnete sie ihren Rucksack und holte die Möhren- und Apfelstücke hervor, die sie heute Morgen eingesteckt hatte. Und Beos Ohren zuckten.

Es war so schön zu sehen, dass Beo sie allmählich wieder wahrzunehmen schien.

Lea hielt ein Möhrenstück über den Zaun. Am liebsten wäre sie in den Paddock hineingegangen. Aber sie wusste nicht, ob das richtig war. Vielleicht fühlte sich Beo dann bedrängt, wich zurück oder wurde panisch.

Beo sah aus, als würde er überlegen. Er reckte den Hals und schnupperte. Dann schaute er weg. Zu Bella hinüber, die aber überraschenderweise nichts von dem Angebot zu halten schien und, ein Hinterbein angewinkelt, vor sich hin döste. Er blickte wieder zu Lea und der Möhrenverführung hinüber.

»Komm«, flüsterte Lea, so leise es ihr möglich war. Es war mehr ein Gedanke als tatsächlich ein gesprochenes Wort.

Beo blickte sich um, als wollte er feststellen, ob es irgendwo eine Falle gab, in die er hineintappen könnte: Fallstricke, Raubtiere, Betäubungspfeile … Offensichtlich hielt er die Luft für rein, denn er machte einen zaghaften Schritt auf sie zu.

Leas Herz klopfte heftiger.

Beo blickte abwechselnd die Möhre, Lea und den Boden an, während er Stück für Stück näher kam. Schließlich stand er genau vor ihr und zupfte zaghaft an Leas Fingern. Seine Lippen waren so weich! Wie gern hätte Lea in diesem Moment ihre Hand ausgestreckt und Beo berührt! Aber sie traute sich nicht.

Beo zog ihr die Möhre aus der Hand und zerkaute sie genüsslich. Als er fertig gegessen hatte, sah er sie fordernd an. Gab es vielleicht noch Nachschub?

Lea zog ein zweites Stück aus ihrem Rucksack und hielt es Beo hin. Er zerrte daran, aber Lea hielt es fest und streckte vorsichtig ihre Hand nach Beo aus.

Er zuckte leicht zusammen, als sie zaghaft seinen Hals berührte, blieb aber stehen und versuchte, an das Stück Möhre heranzukommen. Leas Hand öffnete sich. Beos Lippen schlossen sich um die Möhre. Er kaute und ließ es zu, dass Lea ihn weiterhin berührte.

»Das sind die Momente, die uns immer wieder die Kraft geben weiterzumachen.« Lea wandte den Kopf und sah Ray an, der unbemerkt zurückgekommen war und sich neben sie gestellt hatte. »Wenn du siehst, wie sie nach ein paar Tagen wieder wacher werden, wenn die Traurigkeit langsam weicht und die Hoffnung in ihre Augen zurückkehrt. Wenn sie wieder leben.« Er legte einen Arm um Leas Schultern. »Skyrim und Donn warten auf uns. Bist du bereit?«

Lea nickte stumm. Schweren Herzens zog sie ihre Hand zurück und folgte Ray zur Weide, auf der Skyrim und Donn ihnen bereits erwartungsvoll entgegenblickten.

Als Ray das Gatter öffnete, kam Donn sofort auf ihn zu.

»Hier«, sagte Ray und reichte Lea einen Führstrick. »Befestige den Karabiner an Skyrims Weidehalfter.«

Skyrim stand einige Meter entfernt auf der Wiese und schaute völlig unbeteiligt, als Lea nun auf ihn zukam. Kurz bevor sie ihn erreichte, wandte er sich ab und wich einige Meter zurück. Lea folgte ihm und spürte augenblicklich, wie sich etwas in ihr verkrampfte. Was sollte sie tun, wenn sie es noch nicht einmal schaffte, das Pferd von der Weide zu holen?

Ray stand bereits mit Donn am Gatter. Jetzt drehte er sich zu Lea um und lachte, als er sah, wie sie hinter Skyrim herlief, um ihn einzufangen. »Nettes Spiel!«, rief er ihr zu. »Aber ich dachte, wir wollten ausreiten?«

Lea blieb stehen, wandte Skyrim den Rücken zu und hob in einer Geste der Hilflosigkeit beide Arme.

»Skyrim!«, rief Ray.

Lea drehte sich zu dem Schecken um. Er war plötzlich direkt hinter ihr, aber als Ray ihn jetzt rief, ließ er sie einfach stehen und ging auf seinen Pferdefreund und dessen Besitzer zu. Lea blieb nichts anderes übrig, als ihm zu folgen.

»Na, das war doch schon mal ein toller Anfang«, scherzte sie, als sie zu den beiden Pferden und dem jungen Mann aufgeschlossen hatte.

»Wird besser, glaub mir«, sagte Ray und wartete, bis sie den Führstrick am Halfter befestigt hatte. Als er sich schließlich umdrehte und losging, folgten ihm zunächst Donn, dann Skyrim und zum Abschluss Lea. Sie hatte irgendwie das Gefühl, dass das die falsche Reihenfolge war. Aber es funktionierte und das war ja schon mal mehr, als man von der Einfangaktion behaupten konnte.

Mystery blieb allein auf der Weide zurück und sah ihnen ein wenig wehmütig hinterher.

Als Lea eine gefühlte Ewigkeit später endlich im Sattel saß und Skyrim einfach tun ließ, was er tun wollte (zum Glück wollte er Donn hinterherlaufen), war sie vollkommen erschöpft.

Skyrim war nett und freundlich zu ihr, aber sie schaffte es irgendwie nicht, ihm begreiflich zu machen, was sie von ihm wollte. Bei Ray hatte alles so easy ausgesehen. Doch als sie selbst versuchte, Skyrim aufzutrensen, war sie sich vorgekommen wie der letzte Depp. Als Ray Donn die Zügel um den Hals legte, hatte der Falbe brav den Kopf gesenkt. Als Lea Skyrim den Zügel um den Hals legen wollte, hatte der Schecke den Kopf hochgenommen. Als Ray das Halfter einstellen wollte, hatte Donn stillgehalten. Als Lea das Halfter verstellen wollte, hatte Skyrim gerade dringend nachsehen müssen, was auf seiner rechten Seite los war, und seinen Kopf von ihr weggedreht.

»Warum klappt das bei Donn und dir und bei mir und Skyrim nicht?«, hatte Lea wissen wollen, während sie zunehmend verzweifelt versuchte, Skyrim zur Zusammenarbeit zu bewegen.

»Pferde sind Meister darin, die kleinsten Signale wahrzunehmen, die wir aussenden«, hatte Ray ihr geantwortet. »Du bist dir nicht sicher, was du tun willst, und Skyrim spürt das. Deine Unsicherheit überträgt sich auf ihn.«

»Und was kann ich daran ändern?«

»Hör auf, an dir und Skyrim zu zweifeln. Denk nicht ›Ich versuche jetzt, dir das Halfter anzulegen‹, sondern ›Ich lege dir jetzt das Halfter an‹.«

»Okay«, sagte Lea und stellte sich in Positur. »Also, Skyrim, ich lege dir jetzt das Halfter an!«

Skyrim schaute Lea verwundert an und hielt den Kopf still, während Lea das Halfter etwas enger schnallte.

»Siehst du? Es war zwar mehr die Überraschung, dass du plötzlich mit ihm sprichst als echte Überzeugung, aber immerhin.«

Lea hatte Ray mit dem Führstrick gedroht, der noch in ihrer Armbeuge hing, aber sie war trotzdem stolz auf sich.

Allmählich beruhigte sich ihr Herzschlag und sie genoss das sanfte Schaukeln des Pferdes. Tatsächlich wirkte nun auch Skyrim ganz zufrieden, als er auf dem schmalen Weg hinter Donn herlief. Lea gewann an Zuversicht, dass Ray recht gehabt hatte. Sie konnte sich auf Skyrim verlassen. Solange Donn vorwegging, würde der Schecke seinem Freund einfach folgen und sie hatte Zeit, sich umzuschauen.

Der Himmel war blau und ausnahmsweise sah es so aus, als würde es in den nächsten Stunden voraussichtlich nicht regnen. Aber Lea hatte bereits gelernt, dass sie sich da auf dieser Insel nie allzu sicher sein durfte. Auf jeden Fall zogen nur einige wenige Schäfchenwolken über ihre Köpfe hinweg. Weich und wattig sahen sie aus. Vollkommen ungefährlich. Lea runzelte die Stirn, während sie in ihrem Gehirn nach ihren meteorologischen Kenntnissen kramte: Schäfchenwolken waren doch die, aus denen es nicht regnete, oder? Oder waren das die Quellwolken gewesen? Also genau andersherum?

Ach, egal.

Die Blätter raschelten leise im Wind und Lea zuckte zusammen, als sie plötzlich aus dem Augenwinkel eine Bewegung wahrnahm. Aber es war nur ein Eichhörnchen, das in rasantem Tempo einen Baumstamm hinauflief.

Jetzt zeigte sich, dass Ray nicht geschwindelt hatte, als er ihr gegenüber behauptet hatte, Skyrim sei ein absolut zuverlässiges Pferd, denn der bildschöne Schecke ließ sich durch nichts aus der Ruhe bringen.

Ray verdrehte den Kopf und warf über die Schulter einen Blick zu ihr zurück. »Alles okay?«

Lea grinste und streckte einen Daumen hoch.

Ray ließ Donn zurückfallen, damit Lea zu ihm aufschließen konnte, als der Weg nun breiter wurde. »Du hast bereits ganz beachtliche Fortschritte bei Beo erzielt«, sagte er, als sie neben ihm ritt.

»Findest du?«

»Ja, klar!«

»Was glaubst du, wann er sich anfassen lassen wird? Ich meine, wir müssen ihn doch irgendwann auch mal putzen, oder?«

Ray lachte. »Mach dir nicht so viel Stress«, sagte er. »Klar müssen wir Beo irgendwann putzen und scheren. Aber er stirbt nicht, nur weil er dreckig und struppig ist. Wichtiger ist es, ihn erst einmal Vertrauen fassen zu lassen.«

Lea schüttelte den Kopf. »Im Augenblick habe ich das Gefühl, er wird sich niemals von mir anfassen lassen, also jedenfalls nicht richtig. Ich habe Angst, dass ich zurück nach Deutschland fliege, ohne ihn einmal sauber gesehen zu haben. Also versteh mich nicht falsch, er ist ja schön, wie er ist, aber ich würde ihn so verdammt gern einmal ohne all diese Fellmocken und Dreckklumpen sehen. Ich glaube, unter dieser Schmutzschicht ist er noch schöner.«

»Weißt du was? Wenn wir heute Abend wieder zu Hause sind, putzen wir Bella und lassen Beo dabei zusehen. Dann kann er sich schon einmal davon überzeugen, dass das nichts Schlimmes ist.«

»Das ist eine gute Idee!«

»So haben wir das schon öfter gemacht«, erzählte Ray. »Die Pferde schauen sich bei den anderen ab, was okay ist und was nicht. Das klappt oft ganz gut.«

»Was für ein Glück, dass es euch gibt«, antwortete Lea.

Ray lächelte sein undurchdringliches Ray-Lächeln und Leas Herz galoppierte.

Ray schnalzte zweimal mit der Zunge und Donn trabte an. Bevor Lea auch nur darüber nachdenken konnte, ob sie Skyrim ebenfalls antraben lassen sollte, hatte der Schecke ihr die Entscheidung auch schon abgenommen und Lea erinnerte sich, was Ray ihr gesagt hatte: »Skyrim tut sowieso immer das, was Donn macht.«

Allmählich schmerzte Leas gesamte Muskulatur – nicht nur die am Hintern. Sie war es einfach nicht gewohnt, so lange im Sattel zu sitzen. Dennoch genoss sie das Gefühl, von Skyrim getragen zu werden. Sogar bei dem kurzen Galopp hatte sie sich sicher gefühlt. Nun aber war sie auch über das gemächlichere Tempo froh.

Der Wind frischte auf, je näher sie dem Meer kamen. Aber vielleicht lag es auch gar nicht daran. Vielleicht wurde es sowieso einfach windiger. Jedenfalls blies er auch Leas trübe Gedanken fort. Und als sie an einem Flusslauf rasteten, fiel ihr ein, wie sie als Kind immer Staudämme mit ihrem Vater gebaut hatte, und dass er es gewesen war, der mit ihr im Freizeitpark jede Achterbahn genommen hatte, auf die Mum sich nicht traute, weil sie zu schnell, zu steil, zu hoch, zu ruckelig oder zu laut war. Er war mit ihr ins Kino gegangen und hatte sich jeden Film angesehen, den sie mit acht, neun Jahren sehen wollte. Und das waren nicht unbedingt immer Filme gewesen, die für erwachsene Männer interessant waren. Sie musste lächeln, wenn sie daran dachte, dass er regelmäßig im Kinosessel eingeschlafen war und sie ihn wecken musste, wenn der Film vorbei war.

An Heiligabend hatte er mit ihr zusammen die große Tierklinik aufgebaut, die sie sich als Siebenjährige so sehnlich gewünscht hatte. Er hatte mit ihr auf dem Boden gekniet und die Figürchen hin und her geschoben.

»Was ist?« Ray musterte sie und erst jetzt fiel Lea auf, dass sie versonnen lächelte.

»Ach, nichts«, sagte sie, »ich musste nur gerade an meinen Vater denken.«

»Ihr versteht euch gut?«

»Kann man so nicht sagen, aber zumindest habe ich mich gerade daran erinnert, dass er nicht nur ein Arschloch ist.«

Ray zog fragend die Augenbrauen hoch.

»Na ja, die letzte Zeit hatten wir es nicht so einfach miteinander und jetzt, nachdem Mum und Dad sich getrennt haben, bin ich irgendwie einfach wütend auf ihn.«

»Warum?«

»Ist das nicht offensichtlich?«

Ray antwortete nicht. Sein Blick ruhte auf Skyrim und Donn, die ein paar Meter entfernt standen und den Wegesrand nach den saftigsten Grashalmen absuchten.

»Es fühlt sich an, als wäre ich aus schwindelerregender Höhe ohne Vorwarnung auf den Asphalt geknallt. Ich meine … warum habe ich nichts gemerkt? Klar, Mum und Dad haben sich häufig gestritten, aber von Trennung war da nie die Rede! Dass man sich mal streitet, ist doch normal, oder?«

Ray sagte immer noch nichts. Er blickte Lea auffordernd an weiterzusprechen.

»Ich fühle mich wie ausgesetzt. Vielleicht tut mir Beo auch deshalb so leid. Er ist irgendwie wie ein Sinnbild für meine Gefühle. Auch ich trage noch das Halfter meiner Kindheit, aber es ist zu klein geworden und schneidet schmerzhaft in mein Fleisch. Dabei erwarten alle von mir, dass ich groß, stark und vernünftig bin. Aber ich fühle mich nicht groß, stark und vernünftig. Meine Mum tut mir furchtbar leid und ich würde ihr gerne helfen, weiß aber nicht wie. Ich sehe sie leiden und bin einfach stinksauer auf meinen Vater.«

»Leidet dein Vater denn nicht?«

Lea stutzte. »Weiß nicht«, sagte sie schulterzuckend. »Ehrlich gesagt, habe ich ihn nicht mehr gesehen, seit er ausgezogen ist. Wir haben telefoniert und er sagt mir immer, dass ich ja seine Große sei und dass ich das bestimmt verstehe und dass er mich liebt und so einen Scheiß. Aber ich fühle mich nicht wie die Große und ich verstehe ehrlich gesagt gar nichts und geliebt fühle ich mich auch nicht. Ich weiß nicht, zu wem ich halten soll und ob ich überhaupt zu jemandem halten soll. Wer ist eigentlich schuld daran, dass es nicht mehr klappt zwischen den beiden?«

»Ist das überhaupt wichtig? Also wer schuld ist, meine ich.«

»Findest du das nicht wichtig?«

»Ich glaube, manche Dinge geschehen, ohne dass jemand die Schuld dafür trägt. Und manchmal passen Menschen halt nur eine bestimmte Zeit zueinander. Wir verändern uns ja in unserem Leben. Alle. Und manchmal sind die Veränderungen halt so, dass etwas, das vorher richtig war, auf einmal falsch ist. Das ist traurig, aber mit Schuld hat das doch gar nichts zu tun, oder?«

»Und was soll ich dann jetzt deiner Meinung nach machen?«

»Wieso solltest du überhaupt etwas machen?«

Lea schwieg nachdenklich.

»Davon abgesehen vielleicht, dafür zu sorgen, dass es dir selbst gut geht, damit deine Eltern Zeit und Kraft haben, ihr Leben wieder auf die Reihe zu kriegen.«

Lea versuchte die Tränen zurückzuhalten.

»Es ist nicht deine Aufgabe, deine Eltern wieder zusammenzubringen oder die Therapeutin deiner Mutter zu sein. Und du bist auch nicht die Richterin in einem Scheidungsprozess. Du hilfst allen am meisten, wenn du gut für dich sorgst.«

Lea nickte, obwohl sie sich nicht sicher war, dass Ray recht hatte.

»Du sagst, du fühlst dich wie Beo«, fuhr Ray fort, »verlassen und verraten.«

Lea schniefte und wischte sich mit dem Handrücken über die Nase.

»Und glaubst du nicht, Beo hat jetzt eine bessere Chance auf ein gutes Leben?«

»Doch! Natürlich!«

»Also ist es manchmal gar nicht so schlecht, wenn etwas, das nicht richtig funktioniert hat, beendet wird und dadurch Platz für etwas Neues entsteht?«

»Vergisst du dabei nicht etwas?«

Ray zog fragend die Augenbrauen hoch.

»Beo wurde einfach ausgesetzt, ohne Rücksicht darauf, dass ihn das sein Leben kosten könnte!«

Ray grinste. »Sagen wir mal, ich habe die Geschichte auf die wesentlichen Punkte zusammengefasst.«

»Wenn man sich aber gerade mitten im *unwesentlichen* Punkt befindet, ist das gar nicht so einfach.«

»Ich weiß«, gab Ray zu. »Wenn man gerade im größten Strudel feststeckt, ist es schwer, das rettende Ufer zu sehen. Aber da ist es trotzdem.«

»Man muss es aber auch erreichen können!«

»Bevor man es erreichen kann, muss man es erreichen *wollen*!«

»Jetzt wird es mir zu kompliziert«, sagte Lea und ließ sich zurück ins Gras sinken.

Ray stand auf und klopfte sich den Schmutz von der Hose. »Apropos erreichen.« Er blickte auf seine Armbanduhr. »Sollen wir weiter? Sonst schaffen wir es nicht rechtzeitig, bevor Conor uns wieder einsammelt.«

»Okay«, antwortete Lea, froh darüber, nicht länger über so kompliziertes Zeug wie Wollen, Können und neue Ufer nachdenken zu müssen.

16

Mögest du dein Glück nicht in der Ferne suchen,
bevor du es nicht in deinem Herzen gesucht hast

Irischer Segenswunsch

»Hier hat der Leprechaun also seinen Schatz versteckt!«

Der Regenbogen spann sich von einem Berggipfel zum anderen und sein Ende verschwand hinter einer Hügelkette.

»Aber es regnet doch gar nicht!« Lea warf einen prüfenden Blick in den Himmel.

»Hier nicht, aber dort!« Ray deutete voraus.

»Tatsächlich«, staunte Lea. Man konnte deutlich erkennen, wo die Regengrenze verlief. Sie selbst standen im Trockenen, es war sogar relativ sonnig, aber nur wenige Hundert Meter weiter war der Himmel dunkel.

»Zum Glück müssen wir in die entgegengesetzte Richtung«, sagte Ray. »Da wird das mit dem Schatz wohl heute leider wieder nichts.«

Lea lächelte, insgeheim war sie mittlerweile einfach nur froh, wenn sie ihr Tagesziel erreicht hatten, denn ihre Oberschenkel, ihr Po, die Waden, der Rücken und die Arme … alles an ihr schmerzte.

»Es ist nicht mehr weit«, beruhigte Ray sie.

»Das gibt es ja gar nicht! Das sieht wirklich genauso aus wie in meinem Traum!« Der Ausblick auf die Klippe war eine mehr als ausreichende Entschädigung für die erlittenen Schmerzen. »Nur die Pferde fehlen.« Lea ließ sich aus dem Sattel gleiten und streckte ihre Beine durch.

Skyrim schien die Aussicht egal zu sein. Aber er freute sich über das üppig grüne Gras.

Lea drehte sich um ihre eigene Achse und genoss den erfrischenden Wind, während Ray sie vom Rücken seines Pferdes aus dabei beobachtete.

»Also haben sich die Qualen gelohnt?«

»Welche Qualen?«

Ray schaute in die Ferne und deutete schließlich mit einer Kinnbewegung in eine Richtung.

Lea drehte sich um und erblickte in der angezeigten Richtung einen weiteren Reiter auf einem Rappen, der in atemberaubenden Tempo die Steilküste entlanggaloppierte.

»Ist das nicht gefährlich?«, wollte sie wissen.

»Vermutlich ein Pooka, wart's ab, gleich wirft er seinen Reiter in hohem Bogen über die Klippe!«

»Pooka? Was ist denn ein Pooka?«

Ray ließ sich jetzt ebenfalls aus dem Sattel gleiten. »Du kennst Pookas nicht? Du weißt, was ein Leprechaun ist, aber kennst keinen Pooka?«

Lea schüttelte den Kopf.

»Pookas sind Gestaltwandler. Oft erscheinen sie dem Menschen in der Form eines Pferdes, sie können auch die Gestalt eines Hundes oder einer Ziege annehmen, aber sie sind immer schwarz. Pookas laden ermüdete Reisende gerne zu einem Ritt auf ihrem Rücken ein, aber sobald sich der Mensch darauf einlässt, erwartet ihn ein Horrortrip über Stock und Stein oder quer durchs Dornengebüsch. Wenn der Pooka genug hat, wirft er den Menschen ab – entweder ins Moor oder über die Klippe ins Meer. Dann verschwindet er unter ohrenbetäubendem Gelächter.«

»Das ist ja gruselig!«

»O ja! Deshalb muss man die Pookas gut behandeln und ihnen zum Beispiel nach der Ernte etwas auf den Feldern stehen lassen. Wenn die Pookas einem wohlgesonnen sind, warnen sie manchmal vor nahendem Unheil.«

»Auf jeden Fall ist er jetzt verschwunden«, stellte Lea fest, denn von dem fremden Reiter war plötzlich nichts mehr zu sehen.

»Sag ich doch, das war ein Pooka«, behauptete Ray grinsend.

Obwohl Lea wusste, dass Ray scherzte, spürte sie ein angenehmes Kribbeln. Sie hatte Geschichten über Feen, Hexen und andere Sagengestalten schon immer gemocht. Und Irland hatte in dieser Hinsicht viel zu bieten.

Sie legten sich auf die mitgebrachte Decke, verzehrten die Reste ihres Proviants und warteten darauf, dass Conor sie abholte. Lea schloss die Augen und lauschte auf das Spritzen der Gischt, wenn sich die Wellen an den Steilklippen brachen.

Ray lag dicht neben ihr. Sie konnte seinen Arm an ihrem spüren. Auch er hatte die Augen geschlossen. Ihre Finger tasteten nach seiner Hand und als sie sie fand, zögerte sie nicht.

Ray umschloss ihre Hand und wandte ihr das Gesicht zu. Lea verlor sich in seinen grünen Augen und wünschte, dieser Moment würde nie vorbeigehen. Sie wartete darauf, dass er sie küsste.

Und wartete.

Er tat es nicht.

Wusste er nicht, dass sie es sich wünschte? Sendete sie etwa auch in diesem Fall nicht die richtigen Signale? Warum nur war das alles so verdammt kompliziert?

Ray grinste sein Ray-Grinsen und Lea fühlte sich schwindelig. Er rollte sich auf die Seite, richtete seinen Ellbogen auf und stützte seinen Kopf mit der Hand ab. Dabei schaute er auf sie hinunter.

Leas Atmung wurde schneller. Sie hob ihre Hand, strich mit zitternden Fingern eine Haarsträhne aus Rays Stirn und ließ ihre Hand an seiner Halsbeuge liegen.

Wie in Zeitlupe kam sein Gesicht näher. Dann spürte sie seine Lippen auf ihren. Es kam ihr vor, als wäre dies der erste Kuss, den sie jemals erhalten hatte. Raum und Zeit verschwanden. Es gab nichts mehr außer ihr und Ray. Ihr Herz zersprang beinahe in ihrer Brust. Sie schlang ihre Arme um seinen Nacken und wünschte, dieser Augenblick würde niemals enden.

Doch plötzlich war da ein weiteres Paar Lippen. So weich, dass Lea überrascht die Augen öffnete. Ein Schwall warmer Luft wehte über die Haut ihrer Wange und ein gigantisches Auge musterte sie.

»Donn!« Ray lachte und schob die Nase des riesigen blonden Pferdes, das neugierig nachschaute, was die zwei Menschen dort Merkwürdiges machten, zur Seite.

Auch Leas Anspannung machte sich durch Gelächter Luft.

Donn schien das als Aufforderung zu verstehen, weiter Quatsch zu machen. Er bewegte den Kopf auf und ab, nahm Rays Haare zwischen seine gigantischen Lippen und brummelte zufrieden. Er hatte es geschafft, die ganze Aufmerksamkeit auf sich zu ziehen. Endlich benahmen sich diese beiden Zweibeiner wieder halbwegs normal!

»Er ist eifersüchtig«, vermutete Lea.

»Oder er will mitmachen«, meinte Ray. »Er liebt es zu schmusen, nicht wahr, mein Großer?«

Donn senkte den Kopf und schloss genießerisch die Augen, als Ray und Lea ihm nun gemeinsam den Hals krabbelten.

»Wie spät ist es eigentlich?«, wollte Lea wissen.

Ray blickte auf seine Uhr und erschrak. »Oh, verdammt, wir müssen los! Sonst steht Conor am vereinbarten Treffpunkt und wir sind nicht da!«

Lea war froh, dass die folgende Hektik keinen Platz für verschämte Blicke oder tiefgründige Fragen ließ. So schnell es möglich war, packten sie die Decke und ihre Habseligkeiten zurück in die Satteltaschen und machten sich auf den

Weg zum vereinbarten Treffpunkt an der nächstgelegenen Straße.

Tatsächlich hatte Conor bereits auf sie gewartet. Aber er war nicht wütend. Vielmehr hatte Lea das Gefühl, er wüsste sofort über alles Bescheid, als sie auf ihn zukamen. Da war so ein merkwürdiges Zucken in seinen Mundwinkeln.

Es war überraschend, nach einer knappen Stunde bereits wieder das Schild *Lost Horses Rescue* vor sich auftauchen zu sehen. Für diese kurze Strecke waren sie fast fünf Stunden lang unterwegs gewesen? Aber Lea wollte keine einzige Minute missen.

Donn und Skyrim ließen sich problemlos entladen und als Lea und Ray sie zurück zur Weide brachten, wirkten auch sie erschöpft aber zufrieden.

»Lea!« Stella strahlte über das ganze Gesicht, als sie ihnen entgegenkam. Mit einem Seitenblick auf Rays und Leas ineinander verschränkte Finger stürzte sie auf Lea zu und umarmte sie stürmisch. »Heißt das, du bleibst jetzt für immer?«

Lea lachte. »Wie kommst du darauf?«

»Na ja, wenn du und Ray … ich meine, wenn ihr …« Sie stierte vielsagend auf die Hände.

»Leider nein«, antwortete Lea und spürte gleichzeitig einen kleinen Stich in ihrer Magengegend. Für immer hierzubleiben war gar keine schlechte Idee. Hier fühlte sie sich gebraucht, hier machte ihr Dasein einen Sinn. »Ich muss bald zurück nach Deutschland.«

Stellas Gesicht wurde düster. »Aber du kommst wieder?«

Lea zuckte mit den Schultern. »Mal sehen …«

Es regnete durchs Dach. Alle drei Sekunden (Lea hatte gezählt) landete ein Tropfen genau auf ihrer linken Schulter. Aber das spielte keine Rolle. Sie saß im Unterstand des Paddocks in der hintersten Ecke, die Beine angewinkelt und war so glücklich, dass ihr Körper kaum Platz für so viel Gefühl zu haben schien.

Unmittelbar vor ihr stand Beo, der ebenfalls Schutz vor dem Regen suchte, und ihre Nähe schien den Fuchs kaum zu stören.

Leas Blick ruhte auf ihrem Pferd, auf der Wunde und auf den Zotteln im Fell, aber ebenso auf diesen wunderschönen braunen Augen, die immer noch etwas traurig wirkten.

Wenn sie seinen Namen flüsterte, zuckten die Ohren des Pferdes. Vermutlich weniger wegen des Namens als vielmehr wegen des Klangs ihrer Stimme, dem Beo lauschte, um abzuschätzen, ob irgendetwas darin Gefahr vermuten ließ. Ab und zu schaute er sie kurz an. Sie hatte versucht, ihm Apfel- und Möhrenstücke anzubieten, aber jedes Mal drehte Beo den Kopf weg. Er tolerierte ihre Nähe, und das war ein bemerkenswerter Fortschritt, aber sobald sie die Finger nach ihm ausstreckte, wich er zurück.

»Hier!« Ray betrat den Unterstand, in der Hand ein olivgrünes Regencape. Obwohl sich der junge Mann langsam und bedächtig bewegte, wich Beo vor ihm zurück. Offensichtlich wurde er lieber nass als in Rays unmittelbarer Nähe zu sein.

Ray schüttelte den Kopf. »Ist ja gut, Goldjunge, du hast sie ja gleich wieder für dich.« Er reichte Lea das Cape. »Zieh das an, sonst wirst du nass.«

»Danke.«

»Ich soll dir von Eireen ausrichten, dass sie dich in einer halben Stunde rüber zu Schorsch fahren kann. Dann brauchst du nicht durch den Regen zu laufen, es sei denn …«

»Es sei denn was?«

»Es sei denn, du möchtest hierbleiben?«

Lea hörte die Hoffnung in Rays Stimme und es tat ihr leid, ihn enttäuschen zu müssen. »Ich würde gerne, aber ich habe Schorsch versprechen müssen, mich heute endlich mal bei meiner Mutter zu melden.«

»Du kannst auch von hier aus anrufen«, schlug Ray vor.

Lea überlegte. »Ich glaube, das mache ich lieber von zu Hause aus«, sagte sie. Schon allein die Vorstellung, Mum von all ihren Erlebnissen zu erzählen, während Ray ganz in ihrer Nähe war und vielleicht etwas von dem hören konnte, was sie am Telefon sagte, machte sie verlegen.

»Okay, das verstehe ich.« Ray blickte zu Beo hinüber, der mit hängendem Kopf und hängenden Ohren vor dem Unterstand ausharrte und ihnen beleidigt den Hintern zuwandte. »Dann überlasse ich dich noch ein paar Minuten deinem *sweetheart*. Kommst du gleich rein, wenn ihr euch bis morgen voneinander verabschiedet habt?«

Lea nickte stumm.

Ray beugte sich zu ihr hinunter und küsste sie sacht auf die Stirn. Bevor er sich wieder aufrichten konnte, hielt Lea ihn am Ärmel fest und zog ihn noch einmal zu sich heran.

Die Wirkung dieses Kusses war genauso schwindelerregend wie beim ersten Mal, nein, vielleicht war sie sogar noch intensiver. Lea bereute, dass sie nicht zugesagt hatte, hierzubleiben, sie wollte nie wieder hier fort, nie wieder woanders sein, nie wieder ohne Ray sein, nie wieder …

Ray löste sich von ihr und lächelte. Ihre Hände und Finger glitten nur widerstrebend auseinander. So als wollten sie einander bis zur letzten Sekunde nicht loslassen.

Und sogar Beo hatte ein wenig von seinem demonstrativen Desinteresse verloren. Er stand zwar immer noch von ihnen abgewandt da, verrenkte sich aber beinahe den Hals, um zu sehen, was da im Unterstand hinter seinem Rücken geschah.

Ray und Lea sahen einander an und lachten.

Kaum war Ray gegangen, trottete Beo zurück unter das Schutzdach zu Lea.

Bella schien der Regen nichts auszumachen. Sie stand die ganze Zeit neben dem Unterstand und döste vor sich hin.

Auch Lea mochte Regen ab und zu, deswegen wunderte sie sich nicht allzu sehr über das Verhalten der Stute.

Nur Beo sah das ganz offensichtlich anders. Er drängelte sich regelrecht so nah wie möglich an Lea, damit auch ja jedes Schweifhaar im Trockenen war.

Lea lächelte. Welchen Anteil Beo an ihrem verzückten Gesichtsausdruck hatte und welcher davon mit Ray zu tun hatte, war schwer zu sagen.

Noch ganz beseelt von dem Gefühl, Rays Lippen auf ihren zu spüren, griff Lea ein weiteres Mal in die Schüssel, die neben ihr stand, und die zur Hälfte gefüllt war mit Möhren- und einigen Apfelschnitzen. Mit den Gedanken noch bei Rays Kuss hielt sie ein Stück Möhre vor sich hin und realisierte erst, als sie Beos weiche Lippen an ihrer Haut spürte, dass der Fuchs ihr Angebot dieses Mal annahm.

Leas Herz machte einen Satz vor Freude. Woran auch immer es lag, dass Beo seine Meinung geändert hatte – so konnte es auf jeden Fall weitergehen. Sie nahm das nächste Stück aus dem Eimer und hielt es Beo auf der flachen Hand hin. Auch diesmal zögerte der Fuchs nicht. Es war, als hätte jemand einen Schalter in ihm umgelegt.

Während Beo noch kaute, zog Lea mit der linken Hand ein weiteres Stück aus der Schüssel und streckte gleichzeitig vorsichtig die rechte Hand aus.

Beo wich einige Zentimeter zurück, kam aber näher, als er sich das nächste Häppchen holen wollte.

Leas Finger berührten seinen Hals. Sie konnte die Bewegung seiner Muskeln sehen, die die Haut zum Zittern brachten, aber Beo blieb stehen und wich auch nicht mehr zurück, als Lea ihn schließlich mit der ganzen Handfläche berührte.

Mit der linken Hand holte Lea ein Stück nach dem anderen aus der Schüssel und hielt es Beo hin, während sie ihn mit der rechten Hand unentwegt streichelte. Zunächst hatte sie noch das

Gefühl, Beo würde ihrem Blick dabei ausweichen, den Kopf abwenden, sobald er Möhre oder Apfel im Maul hatte, doch nach wenigen Minuten machte er sich diese Mühe nicht mehr und sah ihr sogar in die Augen, um sie aufzufordern, schon einmal den nächsten Bissen hervorzuzaubern.

Lea unterdrückte ein Lachen, weil sie fürchtete, das könnte Beo verschrecken. Aber vielleicht war diese Befürchtung auch unbegründet? Denn als es dem Fuchs bei der nächsten Runde nicht schnell genug ging, stupste er sie sogar leicht mit dem Maul an. Jetzt war es um Lea geschehen und sie konnte das Lachen nicht zurückhalten.

Beo riss den Kopf nach oben, schnaubte und wich einen Schritt zurück, dann aber kam er vorsichtig wieder näher, schnupperte vorsichtig an Leas rechter Hand, die sie ihm entgegenstreckte, und ließ es zu, dass sie ihn berührte. Er stand jetzt ganz nah vor ihr, sein großer, von der Wunde noch entstellter Kopf beinahe auf ihrem Schoss.

Lea fühlte sich regelrecht berauscht: Beo schenkte ihr sein Vertrauen, machte ihr ein Freundschaftsangebot. Sie brauchte nur zuzugreifen (und es nicht doch noch zu vermasseln).

♥

Die Regentropfen fielen schwer auf seine Haut. Er suchte Schutz vor der kalten Nässe. Und dass der Mensch ebenfalls dort saß, wo der Regen nicht hinkam, störte ihn nicht. Er wusste mittlerweile, dass von ihm keine Gefahr ausging. Er fühlte sich in seiner Gegenwart sogar ganz wohl.

Dann kam der andere Mensch. Ihn konnte er noch nicht so genau einschätzen. Er strahlte zwar Ruhe aus, er wirkte stark, aber der ehemals Goldene hielt vorsichtshalber etwas Abstand.

Die zwei Menschen knabberten aneinander. So wie er es auch mit seiner Freundin machte. Er konnte spüren, dass sie sich mochten. Das gefiel ihm. Wenn er dieses Gefühl wahrnahm, dann bedeutete das, dass keine unmittelbare Gefahr drohte. Menschen in dieser Stimmung waren ungefährlich.

Dann ging der andere Mensch wieder. Aber von dem Gefühl hing noch etwas in der Luft.

Er suchte wieder Schutz vor dem Regen und auch ein wenig die Nähe zu dem Menschen, der in diesem Augenblick Ruhe und Zufriedenheit ausstrahlte. Er fühlte sich sicher. Und warum nicht die gute Stimmung ausnutzen und auch ein bisschen knabbern? Er konnte das Fressen wieder viel besser genießen, weil die Schmerzen bei Weitem nicht mehr so groß waren. Also vielleicht noch ein Stück? Und noch eins?

Die Hand des Menschen kam näher, sein Geruch. Aber er spürte immer noch die Ruhe und Zufriedenheit. Er konnte sie riechen. Die Hand berührte ihn und er hielt für einen Augenblick den Atem an. Aber die Hand tat ihm nicht weh. Im Gegenteil.

Noch ein Stück zum Knabbern vielleicht?

Er zuckte zurück, als der Mensch plötzlich Geräusche von sich gab. Er hatte sich erschreckt, aber er wusste sofort, dass nichts Schlimmes geschehen war. Trotzdem. Es reichte jetzt. Ein bisschen Abstand war gut, um zur Ruhe zu kommen.

17

Möge die Straße uns zusammenführen
und der Wind in deinem Rücken sein

Irischer Segenswunsch

»Da bist du ja, Lea! Ich wollte Ray gerade noch einmal losschicken, um nach dir zu schauen.«

Ray zwinkerte ihr zu und Lea spürte, wie ihre Wangen rot wurden, als sie sich neben ihn an den Küchentisch setzte und seine Hand unter der Tischplatte auf ihrem Oberschenkel kurz oberhalb des Knies spürte.

»Ja … ich …« Sie räusperte sich. Rays Berührung brachte sie ganz durcheinander. »Ich … Beo hat sich von mir berühren lassen, er ist ganz nah an mich herangekommen und ich habe ihm alle Möhrenstücke verfüttert, ich hoffe, das waren nicht zu viele?«

Eireen lächelte. »Nein, das ist schon okay. Ich habe die Portion abgemessen. Du durftest ihn also berühren? Das ist ja toll! Es wird auch Zeit, dass wir die beiden auf die Weide bringen, vielleicht klappt das dann ja morgen schon.«

Ray legte ihr den Arm um die Schultern und zog sie kurz zu sich heran. »Großartig, ich freue mich für dich und natürlich für Beo!«

Lea hatte das Gefühl, ihr Kopf würde gleich platzen. Sie blickte verlegen zu Eireen hinüber. Erkannte sie, dass zwischen ihr und Ray etwas war?

Aber Eireen ließ sich nichts anmerken. Vielleicht sah sie es nicht, vielleicht war es ihr auch einfach egal.

»Schau mal«, sagte Rays Mum. »Ich habe das Fotoalbum rausgesucht. Ray hat gesagt, du würdest dir gerne die Fotos von Donn ansehen, als er zu uns kam?«

Lea nickte, obwohl sie sich gar nicht so sicher war, ob sie die Fotos wirklich sehen wollte.

Eireen klappte das Album auf. Es war noch eins von diesen altmodischen Einsteckalben, bei denen man die Fotos auf jeder Seite selbst einklebte. »Ach, hier sind ja auch noch Fotos von Nayeli dabei!«, rief sie überrascht aus. »Ich wusste gar nicht mehr, dass wir die noch haben.«

»Nayeli?«

»Erinnerst du dich noch an Nayeli?«, wandte sich Eireen an ihren Sohn.

»Oh ja! Ein echtes Powerpaket, obwohl sie schon so viel mitgemacht hatte, die Arme.«

Eireen drehte das Fotoalbum um, sodass Lea das Bild einer kräftigen Stute sehen konnte. »Hübsch«, sagte sie.

»Ja, Nayeli ist ein Hübsche. Aber sie hatte einige Baustellen, als sie zu uns kam. Magen- und Darmprobleme aufgrund von Stress, Parasiten, kaputte Zähne durch falsche Ernährung, die zum Teil spitz in die Wangen ragten. Brian meinte, sie müsse außerdem mal einen schweren Sturz gehabt haben, das konnte er an alten Muskelverletzungen feststellen. Nun, man kann sich ja leider gut vorstellen, wie es zu so einem Sturz kommen konnte.« Eireen blätterte die Seite um. »Hier sieht man, wie abgemagert sie war, als sie zu uns kam. Auch sie wurde einfach ausgesetzt, als sie für die Rennen nicht mehr zu gebrauchen war. Da war sie nicht einmal zwei Jahre alt.«

Lea schluckte. So viele Schicksale, so viele Ähnlichkeiten. »Und wo ist Nayeli jetzt?«

»Es stellte sich heraus, dass es für Nayeli zu großen Stress bedeutete, wenn permanent neue Pferde hier einzogen. Natürlich ist ein Wechsel in einer Herde für alle Pferde jedes Mal eine Herausforderung. Aber Nayeli neigte dazu, ihre Herde zu verteidigen, und das machte es zu einem echten Abenteuer, wenn wir Neuzugänge integrieren mussten. Aufgrund ihrer vielen Schmerzen war sie leider auch extrem reizbar und sie brauchte dringend mehr Stabilität, als wir ihr hier auf Dauer bieten konnten. Zum Glück konnten wir sie zu einer Frau vermitteln, die eine feste kleine Herde mit drei Pferden hat, in der es Nayeli gut geht. Sie hat immer noch einige gesundheitliche Probleme, aber es wird bestens für sie gesorgt.« Eireen blätterte wieder um. »Das sind die schönen Geschichten, nicht wahr, Ray? Wenn wir eins unserer *lost horses* in ein glückliches neues Leben verabschieden können. Ach, hier ist ein Foto von Donn aus den ersten Tagen.«

Lea musste schlucken, als sie das Foto des Falben sah, der ihr jetzt so stattlich und unverwundbar vorkam. Er lag entkräftet auf einer Schicht aus Stroh und Spänen, mit hervorstehenden Rippen und eingefallener Kruppe und stierte teilnahmslos vor sich hin. »Das ist unglaublich«, sagte sie entgeistert, »*das* soll Donn sein?« Sie dachte an ihren heutigen Ausritt, den sie als so anstrengend empfunden hatte, und an Donn, der die ganze Zeit über die Ruhe selbst gewesen war. Das Pferd auf dem Foto und das Pferd von heute hatten nichts miteinander gemein.

»Unvorstellbar, oder?« Ray hatte immer noch den Arm um ihre Schulter gelegt. Jetzt beugte er sich vor und blickte ebenso wie sie auf das Foto seines Schützlings. »Aber genau deshalb wollte ich, dass du das hier siehst. Auch in Beo steckt so ein zufriedenes und kräftiges Pferd wie Donn es heute ist. Wir müssen es nur wieder ausgraben. Und ich denke, dabei hast du bislang ganze Arbeit geleistet.«

»Ich habe heißes Wasser für dich vorbereitet!« Schorschs Augen leuchteten vor Freude, als er Lea seine Überraschung verkündete. »Ich habe mit Eireen telefoniert und sie hat mir erzählt, dass Ray und du heute einen Ausritt zu den Klippen gemacht habt. Und da dachte ich, ein heißes Bad wäre dir sicherlich willkommen?«

»Das ist furchtbar lieb von dir, danke!« Lea war gerührt. Die Menschen hier waren so nett zu ihr und bemühten sich, ihr alles recht zu machen. Tatsächlich hatte sie während der Autofahrt, als Eireen sie nach Hause brachte, bereits daran gedacht, was für einen Luxus ein heißes Bad nach den Strapazen des Tages bedeuten würde.

»Du musst nur entscheiden, was du als Erstes machen möchtest: Abendessen? Deine Ma anrufen? Oder baden?«

Lea saß am bereits gedeckten Abendbrottisch, den Schorsch für sie und ihn vorbereitet hatte, und streichelte Kaa, die sich auf ihrem Schoss zusammengerollt hatte. Die rote Katze hatte Lea zu ihrer Kraulmaschine erkoren, während Bagheera viel zurückhaltender war. Jetzt ließ sie ihren Blick über all die Köstlichkeiten schweifen, die Schorsch wieder einmal aufgetischt hatte. »Das sieht alles so verlockend aus«, lobte sie, »aber am liebsten würde ich als Erstes ein warmes Bad nehmen, denn mir tut wirklich jeder Knochen weh.«

»Mach das«, sagte Schorsch aufmunternd. »Ich kann auch noch ein bisschen warten mit dem Abendbrot, dann essen wir nachher zusammen.«

»Danke, Schorsch, du bist wirklich ein Schatz.« Sie stand vorsichtig auf, sodass Kaa Gelegenheit hatte, von ihrem Schoß zu springen. »Es wird mir richtig schwerfallen, ohne euch alle nach Deutschland zurückzukehren.«

Schorsch lachte. »Ja, das Ende der Welt hat auch so manche Vorteile«, sagte er und zwinkerte ihr zu. »Aber du kannst ja jederzeit wiederkommen.«

Sie versank im Schaum. Vielleicht hatte sie es mit dem Badezusatz doch etwas übertrieben? Egal. Die wohltuende Wärme sorgte dafür, dass sich ihre strapazierten Muskeln entspannten.

Was hatte Eireen auf der Autofahrt gesagt? Dass sie Beo mit Bella zusammen auf eine der Weiden bringen konnten, sobald klar war, dass es eine Chance gab, ihn anschließend auch wieder einzufangen? Was genau meinte sie damit?

Irgendwie war Lea erst heute so richtig klar geworden, was für ein langer Weg noch vor Beo lag, bis er vielleicht eines Tages wieder ein so entspanntes Pferd wie Donn werden würde. Ihr Traum, auf Beo den Ausritt an die Klippen zu wiederholen, würde noch für lange Zeit ein Traum bleiben. Wenn er überhaupt jemals Realität wurde.

Nein, sie musste sich kleinere Ziele stecken und sie musste Geduld lernen. Keine leichte Aufgabe. Aber wäre es nicht schon ein toller Erfolg, wenn sie es vor ihrer Rückkehr nach Deutschland schaffte, dass Beo sich zuverlässig anfassen ließ? Dass man ihn putzen und scheren konnte? Dass er kam, wenn man ihn von der Weide holen wollte? Einfach, dass er wieder lernte, Menschen zu vertrauen?

Da war es wieder, dieses Wort.

Vertrauen.

Ray.

Ja, sie vertraute Ray. Zumindest wusste sie, dass er sie nie belügen oder hintergehen würde. Er war irgendwie anders als die Jungen, die sie in Deutschland kannte. Ihr Herzschlag beschleunigte sich, als sie jetzt an ihn dachte. Und daran, dass sie nicht nur Beo hier zurücklassen musste, wenn sie wieder nach Deutschland flog, sondern auch Ray. Würde er sie vergessen? Oder sie ihn? Es kam ihr vor, als sähe sie Ray vor sich, der sie mit seinem typischen Lächeln bedachte und mit den Schultern zuckte. Er würde ihr keine leeren Versprechungen machen, er würde ihr die Wahrheit sagen. Niemand konnte wissen, wie alles weiterging. Aber sie hatten es selbst in der Hand.

Ihr Magen knurrte und verlangte nach Nahrung. Noch etwas, das sich verändert hatte. In Deutschland hatte sie sich nie so viel aus Essen gemacht. Und in der letzten Zeit erst recht nicht. Aber hier schmeckte irgendwie alles doppelt so gut.

Sie ließ das Wasser ab und griff nach dem Handtuch, das Schorsch ihr bereitgelegt hatte. Mal sehen, was es heute für Leckereien gab.

»Hm«, macht Lea, »das ist total lecker, was ist das?«

»Kartoffelbrot«, antwortete Schorsch. »Schmeckt es dir?«

Lea hatte keine Zeit zu antworten. Stattdessen streckte sie einfach einen Daumen hoch.

»Das freut mich«, sagte Schorsch. »Das Rezept ist ganz einfach, ich gebe es dir gerne mit, wenn du möchtest.«

Der nächste Hinweis darauf, dass sie nicht den Rest ihres Lebens hier verbringen würde, obwohl sie sich genau das im Augenblick so sehr wünschte.

Balou beobachtete Lea sehr genau. Es konnte ja schließlich sein, dass ihr aus Versehen etwas auf den Boden fiel? Und er wäre sehr gern beim Aufheben behilflich.

»Ich habe deiner Mutter gesagt, dass du sie nach dem Abendessen anrufst.«

Lea nickte stumm. Dieser Anruf hing wie ein Damokles-Schwert über ihrem Kopf. Zwar hatte sie einerseits Sehnsucht nach ihrer Mutter, andererseits aber fürchtete sie sich davor, nach dem Gespräch wieder dieselbe Verzweiflung zu spüren, die sie vor ihrer Abreise auf die grüne Insel empfunden hatte.

Schorsch schien zu merken, dass ihr der Gedanke an das Telefonat Unbehagen bereitete. Er musterte sie still, dann räusperte er sich. »Ich glaube, es geht ihr ganz gut«, sagte er. »Sie hat etwas von einem neuen Job erzählt und klang ganz zuversichtlich.«

»Ein neuer Job? Wirklich?« Lea wusste, dass ihre Mutter mit der Halbtagsstelle in der Boutique nie wirklich glücklich gewesen war. Sie hatte dort angefangen, als Lea in den Kindergarten kam, und war irgendwie dort hängen geblieben. »Das klingt ja spannend«, antwortete sie jetzt und merkte, dass die Angst vor einem deprimierenden Telefonat tatsächlich kleiner geworden war.

»Wie geht es dir, mein Schatz?«

»Super, echt!«

»Hast du dich an ein Leben ohne WLAN gewöhnt?«

Lea konnte ihre Mutter leise kichern hören und verdrehte die Augen. »Nein, aber meine Tage hier sind so voll, dass ich tatsächlich nichts vermisse … also, dich vermisse ich natürlich schon!«

»Ich vermisse dich auch, mein Liebling, aber auch hier ist einiges ins Rollen gekommen.«

»Schorsch meinte, du hättest einen neuen Job in Aussicht?«

»Noch steht es nicht hundertprozentig fest, aber ja, ich habe mich auf eine Stelle beworben und es sieht ganz gut aus.«

»Großartig, was ist es denn?«

»Ach, das erzähle ich dir, wenn du wieder zu Hause bist. Auf jeden Fall könnte ich dabei mit Kindern arbeiten und meine Ausbildung reaktivieren.« Sie lachte und Leas Herz wurde bei diesem Geräusch ganz groß und weich. Wie lange hatte sie ihre Mutter nicht mehr so lachen gehört. »Und was machst du so den ganzen Tag? Schorsch sagt, er sähe dich kaum, du wärst die meiste Zeit bei den Nachbarn?«

»Das erzähle ich dir auch, wenn ich zurückkomme«, sagte Lea schelmisch. »Auf jeden Fall hat es mit Pferden zu tun …«

»Und mit einem gewissen jungen Mann, habe ich gehört?«

»Wieso? Was hat Schorsch denn gesagt?«

»Nichts, ehrlich, aber irgendwie hat mein siebter Muttersinn geklingelt, als Schorsch erwähnte, dass es dort auch einen 17-jährigen jungen Mann gäbe …«

»Ray, ja …«

Das Ende der Leitung blieb still.

»Na ja, vielleicht erfahre ich dann ja etwas, wenn du wieder bei mir bist. Ach, übrigens, ich habe letztens Emilia mit ihren Eltern getroffen, ich soll dich schön grüßen.«

»Danke.« Lea spürte, dass sie jetzt mehr hätte sagen sollen. So etwas wie »Wie geht es Emmy?« oder »Wo habt ihr euch denn getroffen?« Aber sie war noch nicht so weit.

»Bitte melde dich noch mal bei mir, ja? Ich muss doch wenigstens deine Stimme zwischendurch hören.«

»Mach ich, Mum, versprochen. Was war das?« Lea hatte die charakteristische Haustürklingel ihres Elternhauses im Hintergrund gehört.

»Ach, das wird Maggie sein, wir haben uns endlich mal wieder für heute Abend verabredet.«

»Klingt gut«, sagte Lea und sie freute sich tatsächlich für ihre Mutter, die offensichtlich allmählich aus ihrem Schneckenhaus herauskrabbelte, in das sie sich nach der Trennung von Dad verkrochen hatte. Ein Date mit der besten Freundin, das war doch ein gutes Zeichen! »Grüß Maggie von mir, ja? Und macht euch einen schönen Mädelsabend!«

»Danke, Schatz! Ich hab dich lieb!«

»Ich dich auch!«

Aber da hatte Mum schon aufgelegt und sogar darüber freute sich Lea.

18

Geh deinen Weg ruhig, mitten in Lärm und Hast,
und wisse, welchen Frieden die Stille schenken mag

Irischer Segenswunsch

Sie hatte von Beo geträumt. Genau konnte Lea sich nicht mehr erinnern, als sie am nächsten Morgen von Kaa geweckt wurde, die wieder einmal ihre Brust als Trampelkissen benutzte. Aber es war doch einiges durcheinandergegangen: Irland, Deutschland, Mum, Ray, Emmy, aber auch Schorsch und natürlich Beo. Ob Eireen sich noch an ihr gestriges Gespräch erinnerte und ihr Einverständnis gab, dass Beo zusammen mit Bella heute auf eine der kleinen Weiden umziehen durfte? Und würde dieses Vorhaben überhaupt gelingen? Voraussetzung war, dass Beo sich berühren und führen ließ. Von ihrer gestrigen Euphorie, nachdem Beo ihr die Möhren aus der Hand gefressen hatte, war in diesem Augenblick nicht mehr viel zu spüren. Zu tief saß die Angst zu versagen.

Kaa folgte ihr wie ein Hund, als Lea, die schnell in Jeans und T-Shirt geschlüpft war, ohne darüber nachzudenken, ob es sich dabei um das richtige Outfit handelte, die steile Treppe hinunterging.

Wie lange hatte sie früher manchmal vor ihrem Kleiderschrank gestanden und überlegt, was sie anziehen sollte. Hier spielte es keine Rolle, ob die Farbe der Socken mit der Farbe des Oberteils harmonierte. Hier kam es nur darauf an, die passende Kleidung für die anstehende Arbeit zu tragen: Ställe ausmisten, Weiden abäppeln, Pferde striegeln, Schubkarren schieben und so weiter. Dabei durfte einem nicht zu heiß werden und es musste egal sein, wenn die Klamotten abends dreckig waren und nach Schweiß und Pferd rochen.

»Guten Morgen!«, grüßte Schorsch, der noch am Frühstückstisch saß. Kaa sprang auf einen der beiden blauen Sessel und begann mit der Katzenwäsche, Balou und Raksha waren bereits draußen und auch Bagheera war nirgends zu sehen.

»Guten Morgen«, erwiderte Lea und ließ sich auf einen der Stühle nieder.

»Ich nehme an, du gehst auch heute wieder zu den Nolans rüber?«

Lea nickte, während sie sich etwas Tee in einen Becher goss, den Schorsch für sie bereitgestellt hatte.

»Ich kann dich leider nicht rüberbringen, weil heute Vormittag ein Freund von mir zu Besuch kommen will.«

»Kein Problem«, sagte Lea und griff nach der Müslidose. »Ich kann rübergehen, so weit ist es ja nicht.«

Schorsch grinste. »Ja, die Bedeutung von Entfernungen verändert sich hier, nicht wahr?«

»Nicht nur die«, antwortete Lea und grinste ebenfalls.

Nicht nur die Wahrnehmung von Entfernungen änderte sich, überlegte Lea, während sie den Weg entlangging, der ihr mittlerweile schon so vertraut vorkam. Auch die Wahrnehmung über die Dinge, die wichtig waren im Leben, veränderte sich. Nicht mehr die Farbe der Socken, sondern die Funktionsfähigkeit der Kleidung, die man trug. Nicht die Reaktionen der anderen auf irgendwelche *hot news*, die man über Social Media oder Nachrichtenkanäle verbreitete, sondern die direkte Reaktion des Gegenübers, vorzugsweise einem Gegenüber auf vier Beinen. Nicht das Ankommen war das Ziel, sondern der Weg dahin. Nicht die Erfüllung aller Wünsche, sondern das Wünschen selbst.

Es war einfach ein gutes Gefühl, wichtig für jemanden zu sein. Sie war wichtig für Beo! Sie war Teil einer Gemeinschaft, die ein gemeinsames Ziel verfolgte: Lebewesen zu helfen, die ohne diese Hilfe verloren waren. Es ging nicht um sie, um Lea, um ihre Fähigkeiten und Kompetenzen, nicht um ein besser oder schlechter sein als andere. (Und diese Erkenntnis war unglaublich erleichternd!) Es ging auch nicht um den Vergleich, sondern darum, etwas für jemand anderen zu verbessern. So wie Eireen, die im Angesicht all der Qualen, die sie tagtäglich in ihrer Arbeit sah, nicht verzweifelte, sondern die Gegebenheiten akzeptierte und im Rahmen ihrer Möglichkeiten versuchte, das Beste daraus zu machen.

Beinahe schämte sich Lea jetzt ein bisschen, als ihr einfiel, wie sehr sie bei ihrer Ankunft im Selbstmitleid versunken gewesen war. Sie hatte all das, was in der letzten Zeit in ihrem Leben geschehen war, nur in Hinblick auf sich selbst bewertet. Dabei ging es darum gar nicht. Es ging nur darum herauszufinden, was sie dazu beitragen konnte, die Situation für alle zu verbessern. Natürlich auch für sich selbst, aber eben auch für ihre Familie, auch für Emmy.

Emmy.

Zum ersten Mal fühlte sich Lea nicht hilflos und überfordert, wenn sie an ihre beste Freundin dachte, sondern spürte ein warmes Gefühl in ihrem Herzen. Sie gehörten zusammen, Emmy und sie. Und jede von ihnen hatte nach Emmys Schicksalsschlag auf ihre eigene Weise zu hinterfragen, was sie dazu beitragen konnte, dass ihre kleine Gemeinschaft weiterhin funktionierte. Erst dann hatte die eigene Existenz doch einen tieferen Sinn, oder? Wenn man sie mit anderen teilte!

Der Sinn des Lebens … war tatsächlich nicht so wichtig.

Der Sinn des Lebens war … zu leben.

Beo stand am Zaun des Paddocks und blickte ihr entgegen, als sie eine Dreiviertelstunde später auf dem Hof eintraf. Er schien regelrecht auf sie zu warten und Leas Herz quoll über vor Freude.

»Hallo, mein Hübscher!« Sie stellte sich vor ihn an den Zaun und streckte vorsichtig eine Hand nach ihm aus.

Der Fuchs drehte den Kopf zur Seite, blieb aber stehen und zuckte auch nur kurz, als sie seinen Hals berührte und ihn sacht streichelte. Es sah aus, als müsse er sich selbst noch von der Ernsthaftigkeit seines Vorsatzes, Lea zu vertrauen, überzeugen, sei aber fest entschlossen, es zu versuchen. Doch plötzlich wich Beo vom Zaun zurück und jemand legte von hinten seine Arme um Leas Bauch. Sie spürte Rays warmen Atem in ihrem Nacken und ein wohliger Schauer lief über ihren Rücken.

»Wir haben schon auf dich gewartet«, flüsterte Ray.

Sie drehte sich in seiner Umarmung zu ihm um und schlang ihre Arme um seinen Hals.

Wie auch immer es möglich war, aber dieser Kuss war noch schöner als die vorherigen. Leas Knie wurden weich und sie war froh, dass Ray sie stützte.

Eine Unendlichkeit später lösten sie sich voneinander und Rays schiefes Grinsen ließen Leas Schmetterlinge im Bauch tanzen.

»Eireen hat vorgeschlagen, dass wir Bella und Beo heute auf die kleine Weide umsiedeln. Aber vorher sollen wir sichergehen, dass Beo sich anschließend auch wieder einfangen lässt.«

»Und wie machen wir das? Sichergehen?«

»Es wäre zumindest schon mal ein gutes Zeichen, wenn er sich hier auf dem Paddock von dir aufhalftern ließe.«

Lea schüttelte verwirrt den Kopf. »Ich habe noch nie ein Pferd von der Weide geholt. Bis auf Skyrim und du hast ja gesehen, wie toll ich das kann.« Sie erinnerte sich mit Schaudern daran, wie Skyrim sie zum Narren gehalten hatte.

»Dann lass uns üben«, sagte Ray und zog ein Knotenhalfter aus seiner hinteren rechten Hosentasche und eine kleine Möhre aus seiner linken.

»Jetzt?«

»Wovor hast du Angst?«

Lea überlegte. Wovor hatte sie Angst? Dass es nicht funktionierte? Dass sie sich blamierte? Dass Beo sein soeben neu gefasstes Vertrauen in sie wieder verlor? Es gab so viel, was schiefgehen konnte!

Andererseits: Wo war ihr Elan geblieben, den sie vorhin noch auf dem Weg hierher verspürt hatte? All die weisen Erkenntnisse vom Sinn des Lebens und dem Weg als Ziel? In der Theorie klang alles so einleuchtend, aber in der Praxis?

Ray hielt ihr Halfter, Strick und Möhre entgegen und grinste. »Es ist eigentlich ganz einfach. Wenn du es hier nicht schaffst, schaffst du es auf der Weide erst recht nicht. Und wenn du es nicht schaffst, schafft es im Augenblick auch niemand anderes. Also haben wir die Wahl: Beo hier im Paddock lassen oder die Sache angehen.«

Lea seufzte und griff nach dem Halfter. Schicksalsergeben.

Beo sah irgendwie verwundert aus, als Lea plötzlich ohne Zaun vor ihm stand, und wich vor ihr zurück.

»Soll ich ihn vielleicht wieder mit der Möhre anlocken?«

Ray zuckte mit den Schultern. »Bei manchen funktioniert das, bei anderen nicht. Und ob er dann zulässt, dass du ihm das Halfter umlegst, weiß ich auch nicht. Versuch es erst einmal so.«

Lea machte wieder einige Schritte auf Beo zu und er entfernte sich erneut von ihr. Der Abstand zwischen ihnen blieb dabei immer gleich.

Bella stand an der Heuraufe und betrachtete das Nachlaufspiel interessiert und Lea kam sich jetzt schon verloren vor.

»Was soll ich denn machen?«

»Du musst Druck rausnehmen«, erklärte Ray. »Geh nicht direkt auf ihn zu, sondern mehr so an ihm vorbei und wenn er dich beobachtet, lade ihn ein, dir zu folgen.«

»Einladen mir zu folgen? Wie soll das gehen?«

»Du drehst ihm die Schulter zu und entfernst dich langsam. Erinnere dich, wie Eireen es mit Mystery gemacht hat.«

Lea versuchte, Rays Tipps zu befolgen. Sie lief an Beo vorbei zum hinteren Ende des Paddocks.

Beo beobachtete sie, aber als er bemerkte, dass sie weit genug von ihm entfernt war, drehte er ihr desinteressiert den Rücken zu.

»Jetzt musst du wieder etwas mehr Druck aufbauen«, dirigierte Ray vom Zaun aus. »Er soll dich ja wahrnehmen und dir nicht den Hintern zudrehen!«

»Druck aufbauen? Ich verstehe kein Wort!«

»Geh auf ihn zu!«

Lea tat, was Ray ihr riet, und sofort setzte sich Beo wieder in Bewegung.

»Bleib stehen«, sagte Ray betont ruhig.

Lea blieb stehen und augenblicklich hielt auch Beo an.

»Jetzt wiederhole, was du eben getan hast«, fuhr Ray fort. »Geh sozusagen an ihm vorbei und wenn er dich anschaut, mach dich klein und dreh ihm die Schulter zu, damit er dir folgt.«

Lea kam sich albern vor, aber sie versuchte Rays Anweisungen umzusetzen. Und tatsächlich beobachtete Beo sie jetzt neugierig, als wollte er herausfinden, was sie da eigentlich machte.

»Bleib wieder stehen.« Ray flüsterte beinahe. »Schau ihn nicht direkt an, aber bleib ihm zugewandt stehen.«

Beo sah zu Lea hin und dann wieder weg. Wieder hin. Wieder weg. Schließlich ließ er den Kopf sinken und schnaubte.

»Er leckt sich die Lippen«, stellte Lea fest, »ist das schlimm?«

»Nein, das ist gut«, erklärte Ray. »Er fängt an sich zu entspannen. Er merkt jetzt, dass du ihn nicht bedrohst. Nun entferne dich aus seinem Blickfeld.«

Lea machte einige vorsichtige Schritte von Beo weg und der Fuchs drehte sich mit, um sie weiter im Auge zu behalten.

»Das ist gut«, kommentierte Ray. »Nun bleib stehen und wenn du merkst, dass Beo dich anschaut, geh rückwärts.«

Lea befolgte Rays Anweisungen und Beo beobachtete sie interessiert, schaute dann aber weg und zu Bella hinüber.

»Jetzt geh ein paar Schritte auf ihn zu, damit er seine Aufmerksamkeit wieder auf dich richtet.«

Lea tat, was Ray ihr sagte, und staunte, wie treffsicher er voraussagen konnte, was geschehen würde. Denn kaum hatte sie sich Beo einen Schritt genähert, wandte er den Kopf und sah wieder zu ihr hin.

»Prima«, lobte Ray. »Jetzt wiederholst du die Einladung. Geh an ihm vorbei, bis er dich nicht mehr sehen kann, und wenn er sich nach dir umdreht, lade ihn ein, dir zu folgen.«

Lea ging an Beo vorbei und merkte, dass er sich um seine eigene Achse drehte, um sie weiter im Blick zu behalten. Sie blieb stehen und machte einige Schritte rückwärts und das Wunder geschah: Beo folgte ihr!

»Super! Dreh dich um und geh noch ein paar Schritte. Laaangsaaam«, Ray sprach das letzte Wort gedehnt aus. »Jetzt bleib stehen.«

Lea gehorchte und brauchte sich gar nicht erst umzudrehen, um zu wissen, dass Beo unmittelbar hinter ihr stand. Er hatte lange und ausgiebig darüber nachgedacht und war offensichtlich zu dem Schluss gekommen, dass es okay war, ihr zu folgen.

»Jetzt kannst du ihm ein Stück von der Möhre anbieten«, sagte Ray vom Zaun aus, »und versuchen, ihm das Halfter anzulegen.«

Beos Augen weiteten sich zwar, als Lea ihm das dünne Halfter überstreifte, aber er blieb stehen.

»Siehst du?«, sagte Ray. »War doch gar nicht so schwer.«

»Pferde sind Herdentiere. Er *möchte* sich dir anschließen, wenn er sicher sein kann, dass du stark genug bist.« Ray hielt Bella am Führstrick und wandte sich zu Lea um, die mit stolzgeschwellter Brust und Beo im Schlepptau hinter ihm her zur Weide ging. Noch nie, nie, niemals zuvor hatte es sich so verdammt gut angefühlt, ein Pferd zu führen. Sie hätte weinen können vor Freude.

»Beo muss jetzt lernen, dass nicht alle Menschen eine Bedrohung darstellen. Als Pferd braucht er eine Herde, die ihm Schutz vor Raubtieren bietet. Allein zu sein, bedeutet dagegen den sicheren Tod. Instinktiv wissen Pferde das.«

»Deshalb hat er auch auf Bellas Rückkehr gewartet, als wir sie zuerst eingefangen haben und er allein zurückbleiben musste.«

»Genau.«

»Sind wir Menschen nicht auch Herdentiere?«, überlegte Lea laut. »Brauchen wir nicht genauso wie Pferde eine Gruppe, zu der wir uns zugehörig fühlen können?«

Sie waren am Gatter der kleinen Weide angekommen. Ray blieb stehen und drehte sich zu Lea um. »Doch«, antwortete er. »Wir sind genauso soziale Wesen wie Pferde. Wir leiden, wenn unsere Beziehungen sich verändern, wenn unsere Gruppe zerbricht. Vielleicht ist das einer der Gründe, warum viele Menschen sich so gerne mit Pferden umgeben. Weil sie spüren, dass diese Verbundenheit besteht.« Er öffnete das Gatter und führte Bella auf die grüne Wiese.

Das Pony konnte es kaum erwarten, von seinem Halfter befreit zu werden, um endlich losstürmen zu können, und Ray hatte einige Mühe, die Schnalle zu lösen.

Lea folgte mit Beo, der sich aufmerksam umblickte und weitaus weniger stürmisch wirkte als der kleine Schecke.

»Mach erst das Gatter hinter dir zu, bevor du ihn losmachst«, bat Ray.

Lea ließ das Tor hinter sich zufallen und schob den Riegel vor.

Beo beobachtete jeden ihrer Handgriffe und blieb ruhig stehen, als Lea anschließend den Halfterknoten öffnete und das Halfter abstreifte. Auch danach bewegte er sich nicht einen Zentimeter von ihr weg.

Lea machte einige Schritte auf die Mitte der Weide zu und Beo folgte ihr, als wäre zwischen ihnen immer noch ein unsichtbarer Strick. »Lauf!«, forderte Lea ihr Pferd auf, aber Beo stand nur da und machte nicht die geringsten Anstalten, sich von ihr zu entfernen. Lea wandte sich zu Ray um, der bereits wieder am Gatter stand und sie grinsend beobachtete.

Hilflos hob Lea die Arme. »Was mach ich denn jetzt?«

»Ihm Sicherheit geben, dass du ihn nicht wieder im Stich lässt.«

»Und wie?«

»Wir haben doch Zeit, oder? Lass ihn ruhig eine Weile bei dir rumstehen, genieß es, streichle ihn und lass ihn erst einmal hier auf der Weide ankommen und sich vergewissern, dass alles save ist.«

»Okay.« Lea brauchte einen Augenblick, um mit Beos plötzlicher Verhaltensänderung um 180 Grad mitzukommen. Er schien nun auf einmal beschlossen zu haben, dass es am sichersten war, sie nicht mehr aus den Augen zu lassen. Ein wirklich durchschlagender Erfolg! Aber als sie jetzt bereit war, Beos neu gewonnenes Vertrauen in sie einfach zu genießen, merkte sie erst, was für ein großartiges Geschenk dieses Freundschaftsangebot darstellte. Sie konnte Beo endlich streicheln und er blieb ruhig neben ihr stehen. Sie kraulte seinen Mähnenkamm und kratzte den Widerrist. Beo beobachtete jede ihrer Bewegungen aus dem Augenwinkel, ohne sich zu rühren. Sobald Lea ein paar Schritte von ihm wegging, folgte er ihr wie ein Hund.

Ray lehnte mit vor der Brust verschränkten Armen am Gatter, kaute auf einem Grashalm und ließ sich die Sonne ins Gesicht scheinen.

Lea lächelte, als ihr mit einem Mal bewusst wurde, wie viel

Ruhe und Zufriedenheit sie empfinden konnte, wenn sie es nur zuließ! Die Vögel zwitscherten, die Sonne wärmte ihre Haut, es duftete nach Gras und sie war umgeben von Menschen und Tieren, die es gut mit ihr meinten. Sie ging zu Ray hinüber und ließ es einfach zu, dass Beo ihr dabei folgte, lehnte sich neben Ray ans Gatter und legte ihren Kopf auf seine Schulter.

Beo war einige Meter von ihr entfernt stehen geblieben. Zu nah an Ray wollte er offenbar noch nicht heran. Er ließ den Kopf hängen und zwinkerte müde mit den Augen. Als nichts weiter geschah, begann er zu grasen und entfernte sich dabei allmählich wieder von Lea und Ray.

»Siehst du?«

Lea hatte gar nicht gemerkt, dass Ray die Augen wieder geöffnet hatte. Aber nun nickte sie zufrieden.

»Deine Ruhe hat sich auf ihn übertragen. Er kann jetzt abschalten und hat genügend Sicherheit, sich auf seine neue Bleibe einzulassen.«

Beo hob den Kopf und blickte kauend zu ihnen hinüber. Als er sah, dass sich an Leas Position nichts verändert hatte, senkte er den Kopf wieder und zupfte weiter Grashalme aus dem Boden.

»Und wenn ich jetzt gehe?«

»Lass ihm noch einen Augenblick«, sagte Ray und zog sie in seine Arme. Lea versank in seinen Augen und vergaß alles um sich herum, als seine Lippen sich auf ihre senkten.

♥

Der Mensch hatte sich verändert. Er war nicht mehr so traurig. Und er war auch nicht mehr ganz so hilflos. Ungefährlich war er sowieso. Beo fühlte sich in seiner Gegenwart wohl. Ja, er hatte beschlossen, ihm zu vertrauen. Vielleicht. Ein bisschen. Zumindest waren die Menschen hier nicht so wie die Menschen, die er bislang gekannt hatte. Es hatte ihm hier noch niemand Schmerzen zugefügt. Er war noch nicht geschlagen worden und jetzt durfte er sich sogar hier draußen frei bewegen. Er hatte saftiges Gras unter den Hufen. Er roch die anderen Pferde und er roch, dass hier Friede herrschte. Niemand verlangte etwas von ihm. Wenn er nur in der Nähe seines Menschen und seiner Freundin bleiben konnte, dann wurde vielleicht alles gut.

Die Menschen knabberten wieder aneinander. Das war ein gutes Zeichen. Er senkte den Kopf und begann zu grasen. Schmerzfrei.

19

Mögen wir in das Gesicht jeder guten Nachricht
und auf den Rücken jeder schlechten Nachricht schauen
Irischer Segenswunsch

Die gute Nachricht war, dass Beo offensichtlich beschlossen hatte, Lea zu vertrauen. Er stand jetzt jedes Mal bereits am Zaun, wenn sie kam, ließ sich von ihr berühren und folgte ihr bereitwillig überallhin. Es war, als hätte jemand einen Schalter umgelegt.

Die schlechte Nachricht war, dass Leas Zeit hier ihrem Ende zuging und dass dies für Beo wieder einen Vertrauensbruch bedeuten konnte. Lea mochte gar nicht daran denken, dass der Termin für ihre Abreise unverrückbar feststand und dass ihr nur noch wenige gemeinsame Tage blieben.

»Du hinterlässt uns aber nicht so ein dreckiges Pferd, oder?«, fragte Ray, als sie gemeinsam die Weiden abäppelten. Skyrims, Mysterys und Donns, Flickas und Blues, Apples und Ciris Weide hatten sie bereits von den Hinterlassenschaften der Pferde befreit, jetzt war Bellas und Beos Weide an der Reihe.

»Was meinst du damit?«

»Na ja, schau dir Beo doch an! Es wird Zeit, ihn mal anständig zu putzen!«

»Meinst du, er lässt das zu?«

»Ich denke, es wird Zeit für den nächsten Schritt, ja.«

Leas Blick ruhte auf ihrem Pferd. Sie dachte daran, wie sie ihn das erste Mal gesehen hatte: mit blutverschmierter, eitriger Nase, verdrecktem Fell, trüben Augen und zottiger Mähne und Schweif. Jetzt war die Wunde an der Nase abgeheilt und trocken. Natürlich sah man immer noch die Vertiefung in der Haut, wo das viel zu kleine Halfter eingewachsen gewesen war. Aber seine Augen glänzten wieder und das Fell schien Selbstreinigungskräfte zu besitzen, auf jeden Fall war es bei Weitem nicht mehr so schmutzig wie zu Beginn. Allerdings hatte Beo immer noch einige verknotete Haarsträhnen im Schweif. Er hatte sehr eindrucksvoll klargemacht, dass niemand unmittelbar hinter ihm stehen durfte, zum Beispiel um seinen Schweif zu entwirren – Lea dachte mit einem gewissen Unbehagen daran zurück, dass sie sich nur mit einem gewagten Sprung zur Seite vor seinen Hufen hatte retten können. Und glänzend sah sein Fell auch nicht gerade aus. Da hatte Ray schon recht.

Lea dachte an ihre Träume, die sie unmittelbar nach Beos Rettung gehabt hatte. Ihr größter Wunsch war es gewesen, Beo einmal reiten zu können, bevor sie nach Deutschland zurückflog. Jetzt wusste sie, wie naiv diese Vorstellung gewesen war.

Brian schätzte, dass Beo etwa zweieinhalb Jahre alt war. Vermutlich war er auch bereits geritten worden, aber natürlich war das eigentlich noch viel zu früh! Und nichts lag Lea ferner, als irgendetwas zu tun, was Beo Schaden zufügen könnte!

Schließlich hatte sie ihre Träume etwas an die Realität angepasst und einfach nur gehofft, dass sie eines Tages Beos Vertrauen gewinnen würde und es schaffte, ihm wieder etwas Lebensmut zurückzugeben. Es war ein gutes Gefühl zu wissen, dass sie ihre Ziele erreicht hatte.

Und jetzt fiel ihr wieder ein, dass es da noch einen Wunsch gegeben hatte. Sie erinnerte sich an ihren Ausritt mit Skyrim und Donn, an die erschreckenden Fotos von Donn, die Eireen ihr gezeigt hatte, und an ihren Entschluss, den sie beim Anblick des armen geschundenen Donn, dem Tod näher als dem Leben, gefasst hatte: Beo in einen ähnlichen Zustand zu bringen, in dem der stattliche Donn sich bereits befand.

»Okay«, sagte sie, »dann lass uns mal loslegen.«

Beo folgte Lea zum Putzplatz. Ray hatte vorgeschlagen, Bella ebenfalls mitzunehmen. »Oft erleichtert das den Pferden, die die Putzprozedur noch nicht so gut kennen, sich darauf einzulassen.«

Lea war nervös. Sie liebte das Striegeln und hoffte so sehr, dass Beo es genießen würde. Aber hoffentlich übertrug sich ihre Anspannung nicht auf ihn!

»Am besten bindest du ihn gar nicht an, sondern ziehst den Strick nur durch die Öse, hältst ihn aber am Ende fest. So kannst du mit Gegendruck und Nachgeben arbeiten, falls Beo nervös wird«, erklärte Ray. »Siehst du? So …« Er führte Lea an Bella vor, was er meinte.

Dass Bella es liebte, gestriegelt und geputzt zu werden, hatten sie ja bereits feststellen können. Auch jetzt stand der kleine Schecke ruhig und erwartungsvoll am Putzplatz.

Und Smokie hatte sich ihnen ebenfalls angeschlossen. Er lag, alle viere von sich gestreckt, etwas abseits im Schatten und döste vor sich hin.

Lea pfriemelte das Strickende durch den Anbindehaken und wurde dabei neugierig von Beo beäugt. Sie kam sich etwas unbeholfen vor, denn sie hatte vergessen, die Striegel und Kardätschen so abzustellen, dass sie sie jetzt erreichen konnte, ohne Beo loslassen zu müssen.

»Was machst du?«, wollte auch Ray wissen, als er sah, wie Lea sich akrobatisch verrenkte, um an die Putzbox dranzukommen, in der die Utensilien lagen. »Warum lässt du den Strick nicht einfach los?«

Lea fühlte sich ertappt. Sie hatte gar nicht daran gedacht, den Strick einfach für einen Augenblick baumeln zu lassen – zu sehr war sie in Sorge, dass Beo irgendwie das Weite suchen könnte.

»Du könntest ihn sowieso nicht halten, wenn er abhauen wollte. Denk an deine mentale Kraft! Glaub an dich und an das, was du tust, dann glaubt Beo auch an dich. Aber bleib ja von seinem Hintern weg.« Er grinste.

Lea nickte und ließ den Strick los. Jetzt war sie schon wieder auf ihre eigene Unsicherheit reingefallen.

Beo blieb wie angewurzelt stehen. Er drehte nur den Kopf, um zu sehen, was sie hinter seinem Rücken machte.

Bella stand direkt vor Beo und Ray begann nun damit, ihr den groben Schmutz mit einem Striegel aus dem Fell zu bürsten.

Beo schaute neugierig zu.

Lea stand vor der Putzbox und versuchte sich zu entscheiden, mit welchem Striegel sie beginnen sollte. Ein Pferd zu putzen bereitete ihr keine Schwierigkeiten. Sie hatte es schon oft gemacht und genügend Erfahrung. Aber war es auch bei Beo ratsam, mit einem Kuhstriegel anzufangen? Dreckig genug war er. Oder sollte sie lieber etwas nehmen, das nicht so viel Druck ausübte?

»Was hältst du davon, mit einer groben Massagebürste anzufangen?« Ray blickte zu ihr hinüber. »Dann kannst du erst einmal sehen, wie Beo darauf reagiert?«

»Ja, genau das habe ich auch gerade überlegt«, antwortete Lea und griff nach der runden Bürste mit Gumminoppen, die man wie eine Kardätsche halten konnte.

Beo reckte den Hals, um zu sehen, was sie da in der Hand hielt, und Lea ließ ihn ausgiebig an dem ovalen Plastik schnuppern, bis der Fuchs sich gelangweilt abwandte.

Mit kreisenden Bewegungen fuhr sie über Schulter und Flanke ihres Pferdes. Beos Muskeln zuckten, aber er blieb völlig gelassen stehen und schien die Berührungen sogar zu genießen.

»Siehst du?«, sagte Ray. »Du hast dir völlig umsonst Sorgen gemacht.«

In diesem Augenblick zuckte Smokie in Traum plötzlich aus heiterem Himmel zusammen und sprang erschrocken auf. Bevor Lea auch nur Zeit hatte zu reagieren, stieg Beo auf die Hinterbeine. Der Anbindestrick rutschte aus der Öse, der Fuchs machte auf dem Absatz kehrt und seine Hufe klackerten auf dem harten Boden, als er kopflos das Weite suchte.

Lea war wie gelähmt. In der einen Sekunde war noch alles in Ordnung gewesen und jetzt hatte sich ihr schlimmster Albtraum bewahrheitet.

Selbst Ray stand mit offenem Mund da und versuchte zu realisieren, was gerade geschehen war. »Shit!«

Beo war schon außer Sichtweite, aber das Klackern der Hufe war immer noch zu hören. Wurde es langsamer? Oder hörte es sich nur so an, weil das Geräusch leiser wurde?

»Was ist denn passiert? Warum hat er sich so erschreckt?«

Ray zuckte die Schultern. »Er hat wohl nur auf Smokies Bewegung reagiert, nehme ich an, und das als Warnhinweis genommen, dass irgendetwas gefährlich ist. Bei Gefahr muss eine Pferdeherde im Bruchteil einer Sekunde fluchtbereit sein und sie reagiert wie ein einzelner Organismus. Du wirst nie genau wissen, was in einem Pferd wie Beo, das einen Riesenberg an schlechten Erfahrungen in einer prägenden Phase hat machen müssen, eine Erinnerung weckt, die es so reagieren lässt, wie es reagiert.«

»Und was machen wir jetzt?« Lea schaute zu Smokie hinüber, der ebenso verdutzt zu sein schien wie die Menschen, was für einen Schlamassel seine Bewegung ausgelöst hatte. Er blickte aufmerksam zwischen Lea und Ray hin und her, als versuche er zu verstehen, was die beiden Menschen sagten.

Ein Hufklappern, das allmählich lauter wurde und sich ihnen näherte, ließ Ray und Lea in die Richtung schauen, aus der das Geräusch kam. Es war genau die Richtung, in die Beo soeben verschwunden war.

Nur einige Augenblicke später bog Stella um die Ecke. Sie hielt einen Führstrick in der Hand und jetzt kam auch Beo in Sichtweite, der dem Mädchen brav folgte.

»Habt ihr was verloren?«, fragte Stella. »Beo stand vor der Weide und wollte dringend rein.«

Während Lea noch versuchte, ihrem Gefühlschaos aus totalem Kontrollverlust und Erleichterung Herr zu werden, hatte sich Ray sofort wieder gefangen: »Und er ließ sich von dir einfach so einsammeln?«

»Joa?«, sagte sie.

»Na, wenn das keine guten Nachrichten sind.«

Nach diesen Aufregungen fand Lea, Beo sei vorerst sauber genug. Aber Ray schlug vor, das Striegeln auf der Weide fortzusetzen. »Er sollte das Putzen jetzt nicht mit diesem Abschluss verbinden«, argumentierte er und Lea musste ihm widerwillig zustimmen. Es war eine überraschende Erfahrung festzustellen, dass Dinge, die sie bislang stets als problemlos eingestuft hatte, plötzlich eine ganz eigene unangenehme Dynamik entwickeln konnten, und anderes, das sie vor wenigen Wochen noch als völlig unmachbar eingestuft hatte, sich als gar nicht so schwierig erwies.

Lea war alles andere als eine passionierte Reiterin, aber sie hatte Emmy, die jede Sportart liebte (oder geliebt hatte), oft genug auf den Pferdehof begleitet und das Putzen der Pferde immer als besonderes Highlight empfunden. Niemals wäre sie auf die Idee gekommen, dass es leichter sein könnte, ein Pferd auf der Weide zu striegeln als auf dem Putzplatz!

Doch Beo schien sich auf der Weide sicherer zu fühlen. Hier blieb er ruhig stehen und graste, während Lea ihn vom gröbsten Schmutz befreite.

»Kann sich doch schon sehen lassen«, meinte Ray anerkennend, als Lea eine Stunde später Kardätsche, Striegel und Mähnen- und Schweifbürste zurück in die Putzbox steckte.

Lea trat einen Schritt zurück, um ihr Werk zu überprüfen, und musste Ray zustimmen: Natürlich war aus Beo innerhalb kürzester Zeit kein Donn geworden, aber er befand sich auf einem guten Weg und im Vergleich zu ihrer ersten Begegnung fiel es Lea fast schon schwer, sich vorzustellen, dass es sich um ein-

und dasselbe Pferd handeln sollte. Jetzt schimmerte sein rotes Fell beinahe goldfarben.

»Der Goldene würde als Name auch passen, oder?«, überlegte Ray laut und sprach damit wieder einmal aus, was Lea dachte.

Selbst Beo spitzte auf einmal die Ohren und schaute Ray verwundert an. Als hätte er ihn irgendwie verstanden.

»Scheint ihm zu gefallen, die Bezeichnung.« Ray lachte.

Liebe Emmy,

ich weiß gar nicht, wo ich anfangen soll. So viel ist in den letzten Wochen geschehen und ich habe das Gefühl, ich werde als anderer Mensch zurückkommen.
Bevor ich hier Schorsch und Ray und Eireen und alle anderen kennengelernt habe, habe ich viel zu oft die Dinge vorschnell in Gut und Schlecht eingeordnet: Es ist schlecht, dass du den Unfall hattest, es ist schlecht, dass meine Eltern sich getrennt haben, es ist schlecht, anderen zu vertrauen. Es ist schlecht, Pläne zu machen, die dann plötzlich nicht mehr funktionieren. Und weißt du was? Ich finde das alles immer noch zum Kotzen. Aber davon kommen meine Eltern auch nicht wieder zusammen und du sitzt trotzdem noch im Rollstuhl.
Dinge passieren. Und nicht immer haben wir darauf Einfluss. Aber wir haben Einfluss darauf, wie wir mit den Veränderungen umgehen, was wir draus machen. Das hört sich einfacher an, als es ist, das weiß ich. Aber ich werde es ab

jetzt einfach versuchen, denn besser wird es jedenfalls nicht von selbst.
Ich fürchte, du verstehst nichts von dem, was ich hier schreibe. Ich verstehe es ja selbst nicht so ganz. Ich spüre nur, dass ich auf einem richtigen Weg bin. Nicht auf „dem“ richtigen Weg, sondern auf einem. Vermutlich gibt es gar nicht „den“ richtigen Weg.
Ich könnte heulen, wenn ich daran denke, dass ich bereits die Stunden zählen kann, bevor mein Flieger nach Hause geht. Denn das bedeutet, dass ich Beo hier zurücklassen muss. Und Ray. Und ja, auch Schorsch und Eireen und Stella, Grandpa, Smokie, Balou, Kaa ... ach, einfach alles, was ich hier lieb gewonnen habe. Sogar den Schatz am Ende des Regenbogens, den ich immer noch nicht gefunden habe und auch nie finden werde, denn es ist die Suche danach, die uns voranbringt. Dafür muss ich mir in den nächsten Jahren aber keine Gedanken mehr über Urlaubsziele machen, denn ich weiß ganz genau, wohin die Reise geht.
Ich hoffe, ich kann dich auf diese Reise mitnehmen, als meine Freundin. Denn das bist du – egal, ob du im Rollstuhl sitzt oder neben mir herläufst. Und ich will dir wieder die Freundin sein, die du brauchst und die du verdienst. Ich glaube, ich kann das jetzt. Ich hoffe.

Deine Lea

20

Mögest du die hellen Fußstapfen des Glücks finden
und ihnen auf dem ganzen Weg folgen
Irischer Segenswunsch

Ihre Finger rochen noch nach ihm. Verstohlen, damit ihr Sitznachbar nichts merkte, hob Lea ihre Hand an ihre Nase und schnupperte, atmete den Duft tief ein und schloss dabei die Augen. Auch, damit die Tränen da blieben, wo sie waren.

Sie blickte durch das kleine Flugzeugfenster auf das Flughafengebäude. Ob sie noch dort waren und zusahen, wie sie abhob?

Von Beo hatte sie sich bereits auf dem Hof verabschieden müssen. *Lost Horses Rescue.* Dabei war sie es, die sich verloren fühlte. Nur der Geruch ihres Pferdes haftete noch an ihr und die Erinnerung an ihren Abschied. Beo, der ihr am Zaun stehend hinterhergeblickt hatte, als ahnte er, sie nicht so schnell wiederzusehen. Allein der Gedanke daran, verursachte Lea Herzschmerzen. Und sie hätte es aus eigener Kraft nicht geschafft zu gehen und Beo zurückzulassen, wenn nicht Ray und Schorsch sie wieder und wieder ermahnt hätten, dass es jetzt Zeit würde zu gehen, weil sie sonst ihren Flieger verpasste.

Nein, sie waren noch nicht am Ende des Weges angelangt. Genaugenommen hatte ihr gemeinsamer Weg gerade erst begonnen. Aber sie wusste, dass Beo in guten Händen war, bis sie ihn in wenigen Wochen wiedersehen würde. Zweiundfünfzigmal schlafen. Sie hatte es auf den Tag genau ausgerechnet.

Ray hatte ihr versprochen, sie auf dem Laufenden zu halten, wenn Beo Fortschritte machte. Und er machte täglich Fortschritte. Mittlerweile ließ er sich auch von Ray, Stella und Eireen anfassen. Man musste nur achtgeben, nicht direkt hinter ihm zu stehen. Dann rastete er aus. Und Berührungen am Kopf fand er ebenfalls nicht prickelnd. Offensichtlich hatte er da schlechte Erfahrungen gemacht. Oder vielleicht war es auch die Erinnerung an die Schmerzen, die das zu kleine Halfter verursacht hatte.

Lea mochte sich gar nicht vorstellen, wie es gewesen wäre, nach Deutschland zurückzufliegen und ihn alleinlassen zu müssen, wenn er sich immer noch von niemandem anfassen ließ.

Sie meinte, sie könnte noch Rays Lippen auf ihren spüren. Er hatte sie gemeinsam mit Schorsch zum Flughafen nach Dublin gebracht. Trotz ihres Protestes, dass das nicht nötig sei und sie genauso gut mit dem Bus fahren konnte, hatte sie sich darüber gefreut. Jede Minute, die sie länger mit Ray zusammen sein konnte, war eine gute Minute.

Selbst Grandpa hatte ihr in seinem gestreiften Morgenmantel zum Abschied gewinkt, als sie in Schorschs grünem Pick-up vom Hof rollten. Stella hatte sich ihre Tränen aus den Augenwinkeln gewischt, Eireen hatte ihr ein Lunchpaket mitgegeben, das auch für zweimal Irland-Deutschland hin und zurück gereicht hätte, selbst Conor hatte sie ein wenig unbeholfen umarmt und Smokie war dem Wagen noch ein paar Meter hinterhergehumpelt. Es fühlte sich an, als hätte sie ihre Familie zurückgelassen.

Ob Beo gespürt hatte, dass sie sich für eine längere Zeit voneinander verabschieden mussten? Er hatte an ihren Haaren geschnuppert und es sogar ganz kurz zugelassen, dass sie ihre Arme um seinen Hals legte und ihr Gesicht in seiner Mähne verbarg. Die Mähne, die wieder seidig glänzte und fast vollständig knotenfrei war. Ein Lächeln huschte über Leas Gesicht, als sie jetzt daran dachte.

Ein leises *Pling* erinnerte sie daran, dass sie ihr Smartphone noch auf Flugmodus schalten musste. Sie öffnete die Nachricht, die Ray ihr geschickt hatte, und jetzt liefen ihr doch Tränen über die Wange.

Hab einen guten Flug und vergiss uns nicht, hatte Ray geschrieben und ihr ein Foto von sich und Beo gesendet, das sie noch gar nicht kannte.

Während die Flugbegleiterin bereits die Sicherheitsvorkehrungen erläuterte, bearbeitete Lea schnell noch das Hintergrundbild ihres Startdisplays. Jetzt würden Ray und Beo sie jedes Mal anblicken, sobald sie ihr Handy aktivierte. Dann schaltete sie das Smartphone aus und lehnte sich zurück.

Sie ließ sich in ihren Sitz pressen, als das Flugzeug beschleunigte und schließlich abhob. Lea beugte sich vor und blickte aus dem kleinen Fenster. War das nicht die Klippe, zu der sie und Ray auf Skyrim und Donn geritten waren? Die Klippe aus ihrem Traum? Vielleicht. Vielleicht war es aber auch eine andere.

Sie lehnte ihre Stirn gegen das runde Fensterglas und sah zu, wie die grüne Insel unter ihr immer kleiner und kleiner wurde.

Er hatte gespürt, dass dieser Abschied anders war. Der Mensch war traurig. Also war er es auch. Er hatte es sogar ausgehalten, dass der Mensch seinen Kopf ganz nah an seinen Hals gehalten hatte. Als wollte er ihn beknabbern.

Nun war der Mensch weg. Gegangen.

Aber seine Freundin war noch da. Und die anderen Menschen. Und die anderen Pferde. Und immer noch hatte ihm niemand Schmerzen zugefügt. Hier war ein guter Ort. Hier war zum ersten Mal ein guter Ort. Zum ersten Mal hatte er keine Angst. Keine Trauer. Keine Hilflosigkeit. Er fühlte sich nicht verloren.

Er wollte nur, dass dieser eine Mensch noch einmal wiederkam.

Er mochte ihn. Er vertraute ihm.

Es war sein *Mensch.*

Er stand am Zaun und wartete.

Menschenmassen. Nach ihrer Zeit in der Einsamkeit fühlte sich Lea etwas überfordert. Überall standen Mütter, Väter, Kinder, Geliebte, Großeltern, Freunde und Verwandte, die ebenso den Kopf reckten wie sie selbst, um bloß nicht den einen Menschen zu übersehen, den sie abholen wollten. Ein Teil von ihnen hielt mit Helium gefüllte herz- oder andersförmige Ballons in die Höhe, auf denen *Willkommen* oder Ähnliches stand, andere trugen ein Schild mit einem Namen darauf. Aber nirgends sah Lea das vertraute Gesicht ihrer Mutter! Sie kam doch nicht etwa zu spät?

Das Erste, was in Leas Bewusstsein drang, war der vertraute Duft. Darauf folgte das bekannte Klimpern von Armbändern und schließlich der Klang der Stimme: »Hallo, Schatz! Hier bin ich!«

Lea drehte sich um und schlagartig wurde ihr bewusst, dass Mum mittlerweile kleiner war als sie. Das zweite, was ihr auffiel, war, dass sie ihre Mutter nicht erkannt hatte, weil ihre Mutter gar nicht mehr wie ihre Mutter aussah!

»Du hast dir die Haare abgeschnitten!«

»Gefällt es dir?«

Lea musterte die zierliche Frau vor sich. Ihre Mutter hatte sich ihre langen und mittlerweile nicht mehr naturblonden Haare raspelkurz abgeschnitten und trug sie nun in einem natürlichen Silbergrau. Auch ihr Klamottenstyle hatte sich verändert. Sie sah beinahe aus wie ein Hippiemädchen mit einem langen wallenden Kleid mit Blütenmotiven, das schmeichelnd ihre schlanke Taille umspielte.

»Du siehst umwerfend aus!«

»Du auch!« Ihre Mutter lachte und dann fielen sie sich in die Arme.

Als Lea an diesem Abend endlich wieder in ihrem eigenen Bett in ihrem eigenen Zimmer lag und nachdem sie die letzte Nachricht an Ray abgeschickt hatte, starrte sie noch lange an die dunkle Zimmerdecke.

Sie hatte so viele Ängste vor ihrer Heimkehr gehabt und sich die schlimmsten Szenarien ausgemalt. Vor allem hatte sie sich selbst Mut gemacht, dass sie ihrer Mutter in der schweren Zeit, die sie durchmachte, fortan eine Stütze sein wollte.

Ja, sie hatten auch zusammen geweint. Aber wenn Lea ehrlich mit sich war, dann war dieser Abend mit Mum einer der schönsten in den vergangenen Jahren gewesen. Sie hatten literweise Tee getrunken, auf der Couch vor dem Kamin rumgelümmelt (der nicht an war, weil es dafür viel zu heiß gewesen wäre) und sich gegenseitig alles erzählt, was sie erlebt hatten. Lea hatte Mum Fotos von Ray und Beo gezeigt, sie hatte sogar in ihrem Beisein kurz mit Ray telefoniert und selbst das hatte sich ganz normal angefühlt.

Mum hatte ihren Job in der Nobelboutique gekündigt und eine neue Stelle in einer Schule angenommen, in der sie Schüler unterstützen sollte, die mit dem Schulalltag alleine überfordert waren.

»Endlich kann ich wieder mit Kindern arbeiten und meine Ausbildung zur Erzieherin einsetzen«, freute sie sich. »Es ist ein tolles Kollegium und ich habe das Gefühl, etwas wirklich Sinnvolles zu tun. Aber es ist auch sehr anstrengend. Ich fühle mich richtig gefordert.«

Mum hatte sie mehr oder weniger um Erlaubnis gebeten, die Arbeit weitermachen zu dürfen. »Ich werde wohl etwas weniger Zeit für dich haben.«

Lea hatte ihre Mutter bestärkt. Sie fand es toll zu sehen, wie Mum aufgeblüht war und hatte das Gefühl, eine ganz neue Seite an ihr kennenzulernen, die sie bislang nie gesehen hatte. Eine Seite, von der sie durch Schorschs Erzählungen über frühere Zeiten erfahren hatte. Und tatsächlich wirkte ihre Mutter jetzt trotz der grauen Haare viel jünger und viel mehr wie sie selbst. »Ich glaube, dein Vater und ich, wir haben in unserer Beziehung nicht nur einander verloren, sondern auch uns selbst. Es ist schön, dass ich mich jetzt wiedergefunden habe«, erklärte sie Lea. Und hatte Schorsch nicht so etwas Ähnliches gesagt, als sie am Tag ihrer Ankunft in Irland abends gemeinsam vor dem Steincottage gesessen hatten? Dass er in Irland sich selbst wiedergefunden habe?

Als Lea nach Irland aufgebrochen war, hatte sie einen Scherbenhaufen hinter sich gelassen und keine Ahnung gehabt, wie ihr Leben weitergehen sollte. Sie hatte sich nicht vorstellen können, welche Veränderungen ihr bevorstanden und wie sie damit umgehen sollte. Jetzt war sie in ein neues Zuhause zurückgekehrt, das gleichzeitig ihr altes war, und heute Abend hatte sie plötzlich eine Vorstellung davon gehabt, wie sich ihr neues Leben anfühlen würde. Und das war gar nicht mal so schlecht. Außer natürlich, dass Beo und Ray nicht hier bei ihr waren.

Lea sah zu, wie die Reste der Briefe, die sie während ihrer Zeit in Irland geschrieben hatte, im Kamin zu Asche verbrannten. Sie hatte sie alle noch einmal gelesen. Ihre Briefe an Mum, Dad, Emmy und auch den an Mattis. Ein komisches Gefühl mit dem Abstand, den sie inzwischen zu den Ereignissen empfand, die sie vor einigen Wochen noch so belastet hatten. Es war gut, die Briefe jetzt zu vernichten. Sie brauchte sie nicht mehr. Jetzt wusste sie auch, dass sie sie niemals in der Absicht geschrieben hatte, sie zu verschicken. Sie waren von Beginn an nichts weiter gewesen als eine Notiz für sie selbst.

Mum war – mal wieder – auf einem Elternabend in der Schule. Davon gab es jetzt einige in ihrem neuen Leben, in ihrer Frauen-WG, zu der sie geworden waren. Aber das war okay. Lea fühlte sich nicht einsam. Im Gegenteil. Sie dachte an das Telefonat mit Dad, das sie vorhin mit ihm geführt hatte. Er hatte sich angewöhnt, einmal in der Woche anzurufen und mit ihr zu sprechen. Ehrlich gesagt, wussten sie jetzt mehr voneinander als früher, als sie noch zusammen gewohnt hatten.

Lea fand es immer noch schade, dass es so gekommen war. Aber es war bei Weitem nicht so schlimm, wie sie zunächst befürchtet hatte. Im Gegenteil, manches war jetzt sogar besser als früher. Auch ihr Verhältnis zu Dad.

Lea fröstelte. Es war schon ganz schön kalt geworden. Wie gern hätte sie jetzt die flauschig weiche Kaa auf ihrem Schoss gehabt und sich von ihr innerlich und äußerlich wärmen lassen. Sie arbeitete immer noch daran, dass ihre Mutter das Einverständnis gab, eine Katze aus dem Tierheim zu holen, am liebsten eine rote. Aber die Aussichten auf Erfolg waren verschwindend gering.

Lea setzte sich auf die Couch, winkelte ihre Beine an und legte sich ein dickes Kissen auf die Füße, um sie zu wärmen. Dann griff sie nach dem Stift und dem Briefblock, den sie sich aus Dads altem Arbeitszimmer geholt hatte. Bei Schorsch hatte sie Briefe geschrieben (die sie dann niemals verschickt hatte), weil es kein anderes Kommunikationsmittel gegeben hatte. Was hatte sie zuerst darüber geflucht! Aber jetzt fehlte es ihr auf einmal, ihre Gedanken zu Papier zu bringen und dadurch zu ordnen.

Lieber Ray,

Genau 40 Tage sind vergangen, seit wir uns zuletzt gesehen haben. In zwölf Tagen sehen wir uns endlich wieder und ich kann es kaum erwarten!
Vielen Dank für dein letztes Update zu Beo! Genial, das Video, das du mir von der Bodenarbeit mit ihm geschickt hast! Er sieht

schon so viel kräftiger aus und die Wunde ist ja total gut verheilt! Man sieht kaum noch etwas. Hat er denn immer noch Schiss, wenn jemand hinter ihm steht? Wie kann man ihm bloß diese Angst nehmen? Ich hoffe, da fällt uns noch etwas ein. Ich freue mich schon so darauf, ihn wiederzusehen! Ob er mich noch erkennt?
Als du mir die Nachricht geschickt hast, war ich gerade bei Emmy. Auch sie macht jeden Tag Fortschritte. Wenn ich sie besuche, kann sie mir sogar schon ohne Rolli die Türe öffnen! Ich bin so glücklich darüber, dass jetzt feststeht, dass sie den Rollstuhl nicht für immer brauchen wird. Klar, ihre Karriere als Profisportlerin ist gestorben. Aber Emmy leuchtet, wenn sie mir davon erzählt, wie die Arbeit eines Physiotherapeuten aussieht. Ich denke, sie hat ihren Plan B gefunden und das macht mich unglaublich glücklich. Überhaupt ist es zwischen uns wieder so wie früher, auch wenn wir jetzt natürlich ganz andere Dinge miteinander unternehmen und nicht mehr so viel unter Leute gehen wie vor dem Unfall. Ich hoffe, sie kommt eines Tages mal mit mir nach Irland und ihr lernt euch kennen. Aber jetzt freue ich mich erst einmal, dass Mum mitkommt. Sie freut sich auch darauf, Schorsch wiederzusehen und dich und Beo und Eireen und euch alle kennenzulernen.
Ich habe mir von der Universität in Dublin die Unterlagen über das Veterinärmedizinstudium schicken lassen. Es wäre so toll, wenn das klappt! Dann bin ich zwar immer noch etwa 200 Kilometer von dir entfernt, aber wenigstens

nicht mehr 1200! Und wie du letztens am Telefon gesagt hast, finden wir da ja vielleicht auch noch eine Lösung. Wie hieß die Stadt noch mal, in der du vielleicht nach dem Abi was Technisches studieren willst und die nur etwa 100 Kilometer von Dublin entfernt ist? Athlone? Aber vielleicht kann ich dich ja doch noch überreden, mit mir zusammen in Dublin zu studieren. ☺
Und dann machen wir in Galway zusammen eine Tierarztpraxis auf und helfen Eireen und Conor mit den Pferden!
Witzigerweise habe ich mich gestern mit einem Mädchen aus meiner Schule unterhalten, die einen irischen Tinker über eine Tierschutzorganisation aus Irland nach Deutschland importiert hat. Das wusste ich gar nicht, obwohl wir schon seit Jahren dieselbe Schule besuchen. Sie wollte mir die Adresse von den Leuten besorgen, die sich um die Pferde kümmern und sie vermitteln. Vielleicht könnt ihr mit denen ja zusammenarbeiten.
Ach, Ray, ich vermisse dich und Beo so sehr und manchmal könnte ich heulen, wenn ich daran denke, dass wir das jetzt noch zwei Jahre so aushalten müssen und uns nur in den Ferien sehen können. Aber eins habe ich ja gelernt: Die Dinge so zu akzeptieren, wie sie sind, und einfach das Beste draus zu machen.

Missing you!
Xxx
Love
Lea

Sie steckte die Kappe zurück auf den Stift, faltete das Blatt und steckte es in den vorbereiteten Umschlag, der vor ihr auf dem Couchtisch lag. Diesen Brief würde sie nicht ins Feuer werfen, sondern abschicken. Er war sogar schon frankiert.

Wie lange brauchte eigentlich eine Postsendung von Deutschland nach Irland? Sie hatte keine Ahnung. Aber sie würde es erfahren, sobald sie Ray wiedersah. Und das zumindest dauerte nicht mehr allzu lang.

Epilog

Was uns als eine schwere Prüfung erscheint,
erweist sich oft als Segen
Oscar Wilde

»Wann hast du meinen Brief denn erhalten?«

»Vor 'ner Woche vielleicht?«

»Also war er ungefähr vier Tage unterwegs.« Lea schmiegte sich eng an Ray und schlang ihre Arme um seine Hüfte. Es war nicht leicht, so nebeneinander herzugehen, ohne über die eigenen Füße zu stolpern, aber keinesfalls wollte sie mehr Raum zwischen sich und ihm lassen, als unbedingt nötig war.

Er spitzte die Ohren. Diese Stimme kannte er! Er hatte sie länger nicht gehört, aber er würde sie niemals vergessen! Seit vorhin die stinkende knatternde Kiste auf den Hof gerollt war, hatte er so ein komisches Gefühl. Er hatte gewartet und gewartet, aber nichts war geschehen und schließlich hatte er sich vom Zaun abgewandt. Doch jetzt war sie wieder da, diese Stimme, die ihn aufmerksam werden ließ. Sie wurde lauter. Sie kam näher.

Seit Mum und Eireen sich vor etwa einer Stunde zum ersten Mal begegnet waren, standen ihre Münder nicht mehr still. Jedenfalls kam es Lea so vor. Sie redeten und lachten und Lea wusste nicht, wann sie ihre Mutter zuletzt derart ausgelassen erlebt hatte.

Schorsch war mit Conor, Grandpa und Stella in der großen Wohnküche geblieben. Er hatte behauptet, keine zwölf Pferde würden ihn bei dieser Saukälte von seinem warmen, gemütlichen Sitzplatz und dem leckeren Kaffee vertreiben können, und erst recht nicht ein einziges. Aber Smokie humpelte vor ihnen her. Er schien zu wissen, wohin es sie zog. Oder er hatte einfach das gleiche Ziel.

Er hob den Kopf, stülpte die Oberlippe vor und sog die Luft ein. Dieser Geruch! Er kannte diesen Geruch! Und es war ein guter Geruch, ein Duft, der ihn an etwas erinnerte, an jemanden erinnerte …

Smokie war bereits um die Ecke hinter dem Stall verschwunden und Leas Schritte beschleunigten sich jetzt ohne ihr Zutun. Sie saß bereits die ganze Zeit wie auf glühenden Kohlen am gedeckten Esstisch und trotz ihrer Wiedersehensfreude mit der Familie Nolan und den Bergen von Kuchen, die Eireen für ihr Wiedersehen gebacken hatte, hatte sie nur einen einzigen Gedanken, seit sie aus dem Flieger gestiegen war.

Ray hatte in der Zeit, in der sie einander nur über Nachrichten auf dem Smartphone und gelegentliche Telefonate nahe gewesen waren, offenbar nichts von seinen hellseherischen Fähigkeiten verloren. Jetzt kicherte er. »Du hältst es kaum noch aus, was? Keine Sorge, es dauert nur noch Sekunden.«

Und dann sah sie ihn.

Er stand am Zaun und blickte ihr entgegen, als erwartete er sie mindestens so sehr wie sie ihn.

Und dann sah er sie. Sie kam auf ihn zu und Beo spürte eine angenehme Nervosität, als sein Mensch immer näher und näher kam.

Lea entwand sich Rays Umarmung und rannte, ohne Nachzudenken, auf Beo zu. Vorbei war es mit ihrer Beherrschung und erst im Laufen kam ihr der Gedanke, dass sie Beo vielleicht mit ihrer ungestümen Wiedersehensfreude erschrecken könnte. Aber der Fuchs blieb wie angewurzelt stehen und wieherte ihr aufgeregt entgegen.

Er wieherte aufgeregt! Sein Mensch rannte auf ihn zu und er erschreckte sich nicht einmal über dessen ungestüme Bewegung. Nein, es war sein Mensch, vor ihm musste er sich nicht fürchten. Ihm konnte er ganz und gar vertrauen!

»Beo!« Die letzten Meter wurde Lea langsamer. Sie konnte das freundliche Brummeln ihres Pferdes hören und dann stand sie vor ihm, sah in seine wunderschönen braunen Augen und erkannte darin ihr eigenes Spiegelbild. Zeit und Raum spielten auf einmal keine Rolle mehr.

»Beo«, flüsterte sie und schlang die Arme um den Hals des Pferdes, das ruhig stehen blieb und mit seinen weichen Lippen an ihrem Kragen knabberte. Sie spürte seinen warmen Atem an ihrem Hals, als würde er ihren Geruch in sich aufsaugen.

Er blieb ganz ruhig stehen und genoss die menschliche Berührung, knabberte zärtlich an den langen Haaren und sog den Geruch des Menschen ein. Er fühlte sich gut, geliebt, schön, er konnte die Liebe dieses Menschen zu ihm spüren und er erwiderte sie.

»Ist er nicht schön geworden?« Eireen stand hinter ihr und lächelte über ihr ganzes rundes Gesicht.

»Wunderschön«, flüsterte Lea. »Er ist einfach wunderschön.«

Beo fühlte sich golden.

DANKSAGUNG UND ANHANG

Lost Horses Rescue und die Familie Nolan gibt es in Wahrheit nicht. Aber sie haben Vorbilder in der realen Welt.

Einige der Pferde, die in dieser Geschichte durch *Lost Horses Rescue* gerettet wurden, gibt es hingegen wirklich: Apple und Ciri wurden in einem völlig verwahrlosten Zustand von einer Koppel geholt, Skyrim wurde bereits als Jungpferd vor den Sulky gespannt, Flicka ist auch in Wahrheit sehr verfressen, Blue hat sich von einem »Feuer speienden Drachen« in einen »chilligen Allrounder« verwandelt, wie seine Besitzerin ihn liebevoll beschreibt, Nayeli hat aufgrund ihrer Vergangenheit einige gesundheitliche Baustellen, die nach und nach behandelt werden, Jackson hat seiner Besitzerin auf eine ähnliche Weise den Kopf verdreht, wie Beo es in meiner Geschichte mit Lea macht, und Mystery stand tatsächlich eines Tages einfach auf der Weide unter einer Herde anderer geretteter Pferde. Sie alle wurden von einer Hilfsorganisation in Irland vor dem Tode bewahrt, die sich *Hungry Horse Outside* nennt und 2011 von Hilary Robinson ins Leben gerufen wurde. Seitdem wurden durch *HHO* unzählige Pferde gerettet. Die ehrenamtlichen Mitarbeiter müssen manchmal mehrmals in der Woche ausrücken, um vernachlässigte oder ausgesetzte Pferde aufzunehmen und ihnen eine Chance auf ein neues Leben zu geben. So sind allein im Jahr 2018 etwa 500 Ponys und Pferde durch die liebevollen Händen der *HHO*-Mitarbeiter gegangen. Viele von ihnen sind durch falsche Haltung krank oder durch schlechte Behandlung verstört. Und obwohl es schon viel zu viele herrenlose Pferde auf der Insel gibt, die keiner haben will, werden immer noch Stuten als »Zuchtmaschinen« missbraucht, um Nachschub für die illegalen Rennen zu schaffen.

Hungry Horse Outside vermittelt einige der von ihnen geretteten und aufgepäppelten Pferde auch nach Deutschland und in andere europäische Länder, wo sie liebevoll aufgenommen werden und wieder lernen, Menschen zu vertrauen. Es ist oftmals ein weiter Weg, bis die seelischen und körperlichen Wunden der Tiere verheilen.

Ebenso basieren die Geschichten von Beo und Donn auf wahren Pferdetragödien. Auch wenn die beiden im echten Leben andere Namen tragen und von anderen Organisationen gerettet wurden.

Ich danke Steffi W. und Heike K., die sich hier in Deutschland für die Pferde von *Hungry Horse Outside* einsetzen, für ihre Unterstützung bei der Recherche für dieses Buch.

Ebenso danke ich den Besitzerinnen von Skyrim, Flicka, Blue, Nayeli, Apple und Ciri, Jackson und Mystery, dass sie mir die Erlebnisse mit ihren Seelen- und Herzenspferden anvertraut haben. Ich habe nicht alles eins zu eins übernommen – manches wäre tatsächlich noch schrecklicher gewesen, auch wenn man sich das gar nicht vorstellen mag, und anderes habe ich verändert, damit es besser in meine Geschichte von *Lost Horses Rescue* passt. Aber dennoch würden sich Apple, Ciri, Skyrim, Flicka, Blue, Nayeli, Jackson und Mystery in meinen Beschreibungen von ihnen gewiss wiedererkennen, wenn sie die Geschichte der *verlorenen Pferde der grünen Insel* lesen könnten.

Weitere Informationen über die Organisation *Hungry Horse Outside* und die Menschen, die ihr Leben der Rettung von Pferden verschrieben haben, gibt es hier:
https://www.hungryhorseoutside.com